Dez homens

ALEXANDRA GRAY

Dez homens

Tradução de
RYTA VINAGRE

2006

CIP-Brasil. Catalogação-na-fonte
Sindicato Nacional dos Editores de Livros, RJ.

Gray, Alexandra
G82d Dez homens / Alexandra Gray; tradução Ryta Vinagre. – Rio de Janeiro: Record, 2006.

Tradução de: Ten men
ISBN 85-01-07345-8

1. Relações homem-mulher – Ficção. 2. Romance inglês. I. Vinagre, Ryta. II. Título.

06-3518 CDD – 823
CDU – 821.111-3

Título original em inglês:
TEN MEN

Direitos exclusivos de publicação em língua portuguesa somente para o Brasil adquiridos pela
EDITORA RECORD LTDA.
Rua Argentina 171 – Rio de Janeiro, RJ – 20921-380 – Tel.: 2585-2000
que se reserva a propriedade literária desta tradução

Impresso no Brasil

ISBN 85-01-07345-8

PEDIDOS PELO REEMBOLSO POSTAL
Caixa Postal 23.052
Rio de Janeiro, RJ – 20922-970

De todos os vossos pretendentes, aqui vos exorto, dizei
Quem vós mais amais. Vede sem disfarces.

❖

Shakespeare — A megera domada

Um

O Virgem

Uma das maravilhas do século XXI é que um homem bonito, inteligente e de ombros largos pode chegar a quase 40 anos sem ter tido ninguém e se convencendo de alguma forma de que era hora de baixar a guarda — ou as calças. Deus sabe que conseguir sexo não é difícil. Não deve ser. O celibato leva à extinção. Mas se a natureza e a criação conspirassem para inibir o impulso sexual, todos seríamos virgens, cada um de nós. Ou assim disse o Virgem. E eu acredito nele, não só por ser encantador, mas porque eu entendo como isso pode acontecer.

A doutrina da minha mãe, tão completamente inculcada em mim quanto o DNA dela, era de que eu devia continuar virgem até o dia em que me casasse. Como filha obediente, fiz o máximo que pude para seguir seu conselho, e daí vieram um noivado precoce, o casamento subseqüente e um divórcio precipitado. Meu marido foi meu por apenas um ano. Mas o divórcio não me libertou da visão doutrinária da minha mãe. Diante de prova em contrário, precisei de mais tempo do que um rato de laboratório para entender que, sempre que um homem queria transar comigo, não estava pensando também em casamento. Hoje, eu compreendo o que toda mulher um dia acaba entendendo: existe sexo sem casamento, assim como existe casamento sem sexo.

E assim cheguei ao Virgem — meu primeiro —, que completou o círculo. Eu estava de volta ao ponto de partida, na cama com um principiante, só que desta vez o principiante não era eu. Aqui estava um homem que personificava as qualidades de que minha mãe gostava tanto, um homem com caráter suficiente para esperar e continuar esperando até que aparecesse a Srta. Perfeita. Quando nos conhecemos, minha filosofia era o Sr. Perfeito Para Agora, então, quando ele olhou para mim, não recuei nem perguntei por quê, mas avancei pensando com otimismo: *por que não?*

Certamente tenho perguntas sobre o que torna possível a paciência do Virgem. Só não as fiz antes de responder a seu pedido de "Por favor, por favor, por favor, seja minha mestra". Na hora eu devia ter percebido que ele não ia dizer "Por favor, por favor, por favor, seja minha esposa", que era o que eu supunha que ele estava à espera.

Nós nos conhecemos na noite das eleições. Phoebe e o marido, Charles, me convidaram para uma festa de caridade em um prédio decrépito mas ainda elegante em Belgravia. No térreo, abaixo da leve festa nos salões maiores, homens e mulheres enchiam o bar, indiferentes à cobertura das eleições gerais britânicas pela TV. No meio desse barulho fumarento, um homem de aparência ariana, a cabeça voltada para a televisão instalada na parede, via o Partido Conservador perder eleitores no país. Charles, como eu descobriria mais tarde, tinha em mente a queda de um baluarte mais conservador.

— Você me daria a honra de permitir que eu te apresentasse a um de meus amigos mais antigos? Fomos colegas de universidade — disse Charles, armado de champanhe enquanto se dirigia ao Virgem, que apertava minha mão, dava um sorriso meio largo demais e puxava uma cadeira para mim. Era cheio de boas maneiras. Ninguém adivinharia sua falta de experiência.

O Virgem era glamouroso como poucos objetos ou pessoas e seu estilo distinto era um lembrete de uma época mais elegante. O terno Saville Row era um clássico, ele usava uma camisa listrada aberta no pescoço e o cabelo castanho caía como um véu de noiva — um toque sedutor.

Meia-noite, e os resultados foram: Tony Blair tinha mais quatro anos. Os bêbados gritaram, mas nenhum de nós se importou. Desprezávamos a política. Charles pediu outra rodada de champanhe e, enquanto bebíamos a um futuro melhor, vi pelo canto do olho o Virgem encarando meus pés nus através dos fios prateados de minhas sandálias.

Mais tarde, eu o observei assentir vigorosamente para Phoebe enquanto eles se despediam, antes de pegar um táxi para o bairro onde ele morava em Londres que, a julgar pela aparência dele, tinha de ser em Chelsea. Enquanto isso, levei Charles e Phoebe a Notting Hill, nossa parte da cidade.

— E aí? Gostou dele? — perguntou Phoebe do banco traseiro, ansiosa como um corretor de valores promovendo ações, observando minha reação pelo espelho retrovisor.

— Ele é legal. Sim... acho que é legal.

— Ele quer te ver de novo — disse ela.

— É mesmo?

— É. Foi por sua causa que ele veio hoje.

— Mas ele nem me conhecia.

— Eu falei de você para ele. Não bufe. Ele tem um corpo incrível, é realmente inteligente e é de uma boa família.

— Posso dar seu telefone a ele? — perguntou Charles, indo direto ao assunto.

Charles não dava a mínima para o corpo ou a família do amigo, mas queria que o Virgem fosse feliz e estava gostando de participar do jogo da esposa. A missão de Phoebe era levar as amigas solteiras ao estado de glória conjugal e eu a saudava por isso, independentemente dos resultados. A maioria das mulheres casadas não fazia social com solteiras, a não ser sozinhas durante o dia, quando os maridos estavam seguramente longe. Mas Phoebe era diferente. Ela promovia as amigas solteiras, combinando homens e mulheres em cada oportunidade, e eu era seu projeto mais recente. Ela demorou demais para me dizer que o Virgem era uma obra inacabada há 16 anos.

O Virgem ligou no dia seguinte me convidando para ir ao teatro (ele tinha os ingressos) e jantar (ele fez as reservas). Eis aqui um homem que sabia o que queria, e eu gostei disso. Tendo em mente a advertência de Ralph Waldo Emerson, "cuidado com qualquer empreendimento que exija roupas novas", peguei meu vestido preto favorito, um par de sandálias pretas Chanel e uma bolsa clássica que achei naquele verão no mercado Portobello. O look era Ralph Lauren sem a etiqueta de preço, e era bem sensual. O melhor de tudo, não precisei me destruir para comprar nada disso. Não havia motivo para ter tanto cuidado no primeiro encontro com um homem que eu conhecera por apenas uma hora, apoiada no champanhe e numa meia-noite de meio de verão. Nenhuma roupa nova, nada de nervosismo, nenhuma tensão. Ele parecia uma zona delicada e sem conflitos e eu estava convencida de que ele me daria menos prazer e dor do que seu predecessor magnético — um homem do outro lado do Atlântico que precisei de tempo demais para esquecer.

Naquela noite, vesti minhas roupas conhecidas e dei uma

olhada no espelho. Eu precisava de um cinto, pensei. Eu tenho cintura, posso muito bem mostrá-la. Eram seis horas. Eu tinha um cartão de crédito e tempo suficiente para correr a uma das lojas da Ledbury Road. Quinze minutos depois, entrei num táxi para o West End, um cinto com fivela grande na minha cintura. Mas não era um cinto velho qualquer. Era um cinto feito à mão de 200 libras. Conseqüentemente, eu não ia mais a um velho encontro. Como uma idiota, eu tinha aumentado as apostas.

Cheguei ao teatro dez minutos atrasada e encontrei o Virgem esperando no saguão vazio, vestido num terno feito sob medida que certamente não era novo. Eu o acompanhei até o balcão nobre. Os sapatos eram pretos e ele não usava meias. Percebi como os pêlos de seus tornozelos se enroscavam de uma forma provocante e me perguntei sobre os calos. Eu devia ter adivinhado que ele não era o tipo de homem que usa meias de verão.

Depois de quarenta minutos, ficou evidente que nossos assentos na fila da frente no balcão nobre eram melhores que a peça. Inquieta, cruzei minhas pernas e chutei as dele.

— Desculpe — sussurrei, colocando a mão no joelho dele, que, não pude deixar de perceber, era forte e tinha uma forma perfeita. Mais tarde, no restaurante, ele tirou o paletó e revelou mais do corpo que Phoebe recomendara. A camisa não estava completamente abotoada e seu peito liso e bronzeado estava exposto por acidente. Para contrabalançar essa impressão de vaidade *laissez-faire*, o Virgem levava suas posses numa bolsa de plástico transparente. Kit de ginástica, jornais, blocos, chaves de casa, até sua carteira estavam enfiadas ali. Mas não vi chaves de carro. O Virgem era avesso a carros modernos e nunca aprendeu a dirigir.

No meio do jantar, e depois de uma garrafa de vinho, eu estava começando a gostar desse homem verdadeiramente incomum.

Só não conseguia acreditar que ele não tivesse outra mulher de tocaia e por fim me senti confiante o bastante para perguntar:

— Quando foi sua última namorada?

— Ah... namorada... — ele caiu em silêncio.

— Teve alguma?

Um silêncio mais longo.

— Namorada é uma coisa, quero dizer, namorada é algo que eu quis ter a minha vida toda.

— Quer dizer que nunca teve namorada?

Minha pergunta pareceu uma acusação e o Virgem corou, depois riu. Na verdade, foi mais um balido, porque eu tinha pego o cordeiro para abater. Ele não foi o único a se constranger: levando em consideração a disposição do Virgem em esperar, eu me arrependi de meu passado impulsivo. Não queria que ele se sentisse inadequado, mas especialmente não queria que ele pensasse que eu tive namorados demais. Mas, de qualquer ângulo que eu olhasse, nossas diferentes tentativas de encontrar um parceiro tinham produzido o mesmo resultado: nós dois ainda estávamos solteiros. Nenhum dos dois lados podia julgar.

— Temos o mesmo dilema abordado de lados contrários — disse eu, tentando encontrar um terreno comum. — Mas como é que você, sei lá, chegou a esse...

— Controle de qualidade. Sou famoso por isso. Sou um juiz muito severo.

Preferi ignorar esse sinal de alerta gritante e encarei o Virgem como um desafio, um homem que devia se convencer do meu valor.

Durante o jantar, eu o estimulei a falar e também me abri.

— Minha irmã e eu contamos três casamentos e dois divórcios. Mas ela agora está bem casada — acrescentei.

Isso não conseguiu tranqüilizar o Virgem, que sorria como um maníaco enquanto engolia mais vinho. Recuperando a compostura e, com os olhos fixos na carne ao ponto, ele perguntou:

— Você tem filhos?

— Não — respondi. Não acho que eu tenha parecido pesarosa.

— E seus pais... são divorciados?

— Eles ficaram juntos e apaixonados até o dia em que meu pai morreu. E os seus pais?

— Vivos e esperneando, felizmente.

Nós nos encontramos várias vezes depois daquela primeira noite e, como eu não sou boa em ficar de conversa fiada, pressionei o Virgem a falar de coisas que ele evitou a vida toda. Era um inglês comedido que passava os fins de semana no campo com os pais, ou com amigos da universidade, envolvido em atividades que eram conhecidas e seguras. A perspectiva de ampliar seus horizontes era parte do atrativo, mas eu devia ter lido o rótulo. Ele não ia ampliar horizontes. Fora a sociedade educada, o negócio com antigüidades e o trabalho ocasional para o guia de viagens de gente elegante, este homem acumulara pouca experiência. Pensando nisso agora, eu devia ter abandonado todo o caso e o deixado delicadamente com a sugestão de que deveríamos ter nos conhecido vinte anos antes, quando nossas histórias pessoais estavam no mesmo campo. Em vez disso, achei a inocência dele cativante e, na crença equivocada de que este era seu desejo secreto, decidi ajudá-lo a se abrir — uma expressão que ele não teria entendido a não ser que eu usasse um cutelo. Garanti ao Virgem que era admirável esperar pela mulher perfeita e, oh, vaidade, comecei a acreditar que talvez ele estivesse esperando por mim.

— E como foi que conseguiu ficar solteiro por tanto tempo? — perguntei ao Virgem num jantar uma noite.

— Sou um exemplo terrível do que pode acontecer com o amor não correspondido. Infelizmente, as mulheres por quem me apaixonei não se apaixonaram por mim. E agora vejo os amigos casados e com filhos, levando uma vida cheia de significado... — Ele se interrompeu. — Na verdade, eu sou tímido — disse em voz baixa.

Profundamente tímido, pensei, ou é gay. Olhando por sobre a mesa à luz de velas, eu não conseguia acreditar que o amor não correspondido era responsável pelo celibato desse bonitão. Deixando a persuasão sexual de lado, o Virgem era no mínimo ambivalente, porque sempre chega uma hora em que ou você quer ou não quer.

— Certamente algumas mulheres se apaixonaram por você.

— Soube que algumas sim, mas sou absolutista. Só consigo ver as mulheres por quem me apaixono, e nenhuma delas me notou.

Eu devia ter adivinhado que o Virgem nunca ouvia música popular. O cantor favorito dele era Noël Coward, que, para falar com justiça, já fora popular. Mas, enquanto ouvia aquelas músicas espirituosas, o Virgem perdeu o conselho de Mick Jagger. Ele não conseguia entender que, às vezes, na falta do que você quer, é perfeitamente razoável ter o que você precisa.

Passados vinte anos e cansado de esperar, ter o que precisava era o que estava na cabeça do Virgem na maior parte do tempo. Algumas semanas depois de nosso primeiro encontro, e em mais um jantar educado, estávamos sentados no meu carro em frente à casa branca de varanda do Virgem, quando ele me contou sobre as garotas de Vegas. Mais de um ano antes, ele tinha pego um avião de uma companhia aérea adequadamente especificada para uma semana de solteiros em Las Vegas. Na companhia de amigos divertidos e de estranhos, o Virgem se viu num bar de strip-tease onde lindas mulheres pinoteavam em seu colo, os cabelos compridos caíam em cima dele enquanto os mamilos roçavam a ponta de seu nariz. Uma dançarina quebrou todas as regras e colocou o mamilo maduro e doce entre os lábios abertos do Virgem e ele não conseguiu se esquecer disso. Essa garota foi o mais próximo que o Virgem teve de sexo, e a lembrança dela lhe deu esperança, mais alguma, em cada um dos 395 dias desde que enfiou uma nota de cinqüenta dólares na calcinha vermelha de lantejoulas da garota.

Antes de nos conhecermos, o Virgem estava pensando em voltar ao infame oásis. Finalmente estava preparado para renunciar ao sonho de ser feliz para sempre com a mulher perfeita em favor de uma noite feliz com uma perfeitamente disposta mulher de Las Vegas. Quando o Virgem terminou sua história atrevida, as janelas do meu carro estavam embaçadas, mas as garotas de Las Vegas não me intimidaram. Eu sabia que o Virgem queria me convidar para entrar — se ao menos ele conseguisse encontrar as palavras.

— Você quer... er... Gostaria de me... Você está... — começou ele, antes de desistir. Ele se recostou, fechou os olhos e suspirou. Depois de um segundo, olhou para mim com os olhos confusos e disse, num sorriso envergonhado: — Gostaria de uma xícara de chá? — Nada sedutor, mas eficaz. Alguns segundos depois, estávamos na porta da frente. Talvez, afinal de contas, o Virgem não voltasse a Las Vegas.

O Virgem ficou surpreso e um pouco constrangido em descobrir que a casa dele parecia uma lavanderia. Camisas amarrotadas estavam penduradas nos cantos das portas e nas costas de cada cadeira.

— Desculpe por isso. Maria não pôde vir hoje.

Maria era a mulher da vida do Virgem, "um anjo espanhol" que era sua confidente dentro do que permitia sua rigidez aristocrática. Ela limpava a casa e passava as roupas uma vez por semana, embora, por algum motivo, hoje não.

Ele ligou o toca-fitas, e Nina Simone cantou a melodia lúgubre de "Strange Fruit".

O Virgem cantarolou junto enquanto recolhia as camisas e colocava a chaleira no fogo. Sentei na beira do sofá. A sala de estar tinha piso de madeira, umas pinturas sombrias mostrando animais mortos ou soldados lutando, e uma mesa antiga.

— Earl Grey? — gritou o Virgem da cozinha, a cabeça enfiada em um armário de pinho gasto, enquanto vasculhava pacotes empilhados de alimentos. — Ou Darjeeling?

— Tem algum chá de ervas?

— Meu Deus, não. Quer leite? — Ele estava na luz da geladeira agora, cheirando uma caixa aberta. — Ah... o leite estragou.

Ele derramou o leite gelado na pia. Pelo menos, o Virgem percebeu que essa cena não era lá muito sedutora.

— Quer dar um giro? — perguntou, como se estivéssemos numa mansão majestosa, e não numa casinha apertada em Fulham.

Sem esperar que a chaleira fervesse, subimos a escada. Mais camisas em tom pastel penduradas no corrimão. Ele as pegava enquanto passávamos, apertando no rosto as camisas de puro algodão.

— Não fazem mais algodão assim. Estas eram do meu avô.

O quarto dele era branco, com uma cama baixa, uma cômoda e uma cadeira dura de madeira. À parte uma colcha laranja, que dava o único toque de cor, o tema era Solteirão Monástico.

— É da Tailândia — disse ele, dobrando a roupa de cama brilhante —, meu segundo lugar favorito depois da Inglaterra em junho.

Nós nos empoleiramos na beira da cama, totalmente vestidos, e nos beijamos. Na verdade, seria mais correto dizer que apertamos uma boca na outra. Tentei fechar os olhos, mas não pareceu certo e os abri, descobrindo que o Virgem me encarava, os olhos arregalados, no estilo das tirinhas de quadrinhos. Separamos os lábios para respirar.

— Não sei quanto a você, mas estou meio nervoso. Moro aqui há doze anos e você é a primeira mulher que se senta na minha cama.

Tentei ser positiva.

— Eu te acho muito atraente — disse eu, pensando que alguma coisa estava muito errada para eu dizer uma frase dessas num momento como aquele.

Simpatizei com esse homem, com seu intelecto impressionante e corpo combinando, preso numa rotina que devia ter durado alguns meses quando ele tinha 17 anos em vez de se arrastar por mais tempo do que qualquer um poderia imaginar. Uma mistura fatal de vaidade, esperança e pena me levou a insistir. Eu sentia que cabia a mim ajudá-lo, convencida de que, com o estímulo certo, o Virgem podia se transformar num amante, bastava moldá-lo com mãos delicadas. Eu precisava instilar confiança, mas não tinha certeza de como agir — e o Virgem certamente também não. A perspectiva de dormir com alguém pela primeira vez o paralisara. Um sorriso estava fixo no meio da cara e sua mão grudada no meu peito feito velcro.

Tirei a mão pesada dele e respirei fundo. Ele entendeu isso como uma dica para se levantar e tirar o paletó e os sapatos (sem meias com que se preocupar). Não foi bom. Eu não podia continuar com isso e estava prestes a dizer a ele, quando o Virgem tirou a camisa. Seu compromisso com a ginástica, treinando socos e levantando pesos, não fora um desperdício. O torso do Virgem era esculpido com perfeição. Ele brilhava com uma limpeza de recém-lavado que era emoldurada por seu próprio cheiro.

Tentamos outro beijo, que foi um pouquinho mais bem-sucedido que o primeiro, e ele se levantou novamente, desta vez para tirar as calças. Quando surgiu a cueca samba-canção azul de bolinhas, apreciei cada movimento delicadamente musculoso: o corpo do Virgem era o segredo mais bem guardado de Londres.

Ele lutou com meu sutiã por um minuto inteiro até que finalmente eu o abri. Meu peito caiu na mão dele. Ele olhou — e ficou olhando como se estivesse acabrunhado. Eu o toquei e ele se deitou de costas, os olhos arregalados de espanto substituindo o sorriso duro. Ele era tão rígido, uma delícia. Talvez, pensei, só talvez, valha a pena ser virgem, independentemente de idade ou gênero. E então, sem avisar, ele explodiu. Voou sêmen para todo lado; no pescoço dele, no meu rosto, até a parede um metro e meio atrás de nós ficou borrifada. E foi assim que a primeira vez do Virgem com uma mulher chegou a um final prematuro.

Mas nossa primeira noite juntos não foi uma completa decepção. Houve muitas variedades de ejaculação, do supersêmen, o "grand cru" com um alto potencial criativo, descendo à variedade lava-louças sujo, que é menos abundante e totalmente menos atraente. Foi uma espécie de compensação descobrir que o sêmen do Virgem era tão puro que parecia creme batido. Até tinha um cheiro doce. Eis um homem, se havia mesmo um, que podia engravidar uma mulher e bastou essa idéia passar por minha mente consciente para meus ovários não pensarem em outra coisa.

❖

Nos meses de verão que se seguiram, eu e o Virgem nos vimos muito. Nada podia superar o café-da-manhã no jardim da casa dele, dar uma lida nos jornais, discutir as notícias. O Virgem era bem informado e sagaz, e a princípio eu me divertia com seu complexo de superioridade particularmente inglês, característico de alguém mandado ao internato antes de saber dar nó no sapato. Mas, com o passar do tempo, o Virgem, que nunca questionava as próprias opiniões ou a própria inteligência, começou a questionar a minha.

— É claro que não acho que você seja idiota — disse ele. — Só é uma pena que não tenha tido um professor de inglês como o meu, em Eton. Se ao menos você tivesse freqüentado uma escola particular. E é uma tragédia que não tenha estudado na minha universidade.

— Por quê? Fico feliz de ter ido aos Estados Unidos para me formar. E quanto à escola privada, não acho que seja...

— Escola particular, querida. Escola privada é tão americano.

— E daí?

— Somos ingleses.

E o Virgem continuou, chegando ao cúmulo de apontar minha ingenuidade política e minha inferioridade intelectual, enquanto eu tentava ao máximo não lembrar a ele de sua inexperiência sexual. Quando era hora de ir para a cama, conseguíamos um ótimo esforço, mas uma péssima execução. Depois de ter fantasiado com a forma feminina de modos abstratos, algo se perdeu na tradução quando o Virgem se confrontava com a realidade de um corpo de mulher. Não que o tesouro que ele levara tanto tempo para obter, depois de possuído, tivesse perdido seu brilho; era mais uma questão de proximidade. Despida de belas qualidades misteriosas, a forma feminina em toda a sua graça era um pouco sem graça para o Virgem.

A idéia que ele tinha de sexo era mais enrolada do que eu estava acostumada. Ele queria uma deusa do sexo bruxuleante que fosse torturante e provocativa. Em resumo, ele queria uma *striper*. Comprei saltos altos e calcinhas de renda, mas vestir tudo isso para poder transar parecia trabalho demais e comecei a me perguntar por que ficar nus juntos não era *sexy* o bastante.

Enquanto lutávamos na cama, a novidade se espalhou: o Virgem tinha uma namorada. Recebemos convites para passar fins de semana em lugares glamourosos, que nos distraíam de nossas dificuldades, mas também causava algumas. No final de um longo verão de social no Mediterrâneo, e nos arrastando pela Escócia, pediram ao Virgem para escrever sobre as velhas estalagens da Cornualha. Era a oportunidade perfeita para ficarmos juntos sozinhos.

— Minhas atribuições são sempre indecentemente exóticas — brincou ele —, mas seja boazinha e vá comigo.

O Virgem partiu antes para poder fazer parte do trabalho e eu cheguei alguns dias depois. A estalagem onde nos encontramos era antiga desde a fachada, os cômodos escuros originais, de vigas baixas e inalterada por trezentos anos, mas, nos fundos do prédio, quartos recém-construídos transformavam a velha Inglaterra nos Estados Unidos. Andei por um longo corredor envidraçado e encontrei meu ex-Virgem sentado em uma estufa, conversando com o proprietário — um multimilionário da Austrália que se fez sozinho. As apresentações foram feitas e ouvimos a história dos-trapos-à-riqueza de nosso anfitrião antes de ele se virar para mim e dizer:

— De onde você é?

— Da Inglaterra.

— Mas dá para saber que você não morou sempre neste país.

— Morei em Nova York e em Paris. — Paris era um exagero, mas era o que o australiano queria ouvir.

— Exatamente. Internacional — disse ele, e eu sorri porque ele estava tentando me elogiar.

Alguns minutos depois, nosso anfitrião chamou um porteiro para nos levar a nosso quarto. O Virgem sacou caneta e papel.

— O que há de errado com este quarto? — perguntou ele.

Eu dei uma olhada em volta.

— A cama é grande demais? — perguntei eu, caindo de costas nela.

— Cesto de lixo é o que há de errado — disse ele. — Devia haver um aqui — e anotou o fato. — Os hotéis devem atender a todas as necessidades dos hóspedes. E não quero dizer suporte para barbeador, que devia virar cola ou alguma coisa útil.

O Virgem era um devoto do barbear à moda antiga e dividia os homens entre os leais à navalha e aqueles vulgares o bastante para usar barbeador elétrico. Enquanto rabiscava detalhes sobre as pinturas — cópias de cenas de caça do século XIX — exibidas estrategicamente nas paredes cor de creme, rastejei até as costas dele e cobri seus olhos com minhas mãos.

— Querida, estou trabalhando — disse ele.

Beijei seu pescoço e ele se contorceu, largando o bloco no chão, e caímos juntos na cama larga.

— Você não devia me distrair. Tenho de encontrar nosso anfitrião no bar para um giro daqui a vinte minutos.

— Então temos tempo para namorar. — Beijei-o no pescoço novamente.

— Os quartos originais datam de quinhentos anos. Deus sabe por que nosso anfitrião nos enfiou nesse quarto monstruoso adicionado aos fundos do prédio.

— Ele disse que eu parecia internacional — disse eu, abrindo a camisa do Virgem e beijando o peito dele.

— Está mais para puta internacional.

— Como é?

— Brincadeira, querida.

— Não foi engraçado.

— Ah, meu Deus. Pane no senso de humor.

O Virgem tentava esconder seu senso de inferioridade com insinuações de que eu era experiente demais, mas eu me recusei a me divertir com isso.

— Estou brincando — insistiu ele. — Temos de ser capazes de rir juntos. É essencial.

O Virgem estava certo, mas não rimos muito nesse fim de semana, não só porque eu fiquei furiosa com o comentário, mas também porque, sempre que saíamos, o bloco ficava grudado no nariz. Ele rabiscava descrições e localizações de acessórios e mobília; sabonetes, e a falta deles; a textura das colchas; a origem da geléia, do pão, das velas, dos lençóis e até o timbre do papel de carta; o tempo que os funcionários levavam para responder ao serviço de quarto, se a garçonete do restaurante era tão eficiente quanto bonita. A lista era longa, pois o Virgem tinha um olhar meticuloso e crítico e, enquanto o fim de semana passava, mais inclinado ele ficava em concentrar esse olhar em mim. Os ressentimentos estavam se acumulando dos dois lados e nós pulamos neles como irmãos brigões. Mas eu estava entrincheirada e, na viagem de volta da Cornualha, acabei conhecendo os Pais. Outro erro.

❖

Dirigi de volta a Londres e, ao passarmos por Wiltshire, o Virgem pegou o celular no bolso.

— É melhor ligar para eles.

— Para quem?

— Meu pai e minha mãe. Eles moram perto daqui — disse, pressionando os números. — Oi, mãe. Não, na verdade estou bem perto. Estava pensando em dar um pulo aí. Não se preocupe com o jantar. Salsicha? Ótimo. E mãe... estou com alguém que gostaria que conhecesse. Pode ser salsicha. Não acho que ela vá comer. Vegetariana, parece. Há uma longa lista do que deve ser excluído do cardápio, inclusive manteiga. — Ele riu. — Tchau. E continuou: — Não foi assim tão difícil. Acho que teremos salsichas no jantar. Mas feitas em casa, e a coisa mais pura do planeta.

Eu estava mais preocupada com minha saia.

— Qual é o problema dela? — perguntou o Virgem.

— É muito curta.

— Exatamente.

— Eu não devia trocar por uma coisa mais adequada?

— Não consigo pensar em nada mais adequado do que suas pernas nesta saia.

Seguimos em silêncio, passando por mais aldeias graciosas e mais campos arados, até que o Virgem me orientou a pegar a estrada estreita que saía da rodovia.

— Estamos bem perto, mas não fique nervosa. É essencial que você não fique nervosa.

Esse ritual não era novo para mim e eu não estava nervosa, enquanto o Virgem, como percebi, estava suando de verdade. Tinha levado outras mulheres em casa, garotas da universidade, mulheres que eram amigas, mas ninguém Significativo.

— Acho que é você que está nervoso — disse eu.

— Estou bem. — Ele pegou um cassete de John Betjeman recitando seus poemas. Os lábios do Virgem mexiam-se em silêncio com a pronúncia meticulosa de Betjeman.

Dos ventiladores de gêiser
Sopram os ventos de outono
Em mil mulheres de negócios
Para o banho em Camden Town.

Aquelas vogais redondas, tão corretamente pronunciadas, ecoavam a dicção precisa do Virgem e, enquanto passávamos por campos arados lisos como papel de parede, eu ansiava por variedade. Eu não merecia isso. O portão de cinco ripas estava aberto e nos precipitamos por um caminho de cascalho que contornava a lateral da casa e estacionamos em frente a uma roseira. Era o final de setembro, não chovia há uma semana e o ar estava cheio do aroma de flores pesadas. A elegante casa georgiana era menor e menos opulenta do que fui levada a acreditar. Sua simplicidade clássica era equilibrada por um jardim rural inglês e árvores elegantes.

Os Pais, ansiosos por um acontecimento pelo qual esperaram muitos anos, estavam ali para nos receber antes que saíssemos do carro. O filho mais novo estava trazendo uma garota e as expectativas eram quase tão altas quanto a bainha de minha minissaia jeans, que eu já podia dizer que não tinha sido uma boa idéia. Saí com cuidado do banco do motorista, puxando minha saia esperançosamente na direção dos joelhos.

A Mãe estendeu a mão: lábios finos, saia comprida, cardigã vermelho, uma camada de batom rosa néon. Sua boca se transformou num sorriso rígido. Acho que ela decidiu não gostar de mim mesmo antes de apertar minha mão. O marido hesitou, um brilho nos olhos e um sorriso agradável. O Pai, como o filho, usava uniforme de verão: calças brancas de algodão e paletó bege — um clássico saído direto de uma peça de Noël Coward. E, assim como nas obras de Coward, eles eram terrivelmente educados.

Depois dos apertos de mãos e das primeiras impressões, ficamos parados por um segundo sem saber o que fazer em seguida. A Mãe tomou a iniciativa. Virando-se para o marido, ela disse:

— Por que vocês dois não vão até o jardim? — E para o Virgem: — Você, querido, pode me ajudar com o chá.

O Pai e eu andamos em silêncio pelo longo gramado até uma alameda imponente de árvores. O velho não tentou ser educado, nem forçou uma conversa, e eu fiquei grata por isso.

— Plantei estas a partir da semente há quarenta anos — disse ele, enquanto andávamos por um caminho de álamos que ressoavam com o espírito de uma catedral. Caminhamos na sombra das altas árvores em direção ao campo a céu aberto, e eu sabia que nenhum arquiteto podia ter criado algo tão impressionante.

Voltamos para a casa, mobiliada com um bom gosto sereno, e descobrimos que a mãe e o filho tinham decidido que passaríamos a noite ali. Mostraram-me o quarto de hóspedes e o Virgem me disse que dormiria no quarto de cima, a uma distância civilizada e perto do quarto dos pais.

Durante o jantar de salsichas (eu comi quatro), mãe e filho conversaram entusiasmados sobre livros, decepções em comum com o noticiário de esquerda da Radio Four e juraram que não ouviam *The Archers*, uma paródia com seus acentos regionais, trama fraca e fofoca de classe média.

Durante a conversa animada, a Mãe do Virgem virou-se para mim pedindo o sal.

— Lá vai — disse eu, passando-o a ela.

O Virgem se encolheu. "Lá vai", segundo ele explicou depois, era uma expressão comum que degradava a linguagem e, portanto, fazia parte da lista negra da família.

— Então, pelo que entendi, você morou nos Estados Unidos? — perguntou a Mãe, sem dúvida inspirada por minha gíria.

— Sim. Em Nova York.

— E gostou?

— É uma cidade ótima.

— É um lugar aonde pensamos em ir, não é, querido? — perguntou ela ao marido. — Mas parece tão americana.

— Ainda quero visitar um dia — disse ele.

— Já que este país se tornou tão americanizado, não precisamos viajar para ver o que já temos em casa.

— Casual chique — disse o Pai, rindo.

— Ah, querido, não comece — disse a Mãe.

— Casual chique? — perguntei.

— Expressões americanas; são imprecações para o papai. Mas já as ouvimos antes, pai, então não comece — alertou o Virgem.

— Casual chique... que expressão terrível, que idéia terrível. E *chinos*. O que, em nome de Deus, são *chinos*? — perguntou o velho, estimulado por meu apoio a ignorar a oposição.

— O senhor está usando calças assim. — Eu sorri.

— Estou mesmo? — Ele parecia se divertir. — Estados Unidos. O melhor e o pior país do mundo. Vou até lá antes de morrer.

— Ah, querido, não vamos exagerar — disse a esposa, servindo-se de mais vinho tinto, piscando para o filho por sobre a borda da taça.

Depois do jantar, o Virgem anunciou que íamos dar uma caminhada. Por um segundo, pensei que a mãe também ia, mas depois que ajudamos a tirar a mesa, como devem fazer os bons filhos, escapamos dos limites da casa. Era libertador sair naquela noite de final de verão, o ar frio e limpo. No meio do gramado, onde a luz da casa não podia nos alcançar, o Virgem riu com deleite, balançando-me de um lado a outro. O jardim ao luar era o paraíso pastoral do Verdadeiro Amor, onde os jovens amantes se escondiam dos pais e do resto do mundo para dar beijos roubados. O Virgem estava arrebatado.

— Esperei muito por este momento. E eles acham você maravilhosa. — O rosto dele estava vermelho, excitado como um adolescente apaixonado.

— Tem certeza de que seus pais gostam de mim? — Só o que eu tinha detectado era desaprovação.

— Querida, eles te adoram, eu sei disso.

Nós nos beijamos novamente. Era tudo tão novo para ele, não só o beijo, mas beijar em casa sob uma lua cheia, os pais tão perto, mas fora de vista.

— Pode imaginar morar aqui comigo? — perguntou ele, parando para pegar minhas mãos, nossos braços estendidos um para o outro.

— Podemos morar aqui um dia... depois que seus pais morrerem. — Tentei ser diplomática, e não consegui.

— Querida, como pode dizer isso? — A fisionomia do Virgem mudou. — Mamãe e papai têm anos pela frente, se Deus quiser. São pessoas incríveis.

— Talvez, mas não para morar com eles.

— Quero morar aqui com eles *e* com você — disse ele.

— Vamos todos enlouquecer. — Eu larguei as mãos dele. Por um segundo, ele parecia destruído, como se eu o tivesse roubado, mas minha realidade não pôde eliminar seu ideal quixotesco.

— Espere e verá. Quanto mais viermos aqui, mais você vai aprender a gostar da mamãe e do papai — disse ele, parando a meu lado enquanto andávamos pela alameda na escuridão sob as altas árvores.

❖

Na manhã seguinte, desci cedo para o café-da-manhã e, ao me aproximar da cozinha, ouvi vozes sussurradas. Apurei o ouvido.

— Ela é maravilhosa, não é? — perguntou o Virgem, parecendo orgulhoso.

— Ela não é exatamente o que nós esperávamos, querido — disse a Mãe.

— Sei que ela fala de forma diferente por ter morado nos Estados Unidos. E ela faz terapia — acrescentou.

— Deus do céu, querido, *terapia*. Graças a Deus nenhum dos meus filhos precisou dessa baboseira.

— Mas o que você realmente acha dela?

— Estou ambivalente porque você está.

— Eu estou?

— Você não tem certeza sobre ela, querido. Sei disso. E outra coisa...

— O que é? — Ele estava ansioso pelas palavras dela. — Continue.

— Se vocês ficarem juntos, nunca terão filhos. Ela logo será velha demais.

— Andamos conversando sobre nossa velhice.

— É a velhice dela, não a sua. Um homem de 38 anos é muito mais novo que uma mulher da mesma idade.

Mãe e filho sentaram-se em silêncio e eu estava prestes a voltar de mansinho para o meu quarto e chorar no travesseiro com fronha de linho branco engomado quando ouvi a Mãe dizer:

— O que aconteceu com aquela adorável garota, Lady Annabel Pitt-Ponsonby?

— O quê, a Lady A?

— A foto de vocês dois na casa de campo dos pais dela ainda está ao lado da minha cama. Você estava delirando de felicidade, querido, e ela era tão apaixonada por você. Lembro de me ajoelhar e rezar para que você se casasse com ela.

— Mãe, ela era só uma amiga.

— Amigas nos fazem felizes, querido. Não pense que vai encontrar a felicidade com uma mulher só porque ela é diferente e tem pernas compridas.

❖

Um mês antes de eu conhecer os Pais dele, apesar dos óbvios obstáculos, o Virgem falou em firmar compromisso e ter uma família de quatro filhos — sem pensar que eu estava perto dos quarenta e um filho já seria um milagre. O Virgem não deu nenhuma indicação de que não estava pronto para colocar a conversa dele em prática. Até me perguntou onde eu gostaria de me casar.

— Depende com quem — disse eu.

— Depende *de* com quem — ele me corrigiu e, depois que acertamos a gramática: — Comigo, por exemplo. — Ah, claro.

Mas o Virgem não falou em casamento, em filhos ou em se mudar para o interior desde que eu conheci os Pais. Enquanto isso, sua tendência a corrigir minha fala tinha se tornado uma compulsão. Quanto mais ele insistia que eu devia me conformar ao uso perfeito do inglês, mais eu me recusava a entrar na linha, particularmente quando isso me fazia parecer uma personagem de teatro eduardiano. A adesão do Virgem à convenção me deixava maluca. Eu não via mais esse hábito como uma excentricidade charmosa, mas como uma adesão cega à visão de mundo da mãe dele. Meu medo de que fôssemos incompatíveis entrava em foco sempre que tentávamos transar. O Virgem era a ambivalência em ação, ansioso para começar, mas incapaz de terminar o que tinha começado. Cada vez mais nos acomodávamos a um curto abraço e uma beijoca rápida em vez de enfrentar a verdade terrível de que o Virgem não conseguia se mostrar à altura das circunstâncias. E ao dormirmos, de costas um para o outro, eu me lembrava do comentário da mãe dele: "Sou ambivalente em relação a ela porque você é."

Num minuto eu estava convencida de que devia perguntar ao Virgem se a opinião da mãe dele estava afetando sua ereção, e no seguinte eu temia que essa conversa o levasse à beira do abismo e nosso relacionamento desabasse com ele. E assim fiquei em silêncio.

Então, numa noite, dirigindo pela ponte de Westminster depois do teatro, eu estava prestes a expressar meu amor pela cidade à noite quando percebi que não tinha sentido. O Virgem estava sentado a meu lado, mas absolutamente não estava ali.

— Você está bem? — perguntei pela segunda vez.

— Estou ótimo, querida.

— É como se você não estivesse aqui — disse eu.

— Querida, eu realmente estou bem.

Ele estava melancólico, olhando para a frente, sem se dar conta do enorme trecho de água escura que refletia as luzes da margem e dos prédios.

— Foi a peça. Uma desgraça de 24 quilates. Mais sombria que um corte de energia. — Sua fachada habitual de palavras cuidadosamente escolhidas estava em ação.

— Não acha que tem alguma coisa a ver com o comentário da sua mãe?

— Que comentário? — Ele estava inacessível para mim. — Acho que é minha ind...

— Indigestão? — interrompi, já que o jantar tinha sido tão indigerível quanto a peça.

— Não, minha dispepsia não me incomoda há algum tempo — disse ele.

— O quê, então?

— Minha indecisão — disse ele de forma insípida.

Talvez a Mãe tenha identificado a ambivalência do filho em relação a mim antes que ele tivesse consciência dela, ou talvez tenha plantado a semente. De qualquer forma, eu tinha um homem indeciso nas mãos. Voltamos ao meu apartamento em silêncio e assim que passamos da porta da frente ele me abraçou com força, os braços pesados em volta dos meus ombros, o rosto apertado na curva do meu pescoço. O peso morto dele era terrível.

— Está deprimido? — perguntei, tentando desalojar sua cara enterrada. Eu precisava ver os olhos dele, mas ele não olhava para mim.

— Não estou muito bem comigo mesmo — respondeu ele, arrancando o corpo do meu. Ele se sentou na beira do sofá, os olhos baixos, e eu percebi que sempre que estava comigo o Virgem se empoleirava desse jeito. Eu estava olhando para um homem que não conseguia sequer se sentar à vontade.

— Quer uma xícara de chá?

— Sim, por favor, querida. — Ele deu um sorriso estranho para mim, presumivelmente de gratidão, porque eu mudei de assunto. Mas não por muito tempo.

— Há quanto tempo está se sentindo assim?

— Não sei. Não penso em sentimentos.

— Nunca?

— Não especialmente. Os sentimentos não são importantes. Acho que cometemos um erro quando acreditamos que o modo como nos sentimos por dentro importa. Os sentimentos são um luxo para as pessoas que não têm nada mais com que se preocupar. — Ele me olhou de forma penetrante.

— Se quer dizer que são um traço da civilização, então ter consciência dos sentimentos pode ser considerado um progresso da humanidade — disse eu.

Nós dois ficamos em silêncio. Ele encarava o chão. Sinceramente, era como se alguém tivesse morrido.

— Você não está feliz, não é? — perguntei, declarando o óbvio.

A resposta dele demorou um pouco.

— Eu me lembro da última vez em que fiquei feliz. Eu estava saindo da minha casa para o metrô — disse ele numa voz baixa e suave.

— Quando foi isso?

— Quatro semanas antes de terça-feira.

— Ficaria feliz agora, se estivesse em casa, a perspectiva de uma caminhada matinal esperando por você?

— Não sei.

Passei a ele uma xícara de chá fumegante, sem leite, com uma fatia grossa de limão.

— Obrigado, querida — e depois disse: — Talvez eu fosse mais feliz se estivéssemos namorando.

— O que quer dizer?

— Sabe como é, se nos víssemos uma vez por semana.

— Uma vez por semana?

— Uma... ou duas vezes. Não sei, eu nunca namorei antes, então não tenho muita certeza de como agir.

Fiquei confusa. Parecia não haver mais nada a dizer e fomos para a cama sem falar mais nada.

❖

Na manhã seguinte, com calções de algodão branco, fiquei deitada de costas entre os lençóis de algodão, as duas mãos pousadas no abdome. Eram vinte para as seis e meus ovários tinham me acordado. Isso nunca acontecera antes. Olhei para o Virgem dormindo a meu lado na luz fria da manhã, nossa conversa da noite anterior em minha mente. O rapaz adequado estava recuando. Ele só conseguia lidar com um namoro. Meus ovários, enquanto isso, estavam em rebelião, torturados pela esperança do esperma saudável que estava a apenas uma ejaculação de distância.

"Não ligamos para namorar", gritavam eles para mim, contraindo-se de seus ligamentos suspensores. Os ovários são impiedosos, não ligam para as convenções, casamento e nem Amor. Não se importam com o Virgem. Só querem o esperma dele.

"Estamos secando por aqui. Faça uso de seus óvulos", pediam eles.

Embora grande parte de meus órgãos reprodutores quisesse que eu correspondesse a meu destino biológico e embora eu gostasse da conversa do Virgem de ter filhos, eu ainda não estava convencida. No restaurante na noite anterior, durante nosso jantar antes do teatro, enquanto o Virgem estava entrando em seu momento sombrio, eu tinha observado um bebê perfeito comendo uma toalha de mesa de papel, uma comida pegajosa e amarela caindo de seu queixo. Meu instinto — ao qual não reagi — foi pegar o bebê, limpar o queixo, beijar o rosto, segurá-lo e depois devolvê-lo à mãe.

"Tenha o seu bebê", sussurrou a parte primordial de meu cérebro que gritava por momentos como esse, não num restaurante por cinco minutos, mas pelo tempo que leva para uma criança aprender a comer sem deixar a comida cair pelo rosto.

O Virgem se virou, dormindo. Eu queria falar, mas temia o que ele ia dizer.

— Não consegui dormir essa noite — disse ele, com os olhos fechados. — E você dormiu como um bebê, o que piorou as coisas.

— Não consigo dormir agora — disse eu, as lágrimas enchendo meus olhos e correndo por meu rosto.

— Ah, pituquinha, não chore — disse ele e estendeu a mão para me abraçar. Embora profundos soluços estivessem percorrendo todo o meu corpo, uma parte de minha mente se perguntava sobre o "pituquinha". Nunca ouvira o Virgem me chamar assim antes — parecia tão pouco característico.

— Eu andei pensando: não podemos continuar desse jeito. Você tem razão. Nós podemos namorar. Podemos nos ver uma vez por semana — disse eu.

— Ah, querida. — Ele se aproximou, o calor suave de seu corpo apertado contra o meu. Nós nos beijamos, nossas bocas cheias e abertas, as mãos dele passando por meu corpo, e fizemos amor pela primeira vez em um mês, as cabeças se tocando enquanto nos deixávamos levar para perto do sono. Foi como se houvesse uma ligação entre nós, mais forte que nunca.

— Talvez você deva construir um anexo na casa dos seus pais. Não seria tão ruim, podíamos passar os fins de semana lá... — disse eu, sonhadora. Queria que ele soubesse que eu podia me ajustar aos desejos dele e, prevendo sua resposta feliz, me virei para ele. Ele estava encarando o teto, os olhos arregalados, e novamente tinha voado.

— Você está bem? — perguntei. E depois me ouvi perguntando: — Está pensando em outra mulher?

— Estou — respondeu ele, de estalo. Virei-me de bruços e, apoiada nos cotovelos, comecei a fazer a ele o tipo de pergunta necessária quando uma pessoa está confusa e quando essa confusão envolve você. Minha voz era lenta e estável, sem emoção.

— Em que tipo de mulher está pensando?

— Numa americana relaxada.

— Já conheceu alguma? — (Eu não havia.)

— Uma vez, por dez minutos. Num pub. Ela estava rindo, e me fez rir.

— Como vocês se conheceram?

— Tínhamos amigos em comum.

— Quando?

— Há um ano e meio.

Dez minutos antes, estávamos transando e era muito íntimo e intenso, e aqui estava ele se lembrando de uma garota que tinha conhecido brevemente em um pub há um ano. E além de tudo, era americana. E a gramática da mulher? Ela nunca passaria pelas correções dele. Não fazia sentido.

— Eu costumava ter certeza de tudo, agora não tenho certeza de nada — disse ele, os olhos ainda fixos no teto.

— Você tem certeza de que quer administrar seu antiquário e escrever para publicações de viagem? — Minha voz era neutra, e de repente eu estava entorpecida, fazendo perguntas como se a resposta dele nada tivesse a ver comigo.

— Tenho.

— E de que um dia vai querer ter filhos?

— Sim.

— E de que acredita em ter filhos no casamento?

— Tenho.

— Então você quer se casar?

— Quero.

— Então a única coisa de que não tem certeza é sobre mim.

— É. — Pelo menos ele teve a decência de hesitar.

Eu saí da cama. Ele não era mais "O Virgem". Agora, se ele preferisse, era o Amante da Mão Suave. Tomei um banho, fiz um bule de chá, preparei torradas, passei manteiga inglesa e geléia que não era feita em casa. E depois que ele tomou banho e o café-da-manhã, eu o empurrei até a porta.

— Ah, querida — disse ele, parado na soleira, agarrado à bolsa de viagem de grife. Ele estava prestes a pousar a cabeça no monte triste do meu ombro, mas eu me afastei.

— Adeus — disse eu com firmeza e fechei a porta, decidida a nunca mais falar com ele de novo.

❖

Cinco semanas depois, descobri que estava grávida.

Dois

O Professor

Um dia, todos nós fomos virgens, intactos e incompletos, e poucos se esquecem de quando foi erguido o véu desse estado de pureza. Eu antevia o momento com deleite, mas perder minha virgindade foi uma experiência mais solene e mais solitária do que eu imaginara. De joelhos, os olhos fechados com força, os cotovelos cavando o colchão macio de uma cama de solteiro, oscilando no precipício do pecado original, eu rezava: "Pai Nosso que estais no céu."

O homem que estava prestes a transformar uma garota que fantasiava em uma mulher procurava uma camisinha no banheiro.

"Santificado seja o Vosso nome."

Eu queria que ele tivesse posto uma debaixo do travesseiro. Quando estávamos nos beijando, eu me senti pronta.

"Venha a nós o Vosso reino, seja feita a Vossa vontade."

Mas agora não tenho tanta certeza. Deus? É assim que deve ser?

"Assim na terra como no céu."

Embora minha mãe diga que os homens só se casam com virgens.

"O pão nosso de cada dia nos dai hoje."

Mas ele me ama.

"Perdoai as nossas ofensas, assim como nós perdoamos a quem nos tem ofendido."

E não seria pecado se estivéssemos casados.

"Não nos deixeis cair em tentação."

Ah, Senhor, por favor, me perdoe.

Antes que eu chegasse no poder e na glória, eu o ouvi andando pelo corredor e pulando de volta na cama. Pelo canto do olho, eu o vi entrar no quarto.

— Atrás do xampu. — Ele riu, segurando uma camisinha como se fosse um prêmio.

Eu enchi os pulmões, como se pudesse esticar o tempo. Ele tirou a camisa azul-clara pela cabeça e ficou nu aos pés da cama. Mesmo que tivesse se aproximado em câmera lenta, teria parecido rápido demais.

Ele mordeu a embalagem prateada da camisinha, rasgando o canto com os dentes, afagando-se com a outra mão. Seus testículos subiram de encontro a ele. Eu me perguntei como e por que isso acontecia.

De repente, ele estava tão ereto que eu tinha me esquecido do nervosismo e me sentei, curiosa como um gato. Ele desenrolou o disco transparente, descendo pela haste do pênis, que brilhava como uma lâmina à luz do sol que passava por uma brecha nas cortinas fechadas. Partículas de poeira flutuavam no ar da manhã e, concentrada na suspensão, eu o observei vindo na minha direção. Ele me apertou, o hálito quente em meu ombro.

— Quero ser cuidadoso — disse ele com delicadeza.

A cama era tão estreita que não havia onde colocar o pênis

duro, exceto dentro de mim, e foi para onde ele se dirigiu sem muita cerimônia. Pensei em me juntar ao movimento circular, mas, espetada no colchão, não consegui acompanhar o ritmo. Uma profunda sensação de lixa por dentro me fez prender a respiração e de repente era como se eu não estivesse ali.

Isso não está acontecendo, eu disse a mim mesma. Pai nosso que estais no céu, por favor, que não dure muito. Santificado seja o Vosso nome. Perdoe-me, Senhor, por este pecado, que já parece castigo suficiente. Escapei para uma lembrança do dia anterior, andando por um campo, quando meu namorado se ajoelhou e levantou minha saia para beijar entre as minhas pernas. A força do meu grito de orgasmo fez um pássaro guinchar nos galhos acima e terminou com um riso enquanto rolávamos na grama, os beijos ainda durando. Eu me perguntei por que não podia ser sempre assim quando, em resposta a minhas orações, o movimento parou. Ele se deitou por cima, soltando todo o peso em mim, pousando um beijo, uma leve borboleta no meu rosto. Depois ele se virou para o meu lado, metade do corpo para fora da cama.

— Ah, não, você está chorando. Desculpe — disse ele. — Eu te machuquei?

— Não, não machucou — menti, porque sabia que ele não queria me machucar.

— Eu queria fazer amor com você há tanto tempo que não fui muito bom. Mas na próxima vai ser melhor, eu prometo.

Amém, pensei, e porque eu não sabia o que fazer em seguida, virei-me de costas para ele. O braço dele se estendeu e me trouxe para mais perto, para que nenhum de nós caísse da cama, e dormimos enroscados desse jeito. E eu sonhei com o dia de nosso casamento.

❖

Desde minha infância, o casamento era o Santo Graal. Mas a idéia de casar era complicada, porque minhas lembranças do casamento de meus pais eram vagas. Minha mãe, francesa e católica praticante, dedicou-se a meu pai até depois da morte dele, quando eu tinha 7 anos. O dinheiro sempre foi apertado, mas, depois que meu pai morreu, nada parecia tão definitivo quanto não ter dinheiro nenhum. Minha mãe criou a mim e a minha irmã sozinha e nossa casa na infância era uma fortaleza matriarcal. Não precisávamos de homens na nossa vida porque tínhamos as lembranças de nosso pai e tínhamos o Senhor, e íamos à igreja para nos unir com os dois. Uma educação em colégio de freiras garantiu que os meninos continuassem a ser um mistério até nossa libertação para o mundo, quando chegamos aos 18 anos. Pelo menos o plano era esse.

Depois que papai morreu, íamos à igreja todo dia, nossa mente concentrada em como nos manter afastadas dos problemas a partir dali. A onisciência de Deus era o credo do colégio de freiras e eu era uma aluna rebelde, mas todas aquelas "Ave-marias" não conseguiram me impedir de querer um homem na casa. Quando eu tinha 14 anos, colei o primeiro pôster de Donny Osmond, depois um do astro do tênis Arthur Ashe, nas costas da porta do meu quarto. Os pôsteres, presos a uma altura que colocava a boca dos homens acima da minha, ficavam escondidos da minha mãe pelo vestido e, sob os olhos de Deus (que eu concluí que era mais benevolente do que as freiras queriam me fazer acreditar), eu me envolvia em beijos não correspondidos nos lábios incomumente grandes. Os beijos unilaterais com os homens dos pôsteres não diminuíram minha frustração por ficar presa no molde feminino e eu não conseguia entender por que minha mãe e minha irmã pareciam não precisar de um homem de carne e osso na família. Todo dia eu estimulava minha irmã a me ajudar a procurar um homem para nossa mãe, mas os candidatos de nossa cidade ou eram casados, ou tinham 80 anos. "Está perdendo seu tempo", aconselhava minha irmã. "Mesmo que você encontrasse um Paul Newman, nossa querida mãe não ia sucumbir." Espicaçada por minha curiosidade em conhecer homens, (um já bastava) eu me recusava a desistir.

O homem que eu procurava estava mais perto do que eu imaginava, tão perto que batia à nossa porta duas vezes por semana. As visitas regulares incluíam o leiteiro, o carteiro, um homem que vendia material de limpeza e outro que amolava facas, mas foi o verdureiro, o Sr. T, sua *van* carregada de legumes e frutas, que atraiu minha atenção. Mas acho que ele atraiu a da minha mãe primeiro. Em algumas tardes, ela pintava os lábios casualmente e sem a menor vaidade. Levei algum tempo para fazer a ligação entre seu embelezamento e as visitas do Sr. T. Se a beleza cigana dele tinha inspirado minha mãe a passar batom, eu achava que era meu dever estimular um relacionamento mais íntimo. O Sr. T tinha cabelos escuros e era magro, e eu o achava tão dramático quanto a Igreja Católica. Ele sempre usava camisa preta, aberta até o meio do peito, calças pretas e uma corrente de prata que brilhava na pele. Em minha tentativa de atrair o Sr. T para o nosso mundo, fui com a minha mãe conversar com ele nos fundos da *van* e algumas semanas depois havia ingressos para a mais recente produção teatral amadora da cidade enfiados entre nossos legumes.

Minha mãe avaliou os ingressos.

— Então o Sr. T é ator — disse ela naquele jeito que eu não sabia dizer se era bom ou ruim. — *My Fair Lady*. Que papel será que ele faz?

— Vamos lá, e aí poderemos descobrir — disse eu.

— Devíamos ir por educação — disse minha irmã, surrupiando os ingressos da minha mãe e colocando-os em cima da geladeira, debaixo da Bíblia, como se pedisse as bênçãos de Deus para o seu uso.

Chegou o dia de ver *My Fair Lady*, em que o Sr. T fazia o papel do pai de Eliza, embora não fosse muito mais velho que a própria Eliza, mas todos concordamos que ele sabia atuar e cantar. Seguiu-se *Otelo* de Shakespeare, em que o St. T interpretava o protagonista e nós o vimos nu da cintura para cima e descobrimos que não era só o rosto dele que era moreno. Depois de seu desempenho convincente como o Mouro, eu me convenci de que minha mãe não precisava de nenhum outro estímulo para apreciar os encantos de nosso verdureiro itinerante. Mas nem mesmo consegui convencê-la a convidar o Sr. T para uma xícara de chá — e tentei por três anos inteiros.

Quando eu tinha 17 anos, uma onda de calor no verão estimulou o desejo por uma companhia masculina mais íntima. Os longos dias quentes tinham incitado minha mãe a reduzir nosso comparecimento à missa (ela era do Mediterrâneo e adorava o sol tanto quando adorava o bom Deus), e passamos as tardes tostando nuas no terraço dos fundos de nossa casa. Eu estava estudando para os exames do terceiro ano do Ensino Médio, minha irmã para os exames de enfermagem e, deitada entre nós, minha mãe nos testava alternadamente. A primeira opção de minha irmã tinha sido a escola de arte, mas uma forma tão precária de ganhar a vida deixou minha mãe ansiosa. Enfermagem era a alternativa permissível porque, ao leito de nosso pai moribundo, minha irmã mostrara uma compaixão que estava além da idade dela. Eu admirava a aceitação estóica da minha irmã de um caminho tão distante de seu desejo e temia que nunca tivesse permissão para estudar teatro na universidade.

— O mundo precisa de secretárias — dizia minha mãe para mim sempre que eu levantava a possibilidade de ser atriz. — Uma garota que sabe datilografar nunca ficará sem emprego. — Eu me candidatei à escola de secretariado, mas fui assombrada por uma menina ruiva do colégio que estudava para Oxford e Cambridge. Ela se sentava sozinha, pálida e triste, numa sala de aula vazia na hora do almoço, trabalhando com afinco no guia de estudos e com pacotes intermináveis de fritas com sal e vinagre. Eu sabia que devia estar naquela sala com ela.

Não consegui argumentar com a minha mãe quando ela insistiu que eu devia estudar para fazer uma coisa que garantisse uma renda. Ela queria que as filhas tivessem alguma segurança financeira, e enfermagem e secretariado proporcionavam renda suficiente para evitar a ignomínia de ter sapatos de segunda mão, mas não o suficiente para levarmos uma vida de Decadência e Problemas. O verão perfeito parecia ser um consolo para a vida que minha irmã e eu nos preparávamos para ter. Era uma bênção ficar deitada lado a lado, conversando e tomando sol em nossos corpos nus. Além do sol, nada mais tinha mudado — a Missa num domingo, o Sr. T duas vezes por semana.

Ele batia à porta dos fundos, e batia novamente, antes de chamar teatralmente: "Senhoras, moças!" Nós enrolávamos toalhas nos seios e nos arrastávamos até a beira do terraço, e havia um momento delicioso em que ele não sabia que o estávamos observando. Minha mãe respondia com seu sotaque francês *café noir*: "Sr. T, estamos aqui em cima. Queremos tudo que estiver fresco hoje." Os olhos escuros do Sr. T brilhavam e ele passava a língua pelos dentes lascados da frente, que eram capeados em ouro. Eu ficava hipnotizada.

O verão chegou a um fim tempestuoso, mas não antes de o Sr. T fornecer três ingressos na primeira fila para *Como gostais*. Ele sempre nos dava bons lugares, mas os lugares de *Como gostais* foram os melhores. A meu lado havia um homem alto e bem barbeado, sentado tão perto que eu podia sentir o cheiro de sua pele, fresca como a terra depois da chuva. Também vi dois fios de cabelo brotando de seu pescoço, o que ao mesmo tempo me divertiu e me repeliu. Ao lado dele estava uma mulher, presumivelmente a mãe dele, que lhe passou um pequeno pote de sorvete de chocolate, que ele devorou antes mesmo que as luzes diminuíssem. O homem podia ser adorável, mas era irrequieto. Remexendo-se na poltrona, roçou a mão nas costas da minha mão. Esse toque inesperado produziu um arrepio por todo meu corpo e uma visão de meu futuro em minha cabeça. Eu me curei para sempre da idéia de que minha mãe devia se casar com o Sr. T.

Durante o intervalo, o homem de boa aparência me pegou olhando por cima da multidão e se ofereceu para comprar para mim e para minha irmã um suco de laranja "com dois canudinhos". Isso devia ser a idéia dele de piada, porque nos trouxe um copo para cada uma e uma xícara de chá para minha mãe. A mãe dele não participou, resistindo à conversa e à civilidade, sacudindo o gelo em seu copo vazio de gim-tônica. O filho estava distraído, falando comigo dos erros na produção que meus olhos ingênuos não queriam ver.

— O elenco é meio entusiasmado demais — disse ele.

— Mas eu adoro — disse eu, magoada pelo desempenho sincero do Sr. T.

— Fique com o meu programa de lembrança — disse ele e, diante da minha mãe e da dele, escreveu o número do telefone em cima. — Vamos manter contato — continuou.

Minha irmã me deu uma piscadela discreta e astuta, o que me fez desconfiar que ela sabia mais sobre homens do que transparecia. Mais tarde, naquela noite, quando estávamos deitadas em nossas camas iguais no escuro, eu sussurrei:

— Você tem namorado?

— Tenho — respondeu ela friamente.

— Quem é?

— Ninguém que você conheça.

— É óbvio, mas desde quando?

— Não é da sua conta.

— A mamãe sabe?

— Não, e você não vai contar a ela.

— Você ainda é virgem?

— É claro que não.

É claro que não? Fiquei horrorizada e pulei da cama, desesperada para descobrir mais.

— Quando foi que você perdeu?

— Há um ano.

— Quando foi que você se casou?

— Quem falou em casamento?

— Para começar, a mamãe e a Bíblia.

Eu não conseguia acreditar que minha irmã obediente, que estudava para ser enfermeira e, ao que tudo indicava, era o "exemplo brilhante" de minha mãe, estava escondendo um amante com quem ela podia, ou *não*, estar casada. Eu só podia supor que o aprendizado de enfermagem tinha inspirado uma atitude liberal para fazer amor (nós nunca chamávamos de "sexo"). Sua revelação casual desafiava os fundamentos de minha vida. Ela desafiara a autoridade de nossa mãe e da Igreja Católica e, pior ainda, sem contar para mim. Depois que me recuperei do choque, amadureci o suficiente para perceber que, se minha irmã tinha namorado, eu podia esperar ter um só meu muito em breve. Deitei na cama reconstruindo o homem que eu conhecera na peça e o modo como ele tinha dito "Vamos manter contato". Eu ansiava tanto ter o contato que decorei o número do telefone dele e, só para garantir, escondi embaixo da cama o programa que ele me dera.

Levei algum tempo para telefonar para ele. Não era só coragem que me faltava, mas diálogo. Do que eu ia falar, além da escola de secretariado e da igreja? Quando finalmente liguei, fiquei surpresa em ouvir um garoto atender ao telefone, dizendo-me que "ia chamá-lo". Acontece que meu novo amigo era professor num internato para meninos e morava em uma ilha na costa da França. As fantasias sobre sua vida na ilha encheram minha cabeça e, quando me despedi e ele prometeu novamente "manter contato", eu achei que estava apaixonada.

A ordem do meu mundo foi restaurada quando minha irmã anunciou o noivado com o homem encarregado das cobras no zoológico da cidade. Ele era tão apaixonado por répteis que os mantinha em seu quarto e tinha levado uma picada venenosa de um deles, o que o levou à emergência do hospital, onde conheceu minha irmã. Eles se casaram na igreja do nosso bairro, um casamento digno que emocionou a cidade. Eu estava mais interessada nas fotos da lua-de-mel na Espanha, numa cidade costeira com vista para o Marrocos. Minha irmã não só viu a África, como agora morava com seu próprio homem — embora a apenas oito quilômetros de casa —, e as aventuras dela conspiraram para me deixar ainda mais ansiosa para descobrir o mundo.

Depois dos exames finais, eu me arrastei por uma escola de secretariado e o comparecimento regular à Missa. Entretanto, a taquigrafia e a comunhão com nosso Senhor não estavam conseguindo me sustentar. Minha única alegria era a comunicação interurbana com o Professor, que progrediu enormemente depois que lhe enviei uma foto. "Estou começando a me esquecer de como você é", ele se queixara. Algumas semanas depois, ele me convidou para passar um fim de semana prolongado na ilha.

Depois de minha mãe dar permissão (com uma resistência surpreendentemente pequena), saquei minhas economias do emprego de sábado e comprei minha primeira passagem de avião para meu primeiro encontro com um homem.

Depois de dez meses de namoro por ligação interurbana, o Professor e eu subimos ao altar da igreja de minha cidade e dissemos "Aceito", pelo menos até que a morte nos separasse. Preferi não dizer que ia obedecer porque eu queria ser moderna, mas fiquei tão feliz em estar casada que o que quer que meu marido quisesse, eu obedeceria. Mesmo antes de sairmos da igreja, numa manhã chuvosa de outono, eu aceitei que minha vida seria dele. O casamento, a união abençoada que confirmava minha condição feminina, significava o começo de nossa vida.

Depois da cerimônia, fomos de avião para a ilha onde ele morava e nos registramos em um hotel de luxo. Naquela noite, fizemos amor na semi-escuridão de uma cama de baldaquino, cercada de brocados. Na manhã seguinte, veio o serviço de quarto, e eu coloquei na minha Bíblia o botão de rosa cor-de-rosa que tinha decorado a mesa do café-da-manhã.

— Nossa vida juntos será divertida, não é? — perguntei, a dúvida aparecendo meio tarde demais.

Meu marido, um gigante gentil de boa aparência que jogava rúgbi e tocava violino, não entendeu minha pergunta. Ele se empenhava em ter uma vida divertida.

— É muito melhor se divertir no presente do que imaginar o que vai acontecer no futuro — disse, levando-me de volta à cama onde ele ajeitou meu corpo para colocar a boca entre as minhas pernas.

❖

Querida mamãe

Nunca serei capaz de agradecer por tudo o que você fez para tornar o dia de nosso casamento tão memorável. Foi melhor do que eu podia sonhar. Espero ser tão dedicada e amorosa em meu casamento quanto você foi no seu, pois é aí que está a verdadeira felicidade — apesar de tudo.

Acho que encontrei o paraíso. A ilha é linda e estou bem comigo mesma.

Espero que goste do papel timbrado. Este hotel é muito grande. Nunca vi um lugar assim. Acho que eu podia me acostumar com isso! Infelizmente, só pudemos pagar por uma noite, mas foi uma surpresa adorável. As aulas começam logo, então uma lua-de-mel mais longa teria sido impossível. Hoje à noite vamos a um restaurante com vista para a baía do outro lado da ilha. Parece mais romântico com a vista do sol se pondo lentamente no oeste, desde que pare de chover.

Vou escrever novamente em breve.

Com muito amor,

Meu marido era diretor assistente da Soane House, onde o ajudava a cuidar dos alunos do internato que moravam ali. Nosso primeiro lar seria um apartamento num prédio neoclássico no alto de uma colina com vista para o mar. Quando o táxi nos deixou na frente da sede, fiquei impressionada. Olhei para o prédio monumental e depois para a vista do mar nevoento, todos os meus sonhos tornando-se realidade de uma só vez.

— Por aqui — disse meu marido, pegando nossa bagagem e contornando até os fundos do prédio, onde lixeiras e bicicletas velhas ocupavam recantos escuros embaixo de janelas sem vista. Depois que entramos, passamos pela cozinha dos meninos, subimos por degraus de pedra em espiral até o segundo andar, seguimos por uma saída de incêndio e descemos um corredor estreito. Eu não conseguia deduzir o que estávamos fazendo num lugar tão sombrio quando de repente meu marido me pegou e me carregou para um apartamento minúsculo. — É aqui — disse ele, baixando-me. *Aqui* era um anexo construído nos anos 60 em cima da cozinha dos meninos. O hall era coberto com um tapete marrom que parecia mal colocado (e provavelmente era) e havia um banheiro solitário em uma ponta. O assento por plástico preto da privada estava erguido, expondo um vaso rachado de cerâmica branca, e em volta dele havia um tapete rosa felpudo.

— O apartamento é mais uma conveniência — disse meu marido enquanto me mostrava os cômodos apertados que davam para o telhado abaixo das janelas.

— Tem razão — disse eu, tentando esconder minha decepção.

— O diretor não quer que eu fique enfurnado aqui. Ele me quer na casa principal, de olho nos meninos. Funciona.

A cozinha, pintada num azul sólido anos 60, era iluminada por uma lâmpada nua e a janela corrediça não tinha cortina para obstruir uma vista das lixeiras. Uma rachadura funda na parede acima da pia estava parcialmente escondida por um pôster do rosto beatífico de Olivia Newton John, suspensa como uma santa padroeira da lavagem de louça.

Nosso quarto no final do corredor não era mais inspirador. Outro pôster, este de Bruce Lee, estava preso acima da cama de solteiro e, novamente, não havia cortinas.

— Qualquer um pode olhar para cá a qualquer hora — disse eu a meu marido, parada à janela, encarando o telhado do prédio e o abrigo de bicicletas.

— Você vai se acostumar logo.

— Tenho certeza que o problema não é esse.

Encontramos uma cama sobressalente na enfermaria dos meninos que, encaixada ao lado da que já existia, produziu uma cama de casal instável, sacudimos as teias de aranha de umas cortinas encontradas num depósito da Soane House e as esticamos para cobrir a janela do quarto. Cada superfície suja do quarto era decorada com fotos oficiais de meninos segurando troféus de esportes. Mais minitroféus, alguns gravados com os nomes dos meninos, alguns ainda esperando para ser entregues, alinhavam-se no peitoril da janela no hall, junto com mais sujeira. O armário estava entupido de kits esportivos e todo tipo de bolas — de rúgbi, críquete, futebol, hóquei, tênis, pólo aquático, squash e vôlei. Não parecia haver muito espaço para mim.

— Não me peça para tirar isso tudo daí — disse meu marido, observando-me puxar o conteúdo do armário para o chão do corredor.

— O que vamos fazer com todas essas bolas?

— Deixe as bolas por minha conta. Que tal uma xícara de chá?

Levamos nossas canecas de chá para um giro na Soane House. Foi um alívio sair do apartamento minúsculo. Havia um enorme salão de jogos com uma mesa de sinuca em tamanho oficial, uma sala de tevê com poltronas desarrumadas e uma sala de jantar bem iluminada por longas janelas corrediças que davam para um campo de críquete. Pôsteres de ícones e heróis do esporte e mulheres de camiseta molhada personalizavam dormitórios idênticos, e no meio do andar de cima ficava o estúdio do meu marido.

— É aqui que passo meu tempo — disse ele, abrindo a porta.

Era fácil entender por quê. Uma vista panorâmica da cidade e do mar ao longe ocupava todas as janelas, havia uma mesa com tampo de vidro, um sofá confortável e uma lareira. O apartamento de solteiro era muito mais deprimente.

Tínhamos quatro dias para nos acomodar à vida de casados antes que os setenta meninos voltassem das férias de meio de ano. Mas essa perspectiva era menos assustadora que um convite para jantar com o diretor e a esposa dele.

— O que devo vestir? — perguntei a meu marido.

— Alguma coisa adulta, mas não vamos nos atrasar.

Quando faltavam dez minutos, eu ainda estava remexendo minhas roupas, espalhadas em cima da cama.

— Isso aqui está parecendo um brechó — disse meu marido, enquanto eu pegava uma minissaia de tweed e uma blusa preta de gola rulê.

— Vou precisar de um armário para minhas coisas — eu disse, escovando os cabelos ainda molhados. — E onde está seu secador de cabelo?

— Homens não usam secador de cabelo. Venha. Vamos. Odeio chegar atrasado.

Prendi meu cabelo num nó e corri para o apartamento do diretor, que ocupava toda uma ala da Soane House. O hall de entrada revestido em madeira era grande, com uma escada de madeira elegante que levava a quatro quartos no segundo andar, o mesmo nível de nosso apartamento do outro lado de uma saída de incêndio, um mundo totalmente diferente.

O diretor, Eric, apareceu da cozinha para nos receber. Baixinho, barbado e careca, estava vestido da cabeça aos pés em azul-marinho, e fechos prateados se penduravam dos bolsos de suas calças pregueadas. Não andou muito enquanto nos levava afetadamente a uma elegante sala de jantar: uma lareira de madeira estava flamejando, havia tapetes persas, sofás confortáveis e elegantes abajures chineses. No canto estava a esposa de Eric, Helga, de costas para nós, colocando nozes em uma terrina de prata, mastigando enquanto prosseguia. Ela não nos ouviu entrar e, para que ela soubesse que estávamos ali, Eric pousou a mão em seu traseiro empinado. Ela se virou com o rosto corado.

— Zejam bem-vindos — disse ela, o sotaque inconfundivelmente austríaco.

Ela era a esposa gorda do Jack Sprat que era Eric, seus traços infelizmente porcinos. Apertou minha mão com os dedos salgados e úmidos de nozes e enfiou a língua por baixo do lábio superior para limpar as castanhas. Seu sorriso era reprimido.

Eric nos serviu xerez e sentou-se a meu lado em um sofá enquanto Helga sentou-se ao lado de meu marido em outro. Meu marido piscou para mim como que reconhecendo que isto não ia ser fácil, e teve início uma conversa dolorosa.

Helga se serviu de outro xerez e, voltando-se para meu marido, colocou a mão em sua coxa e anunciou num sussurro calmo:

— Nenhum dos funzionárrios tem uma esposa como eza. Meus parrabéns.

— A vocês dois, e a seu futuro — disse Eric rapidamente, erguendo a taça.

— Quantos anos vozê dize que tinha? — perguntou Helga.

— Vinte e dois — menti.

Aos 19 anos, eu tinha uma idade perto demais da dos meninos precoces do terceiro ano e meio longe demais da de meu marido de 32 anos. Vinte e dois era a alternativa diplomática e crível que o Professor e eu tínhamos acordado.

— Quando me casei pela prrimeirra vez, eu tinha 22 anos — disse Helga. — Mas terrminou em desastrre. Vamos lá?

O jantar foi servido na cozinha. Havia um Aga e uma mesa de refeitório com cinco pratos. Fiquei me perguntando quem ousaria chegar tão atrasado, quando a porta da cozinha se abriu.

— Eu me atrasei conferindo as camas. Acho que está faltando um — disse uma mulher pálida de cabelos pretos tingidos, cambaleando em saltos finos. Sua saia era rosa, as pernas estavam nuas e os saltos agulha brancos estalavam no piso de pedra. Ela devia estar congelando. E, pelo que deduzi, tinha uns 55 anos. Helga parou de fatiar o porco assado com uma faca elétrica e anunciou:

— Zeladora, esta é nossa nova inspetora.

Todos riram, até meu marido. Um silêncio constrangido se seguiu, que só foi rompido quando Helga ligou a faca elétrica para retomar os cortes da refeição. Eric serviu vinho tinto, subserviente na companhia da esposa, como um garçom superqualificado.

A Zeladora sentou-se de frente para mim e estendeu uma mão ossuda, as unhas compridas cobertas de esmalte vermelhão gasto nas pontas.

— Bem-vinda. É um feito e tanto abandonar sua vida para vir para esta ilha — disse ela.

— Cerrtamente ela é táo jovem — disse Helga — que náo tem muita vida parra abandonarr.

— O que você estudou na universidade? — perguntou Eric, cobrindo os rastros da esposa novamente.

— Eu não fui...

— O quê, ela não fez os exames de qualificação? — Eric virou-se para meu marido, como se ele fosse uma fonte de informação mais confiável. Eu estava prestes a desfiar minha lista de exames quando um movimento na janela me fez dar um salto.

— Está tudo bem? — perguntou o diretor.

— Está, mas acho que tem um policial do lado de fora da janela.

— É meu garroto — disse Helga.

Ela abriu a porta para o filho de 1,80m e uniformizado, que ainda estava com o quepe quando entrou.

— Ele semprre esquece as chaves... não é, querrido? — disse Helga, beijando-o no rosto, enquanto ele olhava o peso de carne pousado no Aga.

— Já se serviram todos, não é? — disse ele e, sem esperar uma resposta, jogou a peça de porco em um prato, pegou a faca e o garfo e a cortou.

Como se a presença do filho da esposa fosse desagradável demais para suportar, Eric fechou os olhos e bebeu mais vinho. O policial era bem mais alto que Eric e, quando eles estavam juntos na sala, não houve dúvida de quem era o macho dominante nesse *ménage*.

❖

Naquela noite, deitados na cama, meu marido e eu concordamos que, se Eric e Helga nos convidassem novamente para jantar, nós inventaríamos uma desculpa. Não precisávamos ter nos preocupado. Eles nunca mais nos convidaram.

No terceiro dia de nosso casamento, chegou uma carta de Eric em que ele se esforçava para assinalar que eu não devia me considerar membro da equipe de funcionários da Soane House.

— Lá se foi minha idéia de ser a diretora — disse eu.

— A escola não tem dinheiro para lhe pagar e não podemos suportar que você faça alguma coisa a troco de nada. É melhor não se envolver. Mas olhe só isso, a agência Office Angels está procurando temporários. — Ele rasgou um anúncio do jornal e o passou para mim. — Acho que você devia procurar um emprego hoje — disse ele, virando para a página de esportes e mordendo sua sexta fatia de torrada.

Mais tarde, naquela manhã, desci a colina em direção à cidade. O sol de outubro estava tão surpreendentemente quente que nem a carta de dispensa de Eric e minha entrevista na Office Angels podiam afetar meu estado de espírito. Havia uma cafeteria perto do mercado de flores, com mesas na calçada, e eu tomei uma xícara de café e comi um croissant, o que me lembrou o café-da-manhã em casa com a minha mãe. E depois percebi que era a primeira vez que eu ia a uma cafeteria sozinha, o que fez me sentir mais adulta do que casada. A perspectiva de horas de hedonismo com Baudelaire, Balzac e Flaubert se desenrolou na minha mente. Inspirada e incitada pela cafeína, continuei descendo a rua até a Office Angels, que prontamente arruinou meu dia celestial mandando-me à Crapper & Jarndice, Procuradores, Advogados e Tabeliães. Eu seria secretária temporária do Departamento de Transferência de Bens Imóveis.

— Esperamos que você fique mais tempo do que a última garota, e que sua datilografia seja boa e seu francês, melhor — disse Terry enquanto tragava o que restava do cigarro. — Preciso deste contrato em uma hora. — Ele largou um longo documento jurídico em francês arcaico na minha bandeja.

Passei o dia atrás de uma máquina de escrever desconjuntada no canto mais escuro de um escritório desleixado, mas logo passei a gostar de Terry. Seus modos eram afiados, o que combinava com sua aparência — até a cabeça dele era pontuda. Pensei que ele administrava o departamento até que um baixinho gorducho que eles chamavam de Gladiador surgiu de sua toca de vidro opaco, seguido de uma mulher magricela atrás de uma pilha de pastas de arquivo. Era a secretária do Gladiador e se sentava do lado de fora da porta do escritório, que estava sempre fechada. Seu foco era no trabalho dele, a não ser que Terry estivesse realmente atarefado.

— Não ligamos em manter uma temporária aqui por amor nem por dinheiro — disse Sandra, arqueando uma sobrancelha excessivamente tirada e enchendo minha bandeja de entrada com contratos. — É melhor fazer tudo isso esta tarde ou o Terry vai ficar maluco — disse ela.

Minha datilografia instável anunciou que eu era nova, mas os escriturários gostavam que eu tivesse uma tarefa ingrata, e me incluíram em suas brincadeiras e me preparavam xícaras de chá.

— Tudo bem? — Terry estava parado sobre minha mesa no final da tarde, desfrutando um cigarro novo. Meus dedos passavam pelas teclas com mais confiança e, embora eu não fosse nada rápida, no final do dia eu tinha redatilografado todos os contratos. Ele assinou minha ficha de ponto e sorriu. — Vejo você na segunda, se não tiver nada melhor para fazer.

Eu tinha datilografado sem parar por cinco horas, meus olhos formigavam, eu estava cansada e faminta e meu cabelo fedia a cigarro, mas, quando Terry disse isso, eu sabia que ia voltar. O escritório era familiar. Enquanto eu subia a colina no escuro, só o que eu queria era minha casa e uma tigela de sopa de cebola que minha mãe fazia na maioria das noites de quinta-feira. Sentia falta dela e esperava que meu marido estivesse no apartamento para me receber na volta de meu primeiro dia de trabalho. Sem ele, minha vida na ilha não fazia muito sentido.

Abri a porta e soube instantaneamente que os meninos tinham voltado. A House estava cheia de barulho e, na cozinha, seis mulheres de toucas e aventais brancos preparavam tonéis de comida, gritando por sobre o estardalhaço das bandejas de aço inox tamanho industrial. Sem estar preparada para conhecer caras novas, passei correndo e subi a escada em espiral. Só o que eu queria era o isolamento do apartamento, mas quando entrei ele estava irreconhecível. A cozinha tinha sido atacada, a porta da geladeira estava aberta e, quando entrei na sala de estar, treze meninos estavam esparramados no chão, alimentando-se de biscoitos de chocolate e suco de laranja, grudados num desenho animado na TV. Quando soou a sineta da escola marcando as seis horas, os meninos se levantaram a um só tempo, passando por mim como se eu fosse invisível, para se juntar a outros meninos que desciam correndo as escadas para se postar numa sala distante para a inspeção. Desliguei a TV e fiquei de pé em silêncio. O cheiro do jantar dos meninos se intensificou. Salsichas e batata assada.

Recolhi os biscoitos, lavei as canecas, odiei Olivia Newton John por sorrir e estava batendo ovos para o jantar quando meu marido apareceu, analisando uma escala de horários.

— Não acredito que eles me colocaram em cinco noites por semana — reclamou ele, servindo-se de um copo de leite. — Desculpe, docinho. Isso parece gostoso — continuou, pegando uma fatia de torrada.

— Quer uns ovos?

— Eu jantei com os meninos. — Ele desapareceu na sala de estar para ver o noticiário.

Mais tarde, naquela noite, enquanto eu ia procurar meu marido no estúdio, os meninos por quem passei na escada me viram e desviaram o olhar.

— Os meninos não parecem saber quem eu sou — disse a meu marido, que estava corrigindo livros na mesa.

— Não tive tempo antes das férias para dizer a eles que eu ia me casar. É melhor apresentarmos você antes que cause um tumulto. — Ele olhou para cima e piscou para mim.

Olhei em volta do estúdio, que parecia resumir a vida do meu marido. Fotos de meninos sorridentes em times vencedores estavam presas num quadro de cortiça em volta de um mapa de horários das responsabilidades de meu marido, que eram todas perfeitamente realizáveis, desde que ele estivesse disposto a trabalhar 24 horas por dia.

— Você adora seu trabalho, não é? — perguntei, parada atrás dele, analisando as sessões de treinamento, as noites de serviço, os fins de semana de competições e as aulas acadêmicas.

— É minha vocação — disse ele —, não confundir com vacância. Não consigo imaginar trabalhar para viver. — Ele riu.

— Eu trabalhei para viver hoje — disse eu.

— Que bom para você — disse ele, passando para uma poltrona próxima e outra pilha de livros escolares. — Gordon Bennett, os alunos do terceiro ano vão ter de arregaçar as mangas. — Ele rabiscou na margem.

Apoiei a testa no vidro frio da janela e olhei por um longo tempo para uma noite indiferente. O mar estava mais escuro que o céu e eu vi o jogo de cores, os tons variados de escuridão. Senti-me sozinha e tive medo de ter cometido um erro terrível, quando de repente meu marido estava a meu lado, tirando minha blusa de dentro da saia, pousando a mão quente nas minhas costas.

— Qual é o problema?

Minha respiração vaporosa nublou a janela e eu cobri meus olhos com a mão para esconder as lágrimas.

— O primeiro dia é sempre o pior. Agüente firme até se sentir adaptada aqui, quando tiver conhecido todo mundo. — Ele me puxou para ele. Quando me segurava desse jeito, eu me sentia calma. Sabia que tudo ficaria bem. Uma batida à porta nos separou num susto.

— Senhor, podemos ver *Jornada nas estrelas*? — Um menino novo enfiou a cabeça na sala.

— Só se terminar antes de as luzes apagarem.

— Obrigado, senhor. — O menino correu com as boas novas e meu marido me levou para o sofá, mas segundos depois houve outra batida à porta.

— Senhor?

— Entre.

Na soleira estava um rapaz magro e excepcionalmente alto que era tão bonito que eu enxuguei meus olhos e me recompus. Eu o reconheci das fotos de esportes do meu marido, só que ele não era mais uma criança inocente, mas um adolescente de pele dourada, tão seguro de si que não parecia menos homem que meu marido. Eles se cumprimentaram como velhos amigos.

— A folha de saída está com o senhor esta noite?

— A planilha de saída está na cozinha, no batente da janela.

— Posso ter uma prorrogação, senhor?

— Hoje não. Estou muito cansado.

— Tudo bem. A propósito, parabéns aos dois. — Ele abriu um sorriso reluzente para mim e se curvou com uma insolência graciosa.

— Este é o Cabeção — disse meu marido, a cabeça de volta aos livros. Eu queria que ele me apresentasse e me perguntei por que não apresentou.

❖

Querida mamãe

Estou aqui há inacreditáveis três semanas e C... tem trabalhado quase toda noite, mas, mesmo quando não trabalha, os meninos mais novos ficam no apartamento. Um deles me disse que eu tinha sido adotada, o que pareceu afetuoso, mas há desvantagens em ser a única mulher na casa — por exemplo, nenhuma privacidade. Os meninos aparecem a qualquer hora, dia ou NOITE. Um deles bateu à porta às três da manhã. Tinha urinado na cama. Aparentemente, não conseguiu encontrar a zeladora, mas acho que nem procurou. Troquei a roupa de cama dele usando os lençóis que foram presente de casamento — ainda estavam embrulhados para presente.

Os meninos mais novos seguem C... por toda parte como se ele fosse seu paladino. De certa forma, ele é: acabou com o trabalho pesado no internato e com a tradição de nadar nus. Pode acreditar que era uma regra da escola os meninos mais novos nadarem sem sunga? Que tipo de cabeça bolou uma coisa dessas?

Os meninos são muito diferentes. Mais de três quartos têm pais divorciados e, no ano passado, a mãe de um menino levou um tiro do ex-marido — não o pai do garoto, graças a Deus. As relações ficam complicadas. Um menino do Ensino Fundamental — que eu achava um chato — realmente chorou quando me disse que não falou com a mãe a semana toda. Ele é meio arrogante e é um menino precoce de 14 anos, mas ainda precisa da mãe dele... Vou tentar ser legal com ele a partir de agora. Vários deles parecem meninos perdidos. Às vezes me sinto uma menina perdida.

Mas os meninos mais velhos não parecem nada perdidos. A maioria mantém distância de mim. C... diz que é uma coisa boa porque eles são "uma outra história". Eu ri, mas ele falou a sério. Não acho que ele goste muito dos mais velhos. Ele gosta de um garoto chamado David. (Acho que sou a terceira na fila — não em afeto, mas em tempo de convivência). C... diz que ele é normal, o que é raro. Ele tem 14 anos, os pais dele surpreendentemente não são divorciados e moram na Inglaterra, no campo, não muito longe de nós. A maioria dos meninos parece viver em lugares exóticos que mal consigo pronunciar. David adora xadrez e ele e C... sempre jogam, às vezes às 10 da noite, o que parece muito tarde para mim.

O Cabeção é meio alemão e meio americano, e é um esportista incrível e muito inteligente. De todos os meninos, gosto mais dele, e fico grata sempre que ele aparece no apartamento depois de algumas horas de ocupação com os mais novos. Pelo menos eles o ouvem. Para mim, é difícil gritar com eles alto o suficiente para que eles se mexam. Na noite passada, o Cabeção apareceu no apartamento procurando por C..., que estava numa partida de futebol com alguns professores e as esposas. Dá para acreditar que ele se esqueceu de comprar um ingresso para mim? Disse que não tinha se acostumado com o fato de estar casado. Imagina até onde isso vai?

Acabei conversando com o Cabeção por uma hora. Que pena que não tenhamos outra irmã para casar, porque ele é o rapaz mais bonito da escola e o pai dele é muito rico! Ele usa jeans e camisas de seda, e C... me disse que ele é conde na Alemanha. Não sei nada disso, mas sei que não devo servir chá de saquinho a ele. Ele reconhece chá vagabundo a quilômetros de distância.

Ontem teve um jogo de futebol americano e esta noite terá basquete com os mais novos. Eles disseram que eu era o menino honorário — aparentemente, um grande elogio. C... diz que os mais novos não têm a cabeça enrolada e os hormônios deles são menos impositivos do que os dos meninos mais velhos, o que os torna mais legais de se ter por perto, e é por isso que ele os prefere.

Com amor a minha querida irmã e a você.

P.S.: Consegui um emprego. Há muitas agências aqui, tipo a Top Personnel, mas acho que ainda não sou top o bastante para eles. Os meninos ficam fascinados com a taquigrafia, que eles acham que é uma língua secreta. Não estou usando no escritório do advogado porque é só um emprego de datilógrafa — um inferno, mas suportável. Vou ficar por lá mais um tempo.

Com amor,

❖

Aos poucos passei a fazer parte da Soane House. Eu sabia os nomes de todos os meninos e de todos os funcionários. Entendia o significado das sinetas, que tocavam periodicamente das sete da manhã às dez e meia da noite, e dividi alguns deveres com meu marido, autorizando a saída de meninos, fazendo a ronda pelo alojamento dos mais novos. Aprendi a etiqueta do jantar na House, como o agradecimento em latim e quem se sentava em que mesa. E observei continuamente meninos famintos devorarem fatias pálidas de carne cinzenta em molhos grossos e marrons e vegetais servidos de recipientes de aço inox — um lembrete, acima de qualquer outro, de que morávamos em um internato.

Se os mais novos iam a nosso apartamento para escapar da sensação de institucionalizados, os mais velhos iam ao estúdio da Zeladora, onde, por trás das cortinas constantemente fechadas, eles viam vídeos e bebiam suco de laranja, que eu suspeitava ser "batizado" com vodca. Além de abrir a sala de primeiros socorros toda tarde depois da escola, a Zeladora ficava em seu estúdio com a companhia dos alunos mais velhos favoritos. Algumas noites por semana, uma jovem com braços esqueléticos e longos cabelos ruivos também aparecia. A Zeladora não fazia amizade com os outros adultos da casa, e nós nunca tivemos uma conversa que fosse além do clima.

— Por que os meninos mais velhos não falam comigo? — perguntei a meu marido depois que o Cabeção, na companhia dos colegas, tinha me ignorado nas escadas a caminho do apartamento da Zeladora.

— Não leve isso como pessoal. Vem da testosterona. Passar tempo com você não vale o incômodo — respondeu meu marido.

Eu disse a meu marido que queria que os mais velhos visitassem nosso apartamento, mas era a companhia do Cabeção que eu desejava. Tínhamos nos conhecido na biblioteca alguns dias antes e ele me convidara a seu estúdio para uma xícara de chá. Eu me sentei no sofá dele enquanto ele fatiava o bolo de cereja que a mãe mandara da Alemanha. Conversamos sobre os planos dele de ir para Oxford, depois Harvard, e à Argentina entre os dois para jogar pólo. Conversamos até que a luz do lado de fora desapareceu e a conversa se voltou para o meu futuro — que parecia previsível demais para mim. Eu esperava que uma amizade se desenvolvesse, mas o Cabeção, como os outros alunos mais velhos, só aparecia para pedir permissão para sair. Eu invejava sua vida social sofisticada enquanto meu marido e eu ficávamos de olho no relógio, certificando-nos de que eles voltassem na hora. Se eu era uma presença perturbadora para os meninos mais velhos, eles não eram menos perturbadores para mim. Faziam todas as coisas que eu não conhecia, mas que agora queria fazer também. Tinham vagas na universidade e planos para futuros tão brilhantes que meu próprio futuro me deprimia.

Não levou muito tempo para eu querer sair da ilha. Eu sonhava em morar com meu marido em Paris, ou na Inglaterra, onde eu iria à universidade enquanto ele trabalharia como professor. Mas meu marido resistia a minhas visões de nosso futuro. Tínhamos nos casado para dividir uma vida e, quanto mais tempo ficávamos juntos, mais eu me ressentia de que aquela vida era dele. O único futuro que ele podia imaginar era sua vida de solteirão, prosseguindo sem grilhões impostos por mim e pelos bebês que aparecessem pelo caminho.

— Se começarmos agora, vamos ter um time de futebol de salão quando você tiver 30 anos — disse ele com um riso divertido.

As crianças nos cercavam e eu não conseguia imaginar ter meus próprios filhos. Eu tinha visto a realidade da lavanderia, que era um emprego de tempo integral para uma senhora gentil de cabelos brancos, que separava intermináveis meias e demorava horas passando a ferro e sacudindo a estática das camisas esportivas de acrílico.

— Entre parir um filho e outro, terei tempo suficiente para cozinhar, limpar e passar a ferro — suspirei eu.

— Querida, não se preocupe. Você não ficará presa em casa, vai voltar a trabalhar porque vamos precisar de dinheiro.

— Não quero ser uma secretária entre um filho e outro.

— Mas você foi educada para isso.

Meu marido não conseguia entender e eu não conseguia explicar por que eu tinha sido educada para um trabalho que não queria fazer. O Professor sempre soube o que queria, o que tornava minha falta de clareza incompreensível.

— Um dia você será promovida a assistente pessoal de um dos sócios. E vai passar a adorar — disse ele cheio de entusiasmo, como se eu fosse passar meus dias à mão direita do Senhor.

❖

Querida mamãe

Hoje o dia foi tomado de meninos. Aparentemente, a primavera sempre é uma época feliz e esta tarde os alunos se reuniram para jogar futebol. Foi como fazer parte de uma grande família de irmãos. Felizmente todos se esqueceram de que 15 minutos antes o filho de um psiquiatra importante teve um ataque e chutou a torradeira, agarrou o pescoço de outro menino e atirou um ovo pela sala de jantar, que bateu na cabeça de um aluno desavisado.

Na noite passada, convenci C... a me levar para dançar. Uma nova boate mandou convites ao escritório, então estava tudo em casa. C... adora sair quando é de graça. As mulheres do escritório o acharam bem bonito.

Atualmente ele anda muito correto. Preocupa-se constantemente com dinheiro e entende minha falta dele. Eu uso o carro dele às vezes e devo me lembrar de completar a gasolina. Ele é engraçado. Não acho que eu o entenda. Ele se preocupa por não ter tempo suficiente para mim por causa do trabalho, mas nunca faz nada para reduzir seus compromissos com os meninos e com o esporte deles.

No fim de semana passado, os alunos mais velhos e a Zeladora organizaram uma partida de vôlei em melhor de três e eu joguei no time de mulheres: as cozinheiras, uma arrumadeira, a Zeladora e a sobrinha dela. Esta garota, aliás, tem 28 anos, é atraente de uma forma etérea e gosta de convidar meninos de 17 anos para sair — e foi o que ela fez depois da partida. O jogo foi um massacre e depois de vinte minutos as cozinheiras desapareceram no prédio para abrir uma garrafa de martíni. C... não queria ter nada a ver com isso.

Tive permissão para abrir uma loja de confeitos — depois de muita deliberação de Eric, que realmente não queria aprovar a idéia, mas não teve escolha, porque os meninos queriam muito. Um dos mais velhos, Peter — cuidando de uma mágoa amorosa porque a namorada tinha acabado de terminar com ele — me ajudou a limpar um velho depósito e pintá-lo de vermelho. Nós nos divertimos muito transformando o lugar e cortando um estêncil para a porta que dizia "O Salão Vermelho, um Clube para Cavalheiros". Até agora, Eric não tocou nesse assunto.

Consome muito tempo, mas me envolve na House e em uma semana ganhamos muito dinheiro. O plano é comprar uma canoa e fundar um clube de canoagem no verão que vem.

Eu vivo esperando as sextas-feiras às cinco e meia da tarde. É um alívio tão grande ter um fim de semana para quebrar a rotina, embora às vezes tudo pareça trabalho.

Com muito amor,

❖

A vida com o Professor era uma longa partida esportiva e os campos em que jogava nosso relacionamento eram a mesa de jantar e o colchão. Nosso casamento se reduziu a compartilhar comida e sexo.

Ficar sozinhos juntos em outras horas era quase impossível. Exigiam tanto do meu marido que nosso casamento tinha de esperar que os meninos não estivessem presentes. O problema era que, na hora em que as luzes apagavam, meu marido era o primeiro a dormir. A única coisa que eu podia fazer para garantir sua presença acordado era cozinhar. Eu vestia uma roupa bonita a preparava pratos extravagantes para dois e, depois que meu marido entrava, nós trancávamos a porta, acendíamos velas e tocávamos música. Os alunos ainda apareciam a cada cinco minutos chamando "Senhor", mas, se ficássemos quietos, eles logo iam embora.

Mas os meninos não eram o único obstáculo a nossa intimidade. Para atender a regulamentos de segurança rigorosos, a Soane House era equipada com um alarme de incêndio sensível ao calor e, mesmo quando eu não queimava nada, minha culinária disparava o alarme, levando toda a casa a um exercício de incêndio.

Eu sempre ligava para o corpo de bombeiros.

— Sou eu. Fiz de novo. Por favor, não mandem os bombeiros.

— Regulamentos, meu bem. Não podemos ignorar um alarme.

— Mas não há incêndio. — O carro dos bombeiros estaria gritando na colina antes que eu desligasse o telefone.

— Está tudo bem, querida, vamos tirar você daí — dizia um dos bombeiros, parado na entrada do apartamento.

Eu tentava me esconder para evitar a humilhação e uma vez até me agachei do outro lado da cama. Pensei que ia sumir ali atrás, mas eles me encontraram assim mesmo. Senti tanta vergonha, não por causar inconveniente ao serviço de emergência, que sempre parecia se divertir muito com minhas momices, mas por meus esforços privados, que agora eram tão públicos, para agradar a meu marido. Os bombeiros riam debaixo dos capacetes pesados, cada um deles vestindo casacos à prova de fogo e levando machados, sem nada para apagar a não ser minhas intenções.

— Posso ficar aqui? — pedia eu. Não queria que os meninos e os funcionários me vissem toda produzida para meu jantar não-tão-secreto.

— Você tem de participar do exercício.

— Eu conheço o exercício. Fiz há duas semanas. — Eu nunca os convencia e toda vez era mandada para o gramado da frente, onde toda a Soane House estava esperando. Às vezes os meninos gritavam, em outras eles assoviavam, mas, quando estava chovendo, ninguém se divertia.

Querida mamãe

Desculpe por não escrever, mas ando com a vida ocupada. Estou no time de netball *local e fui convidada para jogar tênis pela ilha, menos um reflexo de meu tênis do que a falta de mulheres entre 18 e 25 anos na ilha. Onde elas estão e o que elas sabem que eu não sei?*

Enquanto isso, a maioria dos meninos joga tênis e eu tive um bom jogo no fim de semana passado com o Cabeção, que finalmente se dignou a falar comigo de novo. Depois da vitória fácil dele, me convidou para um drinque na cidade porque C... está fora para um fim de semana de competições esportivas. Eu disse não porque Eric e Helga desaprovariam e combinamos uma xícara de chá no estúdio dele, o que certamente não ofenderia ninguém. Conversamos por horas.

Enquanto Eric e Helga ficavam de olho em mim, a Zeladora conseguiu fazer o que sempre quis com os meninos. Deu um banho num dos mais velhos na noite passada na banheira dela. Aparentemente, ele precisava da aplicação de um ungüento especial nas costas... Ela também é suspeita de servir álcool aos meninos do Ensino Fundamental e deixar que de vez em quando eles olhem revistas "grosseiras". Além disso, ao que parece, a "sobrinha" dela não tem nada de parente. Um dos meninos as viu se beijando no carro da Zeladora. Ela certamente tem muita culpa no cartório. Não surpreende que mal a vejamos.

Helga acaba de me convidar para uma taça de vinho. Por que será? Isso nunca aconteceu antes.

Eu tinha razão em desconfiar. Ela queria saber quanto lucro a loja de confeitos estava tendo. Enquanto estávamos conversando, Eric entrava e saía suspirando, "Não é uma vida terrível?", depois desaparecia e voltava dizendo, "Tive uma dor de cabeça terrível" ou "Tenho de dar duas aulas a mais amanhã para uma turma terrível". Por fim, ele disse: "Estou terrivelmente cansado, vou dormir". Acho que os dois é que são terríveis.

C... ganhou pesos com as vitórias de sua prova de ciclismo patrocinada. Ele os usou na academia para melhorar o corpo, e esta semana onze meninos chegaram a malhar com ele, inclusive o Cabeção, que é tão alto e quase tão forte quanto C... Eu fiquei olhando e tive de rir porque eles estavam muito sérios. Talvez eu os acompanhe na semana que vem.

Devo ir, está ficando tarde e C... acaba de descer do estúdio.

Com amor,

P.S.: C... pediu as receitas de seu bolo de cereja e panquecas. Não que seja ele que vá fazer...

❖

Assar não dispara o alarme de incêndio. Levou algum tempo para dominar a receita de panquecas da minha mãe, mas, depois que consegui, meu marido não conseguia resistir a ela. Depois de trabalhar no estúdio ou verificar a House para apagar as luzes, ele sempre trazia uma para a cama com uma caneca de chocolate quente, o que tirava o sentido de tudo. Se era para comer alguma coisa doce na cama, eu queria que fosse eu.

— Não sei do que gosto mais. Se do sexo com você ou de suas panquecas — disse ele, parado ao lado da cama, a boca toda melada de aveia com xarope. Ele colocava o lanche da noite na mesa-de-cabeceira, tirava o pijama e pegava o último exemplar do Wisden.

— Se o Cabeção marcar cem pontos amanhã, o que é bastante provável na forma em que ele está, terá a melhor média que qualquer garoto do país no ano passado — disse ele, consultando a bíblia do críquete.

— Que bom. Gosto dele — disse eu.

Ver o Cabeção com o uniforme branco de críquete era o motivo para eu me sentar na linha lateral a cada fim de semana, mas recentemente ele flutuava pela minha cabeça mesmo quando eu não estava lá.

Enquanto meu marido lia, eu afagava seu peito, lentamente desabotoava seu pijama e expulsava os pensamentos sobre o Cabeção. Passei a mão pela barriga do meu marido e, enquanto ele virava outra página, baixei a mão. Então ele deu a última dentada na panqueca, fechou o livro e desligou a luz da mesa-de-cabeceira.

— Boa noite, querida.

Frustrada demais para me deitar ao lado dele, saí do quarto. Enrolada em um xale, sentei no escuro da escada de pedra, olhando pela janela. Depois ouvi um som de confusão e vozes abafadas do teto embaixo.

— Eles foram para a cama há dez minutos.

— Devem estar fazendo agora. Vamos.

Espiando pela janela, vi cinco meninos do Ensino Fundamental, com casacos de lã sobre o pijama, rastejando enfileirados pelo telhado. Um dos meninos suspirou orgasmicamente, o que os fez rir, e um menino de óculos, que eu tinha ajudado com o dever de casa no dia anterior, foi na ponta dos pés até a fenda na cortina da janela do quarto.

— O que está acontecendo? — sussurrou outro menino de 14 anos.

A luz do quarto se acendeu.

— *Jesuuusss!*

— Que foi? Eles estão fazendo com a luz acesa?

— Ele está lendo.

— E ela?

— Ela não está lá. — Nisso, os meninos voaram de volta à janela do dormitório. Ver o diretor assistente lendo na cama não valia o castigo que viria se fossem descobertos. No dia seguinte, investi em um par de pesadas cortinas de brocado que me lembraram de nossa cama de baldaquino da lua-de-mel e de tempos mais românticos. As cortinas ficaram fechadas pelo resto do período letivo.

Os meninos não eram os únicos curiosos com meu casamento. Eu tinha visto sombras do outro lado da saída de incêndio e estava convencida de que Eric e Helga estavam tentando reunir informações para justificar a demissão de meu marido. Sua popularidade fácil entre os alunos os deixava nervosos e eu desconfiava que eles temiam que ele planejasse um golpe de Estado. Depois de perceberem que esses pensamentos não entravam na cabeça de meu marido, eles se voltaram para mim. Eu era um alvo mais fácil.

Certa manhã, enquanto estávamos tomando o café-da-manhã, Eric nos interrompeu para convocar uma reunião de emergência com meu marido. Tinha ouvido um dormitório de meninos do Ensino Fundamental se masturbando em uníssono enquanto um deles descrevia sua fantasia, que por acaso era eu.

Meu Professor assinalou que eu não podia ser considerada responsável.

— Meninos são meninos — disse ele.

Mas Eric estava numa caça às bruxas.

— A Zeladora me disse que tem sêmen demais nos lençóis Devemos reprimir esse comportamento antes que saia do controle

Sair do controle era a única solução, mas, a não ser que algemassem os meninos, Eric era impotente para implementar uma política dessas. Eu sabia que, se alguma coisa ia ser reprimida, essa coisa era eu.

Naquele sábado à noite, meu marido estava escalado para trabalhar e, como sempre, estávamos no estúdio dele jogando cartas com um grupo de meninos, nos divertindo bastante. Não foi diferente de nenhum outro sábado à noite, até que Eric e Helga irromperam pela porta com pijamas iguais.

— Para a cama agora! — gritou Eric.

Os meninos desapareceram.

— Prrecisamos converzar — disse Helga, arrastando-me para a enfermaria dos meninos. — Os rapazes estáo se masturbando por sua causa. E eu vi como vozê toca o cabelo de Peter — disse ela, referindo-se a minha amizade tranqüila com um dos alunos mais velhos. — Ele está apaixonado por vozê, sua garrota idiota, não zabia dizo? Todos eles estáo. Me dá nojo zó olhar parra vozê.

Enquanto eu ficava sentada durante o ataque de amargura de Helga, Eric informava a meu marido sobre as novas regras da Soane House. Ele e Helga acreditavam que, pelo bem do decoro e da sanidade dos meninos, meu acesso a certas partes da House devia ser restrito. Eu não tinha permissão para usar a piscina nem a sala de esportes. Não podia usar meu biquíni no terreno da escola durante o período letivo nem tomar banho de sol no terraço. Não podia usar o corredor dos alunos mais velhos nem ir a nenhum dos dormitórios em nenhuma hora por nenhum motivo, "qualquer que fosse". Não tinha permissão para andar descalça pela House e a loja de confeitos tinha de ser fechada imediatamente. Eu podia comer na sala de jantar, mas só aos domingos, presumivelmente porque eu estava adequadamente vestida para a igreja e a mente dos meninos estava limpa por comparecer à missa.

— Toda a casa é uma zona de exclusão. O que restou para mim? — perguntei a meu marido enquanto deitávamos na cama naquela noite.

— Meu estúdio. Nosso apartamento.

— Só isso?

— Parece que sim. Mas não vamos ficar aqui para sempre Nesse meio tempo, tome cuidado — disse ele, me beijando na testa.

Eu ansiava pelo apoio do Professor, mas ouvir que eu devia ter cuidado fez com que eu me sentisse culpada. A tranqüila aceitação de meu marido quanto às novas regras de Eric parecia mais excludente que as próprias regras.

❖

Querida mamãe

Por favor, perdoe a falta de cartas. Em geral, assim que começo a escrever, um menino aparece no apartamento procurando por C..., mas pela primeira vez em cinco semanas isso não acon-

tece porque estão de férias. Os meninos foram para casa hoje e é claro que, agora que saíram, sinto falta deles.

Ontem à noite, desafiando o veto de Eric a meu direito de circular, fui com C... na ronda do dormitório. Todos os meninos estavam na cama, silenciosos e dormindo, exceto um dos meninos indianos que dizia suas orações, entoando-as diante de uma imagem do deus indiano Ganesha. E pensar que ele era um dos meninos que espiavam no telhado naquela noite. No dormitório dos mais novos, um garoto disse: "Trubshaw quer um beijo, senhorita." Todos judiavam tanto de Trubshaw que tenho certeza que era por isso que ele urinava na cama. Fui até o menino que chamava e lhe dei um beijo. Ele logo calou a boca depois disso.

C... está exausto, mas vai treinar tênis todo dia das férias para que possamos economizar dinheiro. Ele diz que quer sair do internato o mais rápido possível.

Trabalho amanhã, o que significa uma rotina. Tediosa e cansativa.

Sinto falta de você e de minha querida irmã. Como ela está? Não tenho notícias dela há séculos.

Com amor, como sempre,

❖

Na semana seguinte, recebi uma carta de minha irmã contando que tinha se separado do encantador de serpentes e estava pedindo o divórcio.

Então o casamento não era para sempre.

Três

O Advogado

Se Eric e Helga me viam como a sereia do mal que tinha se infiltrado na Fortaleza da Testosterona, meu marido mal notava minha presença. Ele me tratava mais como um menino honorário do que como sua jovem esposa. Eu sonhava em fugir e com lugares distantes, mas com meu salário de secretária e só duas semanas de férias, não podia esperar ir muito longe.

Num anoitecer de verão, enquanto meu marido corrigia livros, fiquei de pé atrás da mesa dele analisando o calendário que estava cheio de competições esportivas e prazos acadêmicos. Eu os conhecia a todos: os chás de críquete, as festas da natação, os jogos intercolegiais, as despedidas do final do ano letivo. A vida do meu marido era previsível, sua posição e propósitos confirmados, mas, como inspetora sem direitos, o status dele não ratificava o meu.

— Você tem treinamento em todos os feriados escolares. Nunca vamos sair — suspirei eu.

— Precisamos de dinheiro — disse ele, virando-se para uma pilha de fotos de esporte para a revista da escola.

— Esporte e escola são a sua vida — disse eu.

— Eu sou professor de esportes, droga. O que você espera? Não pode esperar que eu faça você feliz.

— Não espero que faça isso.

— É o que parece. Agora aqui está o que eu chamo de felicidade — disse meu marido, erguendo uma foto de cinco meninos sorridentes, apontando os bastões de hóquei para o céu. — Sem dúvida foram os dias mais felizes da minha vida.

— O quê? Quando você tinha 12 anos?

— Certamente.

Não surpreende que meu marido adorasse os meninos mais novos; eles o lembravam de seus dias de glória.

— E se eu não puder ser feliz com o que lhe deixa feliz? — perguntei.

— Você ficará feliz quando se adaptar a isso.

— É como colocar glacê num bolo de mentira — respondi, petulante.

— Querida, você seria muito mais feliz se não fosse tão impaciente. Espere, que depois que começarmos a tentar ter filhos, tudo vai ficar bem.

A única emoção que meu marido conseguia admitir era a felicidade, o que me deixava completamente perdida com a confusão e a decepção que me perseguiam. A filosofia dele o protegia de qualquer coisa que pudesse ameaçar sua visão de mundo e tornava nossas conversas incompletas. Minha sensação de isolamento se intensificava diariamente e eu comecei a me comportar de formas mais estranhas do que teria imaginado.

Eu acordava no meio da noite e vagava de camisola pelas salas e corredores do primeiro andar, dos quais eu fora banida. Naquele silêncio escuro, a grande casa parecia um lar. Eu assaltava a geladeira da House e comia sorvete de morango à luz néon azul do mosqueiro da cozinha enquanto moscas eletrocutadas caíam no chão. Na biblioteca, enroscava-me numa almofada atrás da estante para ler folhetos de universidades à luz da lanterna, sonhando com um futuro que nada tinha a ver comigo na ilha e aquele até que a morte nos separe. Quando as noites de verão eram quentes, eu nadava na piscina ao ar livre, a água fria em meu corpo nu, e quando a lua estava cheia, eu andava pelas alamedas em volta da Soane House. Sentada ao portão, olhando o campo de jogo vazio que dava para o pavilhão de críquete, eu imaginava o Cabeção jogando críquete no campo ao luar, batendo e rebatendo só para mim. Agora que o corredor dos meninos mais velhos estava fora dos limites, eu não visitava mais seu estúdio para tomar chá, mas ninguém podia censurar minha mente e, nesses dias de verão, ele ficava comigo o tempo todo. Lembrei das tardes de inverno quando parecia natural ficarmos juntos, conversando no estúdio dele. Eu não conseguia acreditar em como eu ficava à vontade na companhia dele. Eu imaginava como teria sido beijá-lo, sentir sua boca macia na minha à meia-luz, quando os olhos brilham. Esses sonhos aveludados me davam calor entre as pernas, mesmo sentada num degrau frio de pedra no meio da noite.

❖

Querida mamãe

Desculpe-me por só escrever agora. As coisas andam meio estranhas ultimamente. Eu peço a C... todo dia para se candidatar a cargos de ensino no continente e só penso em fugir. Na noite passada, quando perguntei a C... se ele tivesse de escolher entre mim e trabalhar na ilha, ele respondeu a ilha sem hesitação. Mas deixe pra lá, foi uma pergunta idiota. Tenho de encontrar algu-

ma coisa que me absorva para equilibrar as coisas. Helga fechou a loja de confeitos na semana passada e comprou uma grande churrasqueira com os lucros. Ela pretende fazer churrasco no almoço dos meninos todo domingo e não liga que eles não tenham canoas.

Agora não tenho nada para fazer na Soane House, a não ser ficar longe de problemas e ajudar David com o francês. Ele era o último da turma, mas ontem tirou a nota máxima em uma prova. C... disse que o tempo que passamos revisando era demais para um menino de 15 anos, embora, como eu tenha assinalado, ele e David joguem xadrez por uma hora ou mais. Ser repreendida por meu marido por ajudar um menino com o dever de casa confirma que não consigo fazer nada direito.

O trabalho embota a mente — principalmente a datilografia e, que os céus me ajudem, o arquivamento. Está na hora de procurar outro emprego. C... diz que estou me lamentando e que eu devia sair dele, e sei que você diria o mesmo, mas não sei como. Vou escrever quando estiver me sentindo melhor. Não vou à igreja há algum tempo. Talvez a resposta esteja na confissão, mas Deus sabe que a vida é tão vazia que seria um prazer ter alguma coisa para confessar.

Me perdoe...

Sua filha que a ama,

❖

Se morar entre meninos era problemático, trabalhar para homens no escritório não era menos complicado. Não ajudava em nada eu estar sob julgamento nos dois lugares. A turma do escritório, um grupinho de mulheres que vivia para fofocar, colonizava a cozinha em toda hora de almoço, reunindo-se em volta da mesa com cigarros, refeições de microondas, as facas apontadas para o que quer que estivessem destrinchando naquele dia. A mais antipática comigo, e a fofoqueira mais maldosa, era também a mais gorda. Era tão gorda que um dia foi trabalhar com a mandíbula amarrada e nem assim conseguiu deixar de falar ou comer. Pelos dentes presos, ela vomitava ácido e chupava sorvete derretido por um canudinho.

Na minha parte do escritório, o almoço chega numa caixa, mas, quanto mais alto na hierarquia, mais longo o almoço e mais elegante o restaurante. Além dos escriturários e advogados, os outros homens do escritório eram administradores que fundavam empresas *off-shore* para clientes ricos a fim de evitar os impostos. Eram o bando mais presunçoso porque, embora não fossem qualificados como os advogados, alguns ganhavam mais. Grande parte do negócio de impostos vinha da França, mas além do advogado, que era dono da empresa, só Terry falava a língua, e ele era bombardeado com pedidos de tradução.

— Onde está o Terry? — perguntou Sebastian, um administrador meticuloso que arrogantemente assumia um ar de superioridade no Departamento de Transferência de Imóveis.

— Bem atrás do senhor — disse eu.

Ele se virou enquanto Terry andava segurando uma bandeja de canecas fumegantes.

— Terry, preciso de sua ajuda.

— Agora não, estou ocupado.

— Como é, fazendo o café das secretárias? — Sebastian estava desesperado. — Meus maiores clientes estão sentados na sala de reuniões agora. São franceses. E não falam inglês.

Terry abriu um arquivo, acendeu um cigarro e disse:

— Desculpe, estou ocupado — e ligou o Ditafone para provar. Sebastian, vermelho de frustração, esbravejou sobre prioridades, nicotina e cafeína.

— Posso traduzir para ele? — perguntei.

— À vontade — respondeu Terry.

Eu era mulher e datilógrafa, e os homens do escritório não eram muito criativos. Sebastian não acreditou que eu falasse francês. Os clientes franceses ficaram deliciados e Sebastian ficou adequadamente grato. Quando saímos da sala de reuniões uma hora depois, dez secretárias atrás de uma linha de estações de trabalho computadorizadas me fuzilaram com os olhos. Os franceses me beijaram com cortesia no rosto, e houve uma tal agitação de alegria que o chefe da empresa saiu de seu escritório para se juntar à despedida.

Voltei a me sentar atrás de minha máquina de escrever surrada e alguma coisa tinha mudado: pela primeira vez, eu estava gostando do meu trabalho.

Logo me tornei a tradutora extra-oficial do escritório, permanecendo bem depois das cinco horas para terminar de datilografar para o Departamento de Transferência de Imóveis e traduzir para todos os outros.

— Estão explorando você — disse Terry uma noite, quando ambos estávamos trabalhando até tarde.

— Pelo menos estou aprendendo...

— Trabalhando duas vezes mais pelo mesmo dinheiro. Peça uma promoção. A empresa pode pagar a você pelo trabalho que está fazendo.

No dia seguinte, eu me reuni com o diretor de pessoal, um homem pomposo com um bigode de pontas viradas cuja sala era espaçosa e nova.

— Estou surpreso que tenha se destacado aqui — disse ele entre risos.

— É sobre isso que quero falar.

— O que você tem em mente? — perguntou ele, puxando o bigode com uma solenidade fingida.

Eu queria ser levada a sério, mas eu era jovem, loura, tinha peitos e datilografava — e, no que dizia respeito aos homens, este pacote não era classificado como "Sério". As mulheres astutas do escritório não permitiam que o patriarcado as derrubasse; elas sabiam que bajular os diretores se refletiria no salário. Eu não era tão sensata.

— Eu estava pensando... — comecei.

— Deixe-me adivinhar. Quer sair das Transferências de Imóveis? — perguntou ele, reclinando-se na cadeira, o peito para o teto enquanto soltava um arroto abafado pela respiração.

— É por isso que estou aqui.

— Desculpe, meu bem, não temos outros cargos de secretária no momento.

— Não quero ser secretária.

— O que você quer ser? — perguntou ele, e eu meio que esperei que acrescentasse "quando crescer". De repente, tomei coragem para sugerir que eu devia ser paga por um trabalho que já estava fazendo.

— Gostaria de ser a tradutora oficial da empresa — gaguejei.

— A empresa não tem essa especificação de cargo.

— Estou traduzindo há mais de um mês — disse eu, minha insegurança dominada pela indignação.

— Não podemos criar um cargo sem uma especificação. Desculpe, meu bem.

Se eu estivesse disposta a implorar, ele podia ter atendido a meu pedido, mas fiquei com tanta raiva que já estava na porta. Virei-me para dizer adeus, mas decidi não me dar ao trabalho — o diretor de pessoal estava transfixado pela minha bunda de partida.

De volta ao antiquado Departamento de Transferência de Imóveis, Terry perguntou como fora minha reunião.

— Não existe um cargo para mim — disse eu entre lágrimas.

— Vá até o topo. Peça ao chefão. Na sexta depois do almoço é uma boa hora para pegá-lo.

Naquela sexta-feira, vesti um tailleur que sugeria um potencial além da datilografia e esperei que o Advogado voltasse do almoço. Como Terry havia previsto, o almoço do Advogado foi adequadamente longo. Às quatro e meia, ele entrou no escritório e foi direto para o banheiro dos homens. Era minha deixa para estancar ao lado do arquivo e interromper seu caminho.

— Ah, desculpe — disse eu, encontrando-o face a face.

— Não por isso. — O Advogado ficou relutante em continuar.

— Podemos conversar por um minuto?

O Advogado sorriu. Ele gostava de conversas particulares.

— Vá à minha sala em dez minutos.

Eu bati, o Advogado indicou que eu entrasse e eu fechei a porta. Ele estava sentado numa cadeira de designer em frente a uma mesa ampla, com cortinas brancas e finas atrás dele deixando passar o sol, um charuto aceso equilibrado num cinzeiro de cristal. O Advogado olhou para mim por baixo das sobrancelhas arqueadas e perguntou:

— O que posso fazer por você?

Dez minutos depois, eu o havia convencido de que merecia a promoção, mas o único lugar que ele podia me oferecer era de assistente do arrogante Sebastian.

— Ele não é tão ruim — disse o Advogado, vendo minha expressão. — E, se tudo correr bem, você terá sua própria sala... e uma secretária. Estou contando que você não vai me decepcionar. — Seus lábios tremiam na ponta molhada do charuto.

Meses depois, eu tinha um número suficiente de clientes corporativos da França para merecer minha própria secretária e uma sala envidraçada na frente da sala do diretor de pessoal, o que deve tê-lo deixado doente. Mas ele riu por último com o seguinte: ele decidia meu salário e nunca me pagou mais do que a recepcionista-chefe da empresa.

O Advogado tinha promovido uma escriturária júnior para se tornar minha secretária e a resistência que enfrentamos de nossos colegas de escritório nos uniu. Éramos novas e muito jovens, e fazíamos as coisas de uma forma caótica. Dei uma oportunidade a ela e ela me deu várias enquanto aprendíamos o que significava ter alguém trabalhando para mim. Embora eu estivesse satisfeita com minhas novas responsabilidades, minha ambição secreta era me mudar para Paris. Sempre que eu falava com meus clientes franceses, dizia-lhes como adorava a cidade deles (embora eu nunca a tivesse visitado) e que ficaria satisfeita em poupar-lhes o aborrecimento de virem à ilha, se tivessem qualquer negócio a discutir. Todo dia eu aprendia mais sobre o procedimento relativamente simples de criar empresas *off-shore* e, não muito tempo depois, o Advogado me fez a pergunta que ia mudar minha vida:

— Acha que pode fazer uma viagem a Paris para se reunir com alguns clientes que querem criar uma empresa?

Eu nem hesitei.

Logo meu trabalho exigia viagens regulares a Paris e eu estava feliz em tornar o trabalho minha prioridade. Eu passava menos tempo na Soane House e, quando estava lá, fechava-me no apartamento, esperando que meu marido viesse do trabalho. Eu via Helga e Eric tão raramente que foi uma surpresa quando o diretor da escola apareceu no apartamento no final de uma tarde.

— Vim para dar o recado de que seu marido não vai voltar hoje à noite. O *fog* está espesso demais, o vôo dele ficou preso no aeroporto — disse ele, tentando parecer simpático.

Em vários sábados por ano meu marido levava um grupo de meninos à França para competições esportivas, e ele tinha prometido que voltaria naquela noite para que Eric e Helga pudessem sair para a festa do diretor — o convite de maior prestígio no ano escolar. Com meu marido inesperadamente fora e a Zeladora desaparecida no mundo, Eric e Helga não iriam a parte alguma a não ser que encontrassem alguém para cobrir o trabalho deles.

— Vai ficar aqui esta noite? — começou Eric, como se testasse uma corda-bamba de circo.

— Vou.

— Seria incrivelmente útil para nós — agora com os dois pés, avançando para o esquecimento — se você cumprisse as tarefas de hoje à noite.

— Tudo bem — disse eu, desconsiderando a hipocrisia dele e aceitando a responsabilidade por setenta meninos.

— É claro que eles não precisam saber que está sozinha aqui. Você também pode pular a ronda no dormitório — gritou Eric enquanto desaparecia pelo corredor.

Os meninos mais novos queriam ver um programa de TV que terminava depois de as luzes apagarem, e os mais velhos queriam sair para uma festa com a promessa de voltarem à meia-noite. Eu achava que tinha me desvencilhado de todos quando às nove horas houve uma batida à porta, e o Cabeção entrou. Imaginei que ele tinha saído com os outros garotos e seu aparecimento inesperado fez meu estômago saltar.

— Posso sair? — perguntou ele.

Tentei parecer indiferente quando perguntei:

— Aonde você vai?

— À Trattoria, para o aniversário de um amigo.

— Eu sempre quis ir nesse restaurante — disse eu.

— Um dia eu levo você. — E depois, como se não fosse nada de especial: — Posso ter prorrogação até uma hora?

Passei a ele a folha de saída, olhando sua camisa recém-passada e os jeans desbotados que se penduravam nos quadris. Ele era um homem de pernas longas, com uma cintura fina envolvida num cinto da Argentina, onde ele jogava pólo.

Nenhum professor ficaria sentado até uma da madrugada por um garoto, mas, enroscada em um pufe vendo o filme da madrugada, eu fiquei. Às cinco para a uma, a porta deslizante se abriu e o Cabeção gritou:

— Cheguei!

— Tudo bem, obrigada. Boa noite. — Eu não queria vê-lo nem ouvi-lo contar sobre a diversão que teve, mas ouvi passos descendo o corredor. Ele ficou imóvel na soleira da porta da sala como se decidisse o que fazer a seguir.

— Adoro esse filme. Posso ver?

Ele se sentou no chão apoiado no pufe, tão perto que meu coração acelerou. Felizmente eu estava assistindo o filme no escuro e ele não podia ver que eu estava nervosa. Ele estava tão relaxado, os braços envolvendo os joelhos, a mão esquerda segurando o pulso direito.

— Uma garota como você não devia ficar sozinha no sábado à noite — disse ele.

Olhei para ele e o peguei me olhando.

— Estou acostumada a ser a viúva do esporte.

— Você é nova demais para dizer isso.

— Há certos dias em que eu me sinto velha demais para os 20 anos. — Revelei minha idade porque queria dividir um segredo com ele.

— Já namorei mulheres mais velhas que você. — As implicações dessa observação flutuaram entre nós como uma fruta madura.

— Eu sou casada — disse eu, mantendo minha voz uniforme de resignação.

— É estranho que ele tenha escolhido uma garota como você. Eu o conheço há dez anos e ele era ótimo quando eu era criança. Mas ele não é muito curioso, e acho que você é.

Era insuportável que ele me entendesse de formas que meu marido não conseguia. Eu não podia deixar que ele me conhecesse mais nem visse o problema em que eu estava metido. Não havia nada que eu pudesse fazer com segurança além de ir para a cama sozinha, então me levantei e, sem dar boa-noite, deixei-o na luz cinzenta da televisão. E, só para garantir, passei a chave na porta do quarto.

❖

A vida na Soane House era tão entediante, a presença do Cabeção tão torturante e meu marido tão desligado, que naquela época eu só ficava feliz em Paris. Como o número de meus clientes franceses aumentava, eu ia lá pelo menos duas vezes por mês e planejava minhas reuniões de modo que me desse tempo de explorar a cidade. Visitei museus, livrarias e o Café de Flore — meu favorito, porque, em minha fantasia, Samuel Beckett ainda morava por ali e podia aparecer a qualquer minuto. Eu sempre pegava o último vôo noturno para a ilha e chegava na Soane House por volta da meia-noite. De saltos altos e balançando minha pasta, eu entrava na House pela porta dos alunos mais velhos. Esse era meu único ato rebelde, que era inócuo o suficiente quando a casa estava em silêncio e todos dormiam. Era fácil ser descuidada, até que uma noite virei a esquina e dei de cara com o Cabeção.

— O que está fazendo? — perguntei num sussurro.

— Eu ouvi seu carro...

Uma lanterna balançou nas paredes do corredor.

— Quem está aí? — Era Helga.

O Cabeção me puxou para o corredor do estúdio dele.

— Quem está aí? — A lanterna iluminava.

Se usar o corredor dos alunos mais velhos era ruim, ser pega nas sombras com um deles era infinitamente pior. O Cabeção apontou para a porta do estúdio, girou a maçaneta e silenciosamente nós entramos. Helga estava bem atrás de nós e meu coração quase parou quando ela apontou a luz amarela da lanterna por baixo da porta e perguntou num sussurro pesado:

— Vozê está aí?

Fechei bem os olhos enquanto o Cabeção tirava a camisa, pulava na cama e, numa voz macia e sonolenta, dizia:

— Está tudo bem?

Tentei me misturar com a parede, prendi a respiração e rezei enquanto Helga abria um pouco a porta. Ela lançou a lanterna no rosto sereno de homem do garoto e ele semicerrou os olhos para a luz como se estivesse dormindo há horas.

— Desculpe por incomodarr vozê — disse ela, fechando a porta rapidamente. Eu deslizei parede abaixo com alívio. O Cabeção saltou da cama, apoiou-se na parede ao meu lado e nós dois rimos em segredo até que eu percebi que ele estava seminu.

— Tenho de ir — disse eu, levantando-me para sair, mas ele me impediu.

— Ainda não. Ela pode estar esperando. — Senti os lábios dele perto de minha orelha.

— Tenho certeza que ela já foi.

— Espere — disse ele, segurando meu braço. — Eu quero...

— O quê? — rebati, temendo a combinação de sua confiança e meu desejo. Eu não queria saber o que ele queria, no caso de não poder resistir. Ele soltou meu pulso e a mão dele lentamente se abriu enquanto ele entrelaçava os dedos nos meus. A ternura de seu toque encheu todo meu corpo e eu morri de desejo. Incapaz de olhar na cara dele ou para sua boca cheia, afastei os olhos, mas isso não ajudou. A forma de sua clavícula e a curva de seus ombros eram dolorosamente bonitas. Fechei os olhos e, nesse momento de submissão, ele me levou para a cama.

— Vou sentir sua falta — disse ele.

O Cabeção ia sair depois dos exames, dali a menos de uma semana. Eu estava prestes a arriscar meu casamento e o emprego de meu marido para transar com um rapaz que eu provavelmente nunca mais veria. Eu estava enraizada no chão.

— Não posso. Desculpe. Sou casada.

Ele ficou parado do meu lado, alto e delicadamente perto.

— Se eu lhe der meu telefone — disse ele, seu dedo deslizando pela ponta do meu nariz até pousar nos meus lábios —, promete que vai me ligar quando chegar a crise dos sete anos?

Abri a boca só o suficiente para que a ponta da minha língua tocasse a ponta do dedo dele. Ele se aproximou, depois ficou mais perto ainda e sua boca encontrou a minha num beijo longo e delicado. E depois eu me virei e saí correndo de seu estúdio, subindo a escada de pedra para a segurança de meu leito conjugal onde as luzes certamente estariam apagadas.

A Soane House não foi a mesma depois da partida do Cabeção. A presença dele tornava o internato suportável. Sem ele, fiquei com um casamento previsível e o trabalho enfadonho do emprego no escritório. Administrar empresas, mesmo para clientes franceses, logo se revelou transferir dinheiro para evitar impostos. Um convite inesperado para almoçar com o Advogado proprietário da empresa foi a coisa mais empolgante que aconteceu em semanas.

— Tenho um cliente novo para você — disse ele, de pé na porta de minha sala enquanto eu desembrulhava um sanduíche. — É tudo muito simples. Todos os detalhes estão no arquivo. — Balançou uma pasta de cânhamo verde em cima do meu computador e avaliou meu almoço. — Isso não parece muito apetitoso. Fiz uma reserva para uma hora. Por que não vem comigo?

O almoço foi longo e eu não me importei que a fofoca do escritório rolasse solta quando voltamos. As secretárias e guarda-livros sempre fizeram objeção a mim, e colaborar com o trabalho do Advogado me atraía mais. Os casos que ele recomendava tornaram-se mais interessantes e, à medida que sua complexidade aumentava, também cresciam as reuniões na hora do almoço que incitavam desconfiança e ciúmes. Não demorou muito para que eu achasse o escritório tão tenso quanto o internato.

Eu implorava ao meu marido quase diariamente para ele sair da ilha e me levar. Mas ele desprezava minhas súplicas, dizendo que eu resmungava e eu estava prestes a desistir quando um ex-colega, agora diretor de escola na Inglaterra, nos convidou para sua nova escola e ofereceu um emprego a meu marido. Incitado por meu entusiasmo, ele comunicou seu interesse e eu me candidatei à universidade mais próxima. Quando fui aceita para uma entrevista, parecia que estávamos prestes a começar adequadamente nossa vida juntos.

Pegamos um avião para a Inglaterra e seguimos por horas de carro até a escola, onde o diretor e sua esposa nos receberam. No dia seguinte, compareci a minha entrevista, consegui imediatamente uma vaga para aprender direito e naquela noite meu marido recebeu a oferta do cargo de diretor assistente. Eu nunca fora tão feliz até me sentar no avião de volta à ilha, quando meu marido se virou para mim e disse:

— Fez bem para o ego, mas não é realmente o que queremos, não é?

— É o que eu quero.

— Não acho que queremos sair da ilha.

— Eu quero.

— Bom, nós não vamos.

— Como é?

— Não vamos sair da ilha e não se discute mais.

E essa era a idéia de discussão do meu marido. Um professor justo, orgulhoso de ser considerado um liberal entre seus colegas conservadores, o Professor impunha sua vontade a nosso casamento como um ditador. Não havia sentido em tentar convencê-lo a mudar de idéia. Como um menino, eu devia respeitá-lo quando ele considerava um assunto proibido.

As regras da Soane House restringiam meu presente e, por trás de sua aparência benevolente e feliz, meu marido determinava meu futuro. Eu não sabia como dizer a ele que eu ia enlouquecer se não saísse da ilha. Ele não conseguia suportar o confronto e era conveniente para ele eu não saber como confrontá-la. Tudo o que eu sabia era como ser boa, o que perversamente significava que eu também sabia como ser má. Eu lamentava a partida do Cabeção. Se ele estivesse presente, eu podia ter me metido em encrenca e seria expulsa da ilha em tempo recorde.

Nunca me ocorreu aceitar a vaga na universidade e seguir adiante com meus planos. Eu ansiava por escapar dos confins de meu casamento, mas não conseguia imaginar fazê-lo sem outro homem para me libertar. Na ausência do Cabeção, só me surgiu outro na mente.

❖

Algumas semanas depois da viagem à Inglaterra, o Advogado e eu nos encontramos por acaso em um vôo para a França e ele casualmente se ofereceu para me levar ao Tour d'Argent para jantar na próxima vez em que eu estivesse em Paris. O convite foi ousado porque implicava uma estada à noite.

— Sou casada e o senhor também — murmurei, apesar da sensação que acossava o corpo.

— Posso ser casado, mas minha mulher não me entende — respondeu o Advogado.

Fui solidária. Não pude resistir às belas mentiras do Advogado, ou a minhas próprias e, garantindo a mim mesma que eu não podia ser amante porque eu já era esposa, aceitei a oferta dele.

A atenção do Advogado fez com que eu me sentisse uma mulher e me excitou vê-lo beber vodca em vez de leite, usar roupas mais caras, dirigir um Aston Martin e que estivesse disposto a me levar para o mau caminho. O Advogado era um hedonista egoísta e era exatamente o que eu precisava. Logo descobri que ele era muito bom em ser mau, tão bom que era até um mau amante.

Transamos pela primeira vez em Paris, mais precisamente no Hilton do aeroporto de Orly — o que não é bem a mesma coisa —, onde nosso sexo foi tão indefinível quanto o hotel. As telas eram impressionistas, os lençóis cheiravam a cigarro e aviões trovejavam no céu como pássaros pré-históricos raivosos. Na manhã seguinte, o Advogado pegou o primeiro avião de volta à ilha, tendo me convencido que seria indiscrição nossa se voltássemos à ilha ao mesmo tempo. Esperei no quarto de hotel pelo vôo seguinte e, sem o Advogado para ocupar meus pensamentos, senti-me triste, enojada e envergonhada. Pela primeira vez me ocorreu que eu era uma adúltera. Desobedeci novamente a um dos Mandamentos quando o advogado pediu para me ver de novo e eu disse sim apenas porque ele me disse que me desejava e eu queria ser desejada.

Descobrir lugares de encontro tornou-se uma aventura à qual eu não consegui resistir, mas embora os hotéis fossem melhores, o sexo não era. Isso não me impediu de acreditar que, porque éramos amantes, havia amor entre nós e nosso caso ganhou ímpeto. Meu marido nunca questionou minhas ausências prolongadas, embora tivesse comentado que eu tinha parado de reclamar. Uma noite, vendo televisão, me puxou para o colo dele e, afagando minha orelha através do cabelo, disse:

— Eu te amo. Você está muito mais feliz ultimamente. Graças a Deus você caiu em si.

Isso me fez perguntar pela primeira vez, mas infelizmente não a última, por que o homem com quem eu estava me amava quando eu não me importava mais.

❖

Meu caso secreto já durava alguns meses quando o Advogado me convidou para encontrar alguns amigos em um restaurante exclusivo da ilha onde ele costumava levar a esposa. Ele queria sair das sombras.

— Não ligo que descubram sobre nós. Eu te amo.

Uma parte de mim lembrou que ser descoberta tinha motivado esse caso e então decidi ser inconseqüente. Naquela noite, bebemos champanhe demais e depois do jantar o Advogado e eu fomos ao iate dele na marina. Andamos descalços pela madeira lisa do convés, de mãos dadas, segurando os sapatos, felizes por sermos tão ousados. Entramos alegremente no iate. O Advogado indicou a entrada para a cabine principal enquanto foi pegar mais champanhe. Desci os degraus na ponta dos pés, abri a porta da cabine e congelei. Imediatamente sóbria, voltei em silêncio pela escada e corri até o Advogado.

— Tem uma mulher...

A expressão do Advogado não se alterou.

— É a minha esposa — disse ele, como se esperasse por ela. Eu estava me perguntando se isso tinha acontecido antes quando ela saiu da cabine, agarrada a uma garrafa de vinho vazia.

A esposa do Advogado era amazonense, tinha o dobro da minha idade e estava muito bêbada. Nós três ficamos parados num triângulo vacilante. Esperando interceptar um ataque com a garrafa de vinho, eu disse com muita calma:

— Vamos conversar sobre isso.

Para minha surpresa, todos nos sentamos. O Advogado e a mulher dele de frente um para o outro e eu ao lado dela. De repente, eu me senti culpada.

— Lamento muito — disse eu, estendendo a mão para ela.

— Não toque em mim — rebateu ela. — E não pense que você é tão especial. Não é a primeira.

Olhei para o Advogado, esperando que ele a contradissesse, mas ele tinha afundado.

A mulher se enfureceu.

— Ela sabe que você tem filhos da idade dela? Sabe sobre seus outros casos? E você contou a ela sobre sua doença?

Doença?

— Querida, precisamos passar por isso de novo? — perguntou o Advogado.

A mulher o ignorou.

— Você não vai mais trabalhar para o meu marido depois disso. Pegue o primeiro avião para sair da ilha ou estará nas manchetes dos jornais amanhã.

— Ela é casada — disse o Advogado, de um jeito cansado,

como se eu quisesse me redimir de um tipo de pecado. O Advogado dizia que a esposa não o entendia, mas eu vi que ela não só o entendia como também o amava e brigaria para ficar com ele. Fiquei confusa, mas era um casamento e eu não tinha o direito de estar ali.

— Acho que vocês precisam conversar sem mim — disse eu, pegando meus sapatos.

— Volte ao barco amanhã. Então saberei o que fazer — disse o Advogado, olhando para mim como um menininho que urinou nas calças.

Peguei um táxi de volta à Soane House e me esgueirei para dentro pela porta dos fundos. Tomei um banho quente no escuro, deitei de costas na banheira e fechei os olhos. O Advogado e eu tínhamos flutuado em sonhos de champanhe que me voltavam agora: a vida juntos em Paris, um apartamento para mim em Londres, um iate em que navegaríamos pelo mundo. Essas fantasias de meia-idade e juventude insatisfeitas tinham sido dispersadas pela esposa. Minha cabeça zumbia pelas revelações de nosso encontro. Particularmente a doença. Que tipo de doença o Advogado tinha e será que eu tinha pego? Esfreguei minha pele, abotoei o pijama completamente para proteger meu marido do contágio e fui para a cama.

Meu marido mal se mexeu enquanto eu me ajeitava de costas para ele. O calor de seu corpo e o ritmo de sua respiração eram um conforto que eu valorizava, agora que estava partindo. Não podia mais fingir que o futuro dele era meu. Ouvindo meu marido respirar, tentei imaginar uma vida sem ele, mas minha cabeça estava uma névoa. Nada me atraía além de fugir e, na ausência de outro plano, decidi voltar ao barco do Advogado no dia seguinte.

Na manhã seguinte, meu marido e eu mal nos falamos. Ele não me perguntou sobre minha volta para casa. Eu não dei explicações. A idéia de confessar meu pecado era inconcebível. Eu não podia me arriscar ao perdão dele.

— Alegre-se. Procure ter um bom dia e talvez andemos pela praia quando você sair do trabalho — disse ele, beijando-me de leve e saindo para a escola.

Andar pela praia? Ele nunca me sugeriu isso antes. Por um segundo, pensei em ficar, mas não havia nada que uma caminhada na praia pudesse mudar. Escrevi a meu marido uma carta de despedida e deixei na cama para ele encontrar naquela tarde.

❖

Meu querido

Por favor, me perdoe por não ter a coragem de contar a você que estou partindo. Não tente me encontrar. Você não pode me fazer mudar de idéia.

Percebi que eu era jovem demais para me casar. Você sempre soube o que queria e eu ainda estou descobrindo essas coisas. Só o que sei é que não estou pronta para me adequar a sua vida na ilha.

Certo dia você disse que eu esperava que você me fizesse feliz. Algumas vezes você fez. Algumas vezes me fez muito feliz e eu sempre vou me lembrar daquela época, quando a vida inteira com você parecia possível.

❖

Saí de mansinho da Soane House com uma mochila nas costas e peguei um táxi até a marina, para me encontrar com o Advogado. A caminho do iate, encontrei seu sócio sênior, David, e nós andamos juntos.

— Você está bem? — perguntou ele. Assenti, embora as lágrimas estivessem rolando.

Entramos no barco, deixamos os sapatos em uma fila, tomando cuidado para não estragar o deque de teca mesmo enquanto os casamentos estavam sendo arruinados em toda parte. David me fez um sinal para eu seguir enquanto ele ia esperar do lado de fora. Por fim, o Advogado e eu ficamos a sós.

— Eu decidi — tossiu ele — ficar com a minha mulher por enquanto. Posso confiar nela para estar comigo quando eu ficar velho, o que não é razoável esperar de você.

Uma imagem surgiu em minha cabeça. Eu usava sapatos Yves St Laurent, bolsa combinando e óculos escuros. O Advogado vestia um terno, e eu o empurrava em uma cadeira de rodas por um penhasco, a beira chegando agourentamente perto...

— Querida? Está ouvindo? — perguntou ele.

— Sim... estou. Desculpe. Você vai ficar com a sua esposa. — Minha voz parecia vir de longe, como se não fosse minha.

— Acho que é o melhor a fazer. Você deve voltar para seu marido e procurar outro emprego. Vou lhe pagar uma indenização.

— Não vou ficar na ilha.

— Então eu pago o aluguel de um apartamento em Londres. Podemos nos ver quando eu visitar clientes lá. Se nosso destino for ficarmos juntos, nós ficaremos. — Ele tinha pensado em tudo.

O Advogado chamou David para se juntar a nós e ele entrou com um envelope transparente cheio de notas de 20 libras.

— Esta é sua indenização de três meses. E concordamos que você deve ficar com o carro da empresa.

Ele não podia ter me tirado de seu barco furado com mais rapidez. Atordoada, peguei as chaves do carro e o dinheiro e, quando saí, o Advogado nem se levantou para se despedir. David foi comigo até um BMW, que era velho, mas ainda parecia esportivo demais para o humor em que eu me encontrava.

— Cuide-se, e boa sorte — disse ele, apertando sinceramente meu ombro como se pudesse me injetar coragem.

Sentei no carro, que cheirava a fluido de limpeza e couro, encarando entorpecida o céu cinzento enquanto começava a chover. Através dos riachos que desciam pelo pára-brisa limpo, olhei a doca e a barca para a França. A buzina soou e naquele momento eu soube que tinha de estar na próxima travessia.

❖

Depois que cheguei à França, liguei para uma velha tia-avó que me convidou a ficar. Depois liguei para a minha mãe para despedaçar o coração dela.

— Seu marido é um bom homem. Você vai se arrepender de tê-lo deixado — disse ela. Eu temia confessar minha infidelidade, mas minha mãe já havia adivinhado que eu era adúltera. Passaria algum tempo antes que ela pudesse me ver, ou mesmo falar comigo novamente.

Decidi não ser tão cuidadosa com a verdade quando encontrei minha tia-avó, que me recebeu de braços abertos do lado de fora de seu solar em ruínas. Ela segurou meu corpo soluçante em seu amplo colo por um longo tempo, afagou minha testa, garantindo-me repetidamente: "*Pas grave, c'ést pas grave, si tu peux pas avoir des enfants.*"

A querida velha pensou que eu estava chorando porque não pude ter filhos e, grata por qualquer tipo de solidariedade, eu não a contradisse.

Sentamos à mesa de fórmica amarela de sua cozinha quente e escura, e eu olhei o campo de pasto pela janela. O piso de pedra era frio e o creme da pintura das paredes desbotara e rachara. A prateleira acima da mesa estava apinhada de incontáveis taças para ovos quentes, um lembrete de que a velha mulher tinha dado à luz 13 filhos. A família definiu sua vida. A última coisa que ela esperava ouvir de mim era que eu tinha fugido do meu marido e queria o divórcio. Quanto mais tempo conversávamos, maior era minha necessidade de ser sincera e aos poucos fui chegando à simples mas escandalosa verdade. A resposta de minha tia-avó foi curta, e foi o que eu tinha previsto. "*Appellez le prêtre*", ordenou ela.

Eu não era bem-vinda em sua casa sem a absolvição de um padre. Exausta demais para protestar, dei o telefonema enquanto a tia-avó desconfiada ouvia da cozinha. O padre sugeriu uma entrevista particular, mas primeiro insistiu que eu fosse à Missa na manhã seguinte. Eu concordei, presumindo que seria uma presença insignificante, mas havia pouca chance disso. A comunidade da aldeia era pequena, uma recém-chegada em seu meio era um grande evento, e todos tiveram uma boa visão de mim enquanto eu seguia minha tia-avó para o banco da família dela na igreja, na frente da congregação. Não ajudou que eu estivesse usando um vestido de verão branco e tivesse sessenta centímetros a mais que a média dos comungantes, todos eles vestidos de preto.

No meio da Missa houve um desvio inesperado na ordem de serviço, quando o padre me convocou ao atril. Relutantemente, eu me postei atrás do microfone, perguntando-me o que ele pretendia fazer agora que cem pares de olhos estavam em cima de mim. Tive medo da humilhação da condenação pública, e foi um alívio quando ele me pediu apenas para recitar o Pai-nosso em inglês enquanto ele dizia em francês. Parecia um pedido simples, mas quando cheguei no "perdoai as nossas ofensas", minhas lágrimas denunciaram que eu tinha me transviado do caminho da correção.

Depois do serviço religioso, questionei a compaixão do padre e a sensatez de me encontrar com ele sozinha, mas eu sabia que, se recusasse, seria expulsa da casa de minha tia-avó. Eu não tinha alternativa a não ser visitá-lo naquele final de tarde, como fora combinado.

Fui recebida pela empregada do padre, frágil e recurvada como uma oliveira. A pele enrugada caía em dobras de seus ossos quebradiços e ela não tinha os dentes da frente. Mas se movia rapidamente e indicou que eu devia segui-la por uma passagem estreita em direção aos fundos da casa. Passamos por fotos em tamanho natural de crianças e por uma roupa de samurai drapeada na parede com sabres de ambos os lados. Minha tia-avó tinha me dito com orgulho que o padre fora missionário e os rostos das crianças eram asiáticos, de pele escura e olhos brilhantes, mas por algum motivo aquelas caras emolduradas me deixaram inquieta.

Fui levada a uma enorme sala pouco mobiliada onde, atrás de uma tela de seda japonesa, o padre estava dando uma aula de trompete. A empregada disse para eu me sentar enquanto fechava as persianas, lentamente roubando a luz do dia da sala até que fiquei sentada no escuro. Por fim, os guinchos do trompete pararam e eu ouvi um tímido músico jovem perguntar se era hora de ir para casa.

Depois que o aluno partiu, o padre voltou sua atenção para mim. Acendeu a luminária da mesa, inclinando a lâmpada nua para a minha cara. Eu gemi com a luz brilhante, que ele se recusou a virar.

— *La lumière est la verité* — disse ele.

O padre queria a verdade e, de boa-fé, eu a dei. Depois de minha confissão, ele ficou sentado por um tempo me olhando, balançando-se num suave movimento ritmado, depois abriu uma gaveta da mesa para pegar duas folhas de papel.

— Eu mesmo criei estes — disse ele com orgulho. Em caneta hidrográfica brilhante, ele tinha desenhado dois gráficos representando o prazer sexual. — O Gráfico A mostra um amor egoísta — disse ele. A linha vermelha, que representava o homem, subia como uma montanha e depois caía. A linha amarela, um platô sem acidentes, representava a mulher. — O Gráfico A mostra o sexo com seu marido — sugeriu o padre. — E este — sua voz se elevou de expectativa — foi seu amante. — Surgiu o Gráfico B, suas linhas vermelhas e amarelas chegando ao pico e caindo no êxtase simultâneo do orgasmo.

— Não foi nada desse jeito — disse eu.

Mas o padre não pareceu me ouvir. Estava fixado nos gráficos e queria discutir suas implicações em detalhes lascivos. Voltei a me sentar na minha cadeira, longe do calor da lâmpada, e fechei os olhos. A última coisa que eu precisava era de um santo homem altamente sexuado.

— Você deve deixar esses homens. Venha ficar comigo, seja minha *copine*.

O padre de óculos lambeu os lábios rachados com a ponta da língua e, temendo que ele me quisesse mais do que como "amiga", eu me pus de pé rapidamente.

— Não vá. Você está muito nervosa. Espere, acalme-se.

Eu me sentei novamente para respirar e recuperar minha compostura, enquanto o padre tirava uma câmera de baixo da cadeira.

— Posso tirar sua foto? — perguntou ele, cegando-me com o flash antes que eu pudesse responder.

Corri para o carro e acelerei para a segurança da casa de minha tia-avó. Tomando uma xícara de chá, contei minha estranha entrevista com o venerado clérigo e sugeri que ela não devia depositar muita fé nele.

— O padre de nossa aldeia é um homem honrado, como ousa praguejar contra ele?

A indignação dela foi tal que ela nada me serviu a não ser alface da horta como jantar, que eu comi em silêncio antes de dormir cedo.

Na manhã seguinte, minha tia-avó preparou um café-da-manhã com brioche quente e café com leite, um sinal seguro, pensei eu, de que as coisas estavam melhorando.

— Minha filha mais nova e meu genro vêm me visitar nesse fim de semana — disse alegremente, servindo-me de um bule de café. Eu estava prestes a me entusiasmar com a perspectiva de conhecer um parente distante, quando ela continuou: — E como o marido da minha filha é um homem que aprecia a beleza... talvez com intensidade demais... eu ficaria grata se você fosse embora hoje. — Ela mergulhou a ponta do pão doce no café antes de enfiá-lo na boca.

Minha tia-avó mostrara gentileza por ter me recebido, mas da noite para o dia eu me tornei uma estranha que ameaçava seu mundo. Saí naquela tarde e comecei a longa viagem para a barca rumo à Inglaterra. No caminho, dormi ao volante tantas vezes que finalmente parei no acostamento para descansar. Era quase meia-noite quando cheguei ao porto e entrei na barca, aberta como a boca de uma baleia. A multidão ondulou em volta de mim, a rampa se fechou e a barca se moveu. Pela primeira vez na minha vida, eu estava livre. Devia estar animada, mas, com a liberdade, veio o medo. Agradeci a Deus por minha irmã, a única pessoa a quem eu poderia recorrer. Ela se divorciara do encantador de serpentes e saíra da aldeia de nossa infância. Certamente entenderia como meu mundo parecia imediatamente estranho agora que eu era uma sem-teto, sem-emprego e sem-marido.

Quatro

O Amante e o Lorde

Quando me senti presa no casamento, igualei liberdade com felicidade, mas enquanto negociava meu divórcio e uma nova vida em Londres, a independência foi perdendo seu encanto.

— Jurei diante de Deus e de alguns menos mortais ficar casada até morrer. Agora me sinto culpada por estar solteira e viva — disse eu a minha irmã, deitada na cama dela, cercada de livros de psicologia e espiritualismo.

— Você precisa ter uma identidade — disse ela.

— Eu queria que o Advogado telefonasse — disse eu.

Minha irmã era prática e objetiva e não me deu as soluções fáceis que eu queria ouvir. Eu não estava pronta para a Estrada Menos Viajada — cujo exemplar me espetava as costelas. Tirei o livro de baixo do meu corpo e o joguei no chão.

— Por que a vida tem de ser tão complicada?

— A Anna me deu esse livro. Você devia ler. A resposta está em ser auto...

— ... identificada. Eu sei. Você já disse.

Minha irmã mal falara de outra coisa desde que eu chegara ao chalé de Anna. Anna, a nova amiga dela, a havia convidado a ficar quando ela não conseguiu mais suportar a humilhação de sua ex-empregadora, Lady F.

— Anna é minha inspiração. Ela consegue levar a vida do jeito dela sem ser egoísta — disse minha irmã.

Anna me agradava mais do que as teorias de *empowerment* dela. Era independente, calorosa e bem-humorada na mesma medida. "Divorciada?", ela riu quando me conheceu, "você não parece ter idade para ter se casado."

Eu me senti em casa no minuto em que cheguei a seu chalé alugado na propriedade do duque de W. Era um dia quente de setembro e os hectares iluminados pelo sol em volta do chalé pareciam um cenário de cinema: árvores antigas, campos de relva, insetos dançando no rio à luz do início da manhã. Anna, uma respeitada treinadora de cavalos, estava dando uma festa para os cavaleiros que ela havia treinado naquele verão para os Jogos Olímpicos, um grupo de desportistas de primeira classe, homens e mulheres que dirigiam Range Rovers e carros esportivos conversíveis. Durante o dia, ajudei a preparar a festa, mas, depois que os convidados chegaram, não me ocorreu me juntar à farra. Fiquei observando ao longe enquanto os cavaleiros preparavam-se para competir pelo rio em surrados barcos a remo de madeira.

Um homem mais velho e com um jeito digno, usando um boné de tweed, estava de pé atrás de um barco segurando um remo como um gondoleiro. As amazonas subiram em outros barcos, agarrando os dois remos, competitivas até a medula. Na metade da travessia do rio, o gondoleiro estava vencendo e rindo. Na verdade, quase todos estavam rindo agora, mas não tanto quanto riram quando o homem na liderança começou a afundar. Seu barco estava se enchendo de água e não havia nada que ele pudesse fazer.

Minha irmã, sentada sozinha nos fardos de feno, estava tão retirada da diversão quanto eu e parecia tão triste que pensei em tentar alegrá-la. Um homem de ar etéreo num *cashmere* surrado me incitou a isso. Minha irmã brilhava na companhia dele. Ele a fazia rir e, quando uma mecha de cabelo castanho avermelhado caiu no rosto dela, ele a enfiou por trás da orelha. Eu me virei para a comédia na água.

— Quem é você? — perguntou uma voz atrás de mim. Virei-me e vi o gondoleiro, as calças ensopadas até as coxas. Disse a ele meu nome e perguntei o dele.

— Você trabalha para Anna? — questionou ele, ignorando minha pergunta.

— Eu não cavalgo — confessei. Tudo nele dizia Cavaleiro: até as pernas, que eram modeladas como se um cavalo estivesse entre elas.

— Suponho que coma bolo de chocolate — comentou ele.

— Claro que sim — respondi, e fomos para a fila do bolo.

— Querido! Você está ensopado — disse uma mulher com cabelos louros compridos e um riso desagradável, parada na fila. Ela passou o braço no gondoleiro e chupou o rosto dele, como um mosquito, pousando a mão na nuca do homem, onde o cabelo era curto. Sua intimidade fez com que eu me afastasse e, depois de colocar morangos e bolo no meu prato, fui procurar minha irmã. Quando vi que ela ainda estava com o homem alto, sentei no meio do campo para comer morangos macios, tão doces que tinham de ser os últimos do verão.

— Por que desapareceu? — O homem sem nome estava de pé atrás de mim.

— Sua esposa não gostou de mim.

— Ela não é minha esposa. E você... é uma esposa?

Eu devia a ele uma pergunta sem resposta e, virando-me para minha irmã, perguntei:

— Conhece aquele homem?

— Conheço. E você conhece aquela garota? — perguntou ele.

— Conheço.

Dez minutos depois, nós quatro estávamos num Land Rover, minha irmã na frente com o amigo dela, Harry, e eu atrás com o gondoleiro, que tentou pegar minhas mãos, num gesto ao mesmo tempo íntimo e estranhamente impessoal. A estrada esburacada tornou-se lisa enquanto seguíamos um caminho de pedra para o tipo de casa ancestral que as pessoas pagam para ver e levam um dia inteiro para conhecer.

Harry nos levou por uma porta lateral para dentro de uma sala em vermelho escuro onde um carrinho estava colocado com todo tipo de bebida. Eu teria gostado de champanhe, mas minha irmã pediu gim-tônica, então eu fiz o mesmo. Os homens tomaram vodca pura com gelo e estavam fatiando o último limão quando um mordomo surgiu.

— Boa noite, Alteza — disse ele a Harry, que era mais provavelmente um duque.

— Obrigado, Rupert. Estamos bem. Por que não tira essa noite de folga?

Passamos para uma ampla sala de estar e nos sentamos perto da lareira, meus shorts curtos demais e sujos de capim para que eu me recostasse em uma das confortáveis poltronas. Enquanto o gondoleiro grudava perto demais para um homem que nem dissera seu nome, Harry era respeitoso e atencioso com a minha irmã. Entre eles havia desejo e ternura, o que criou uma poderosa atmosfera que nos envolveu a todos. Foi um raro momento de possibilidades que podia ter chegado a qualquer lugar, até que a porta do hall bateu.

— Pai...

— Querida! Já chegou da escola. — Harry se levantou para receber a filha. — É melhor levarmos as garotas de volta à festa da Anna. Não queremos estragar a diversão delas. — Nesse segundo, a mágica se foi, mas o gondoleiro salvou minha irmã e a mim da humilhação.

— Vamos, meninas — disse ele batendo palmas. Seu rosto brilhava de afeição, o humor reluzindo nos olhos. — Não há nada que me agrade mais do que acompanhar vocês.

❖

O gondoleiro ligou no dia seguinte para agradecer a Anna a hospitalidade. Também indagou "se uma daquelas garotas" podia tomar as anotações durante uma das provas de hipismo daquela tarde.

— Sim, a sua pode — disse Anna, fazendo com que ele soubesse que os motivos dele eram claros.

Três horas depois, cheguei no campo de treino, onde o gondoleiro me apresentou ao treinador de adestramento. Sentamos em um Range Rover estacionado na ponta de um retângulo enquanto ele avaliava os cavaleiros que lidavam com os cavalos e eu registrava seus comentários. O gondoleiro ficou de pé do meu lado do carro, ouvindo nossa conversa.

— Você cavalga? — perguntou o especialista em adestramento.

— Um burro uma vez quando eu tinha 6 anos e um camelo no zoológico.

O gondoleiro me levou para o almoço, que foi servido em um celeiro convertido ao lado de uma casa elegante. Ele preferiu comer em outra mesa, deixando-me com alguns cavaleiros simpáticos, mas, derrotada pela interminável conversa sobre cavalos, eu logo estava pronta para ir embora. Não parecia ter sentido me despedir do gondoleiro, que estava ocupado conversando com seus cavaleiros. Eu estava no meu carro, prestes a partir, quando ele veio correndo pelo estacionamento.

— Aonde você vai?

— Voltar para a casa da Anna.

— Eu queria levar você para um chá com uns amigos. Por favor, diga que irá.

Aceitei, disposta a ser convidada para o mundo dele e escapar da trapalhada que era o meu.

— Vamos no meu carro. Assim poderemos conversar — disse ele, mas rapidamente monopolizou as perguntas.

— Onde você mora?

— Londres — disse eu, deliberadamente vaga.

— Onde em Londres?

— Chesham Crescent.

— Sua família é de Londres? — perguntou. Ele tinha razão em ficar desconfiado. Eu tinha um dos endereços mais caros da cidade e o tipo certo de carro, mas não tinha sapatos que combinassem com isso.

— Somos de Shropshire — disse eu.

Eu pude vê-lo pensando: ah, isso explica o seu sotaque. Provavelmente ele preencheu todos os outros espaços em branco; escola pequena, quadra de tênis em casa, mas nenhum cavalo porque ela não cavalga. Enquanto ele dirigia, analisei seu perfil. Tinha uma beleza clássica.

— Você ainda não me disse seu nome — comentei.

Ele me deu o prenome e depois pediu meu telefone. Eu sorri, disse não e percorremos o resto do caminho em silêncio.

O chá foi com uma famosa escultora, e nos sentamos em seu ateliê cercado de cavalos de mármore e bronze que esperavam para ser embarcados para o mundo. Alguns, disse ela, iam para palácios principescos no Oriente Médio e um era para "a casa de Twinkie nas Bahamas". E depois os olhos dela se acenderam.

— Ah, querido, uma fofoquinha, a ex-babá de Lady F está *apaixonada* por Harry! Toda vez que ele ia visitá-los, a babá idiota pensava que ele ia por causa dela. Ficou tão bestificada que tiveram de demiti-la e agora estão sem ajuda, e não conseguem lidar com tudo. O que você acha? Acha que ele pode ter uma quedinha pela babá?

Fiquei olhando para o gramado onde os filhos da escultora estavam jogando críquete. Eu tinha recebido uma xícara de chá, mas não fui incluída na conversa, o que por mim era ótimo. A babá de que falavam era minha irmã e meu novo amigo sabia disso. Ele riu pouco à vontade, mas não disse nada, protegendo-nos de todo constrangimento. Por que era tão impossível a escultora imaginar que um homem sozinho, mesmo que fosse um duque, se apaixonasse por minha bela irmã de cabelos castanhos avermelhados, mesmo que ela fosse babá? O gondoleiro voltou a conversa para a mais recente encomenda da escultora e eu fiquei divagando, os meninos no gramado me lembrando de uma época feliz na ilha, que agora parecia tranqüilizadora e familiar.

De longe, ouvi alguém chamar meu nome duas vezes. Era o gondoleiro. Colocou um par de botas Hunter de cano alto na minha mão e disse:

— Vamos dar uma caminhada, caso queira vir.

O sol de setembro estava baixo no céu e tinha perdido todo o calor enquanto seguíamos por um caminho estreito, que margeava o rio e atravessava os campos. Puxei minha saia para cima para sentir melhor a relva comprida nas minhas pernas, deixando o homem e a escultora para trás, conversando sobre pessoas que eles conheciam. Fiquei parada na paz da terra e do céu, atraída pela luz do entardecer nos campos dourados, quando a cabeça de uma folha de grama picou a parte de trás do meu joelho. Eu me virei e encontrei o gondoleiro atrás de mim, e nossas sombras, lado a lado, eram longas e distantes diante de nós.

Quando voltamos ao campo de treino, todos tinham ido embora. Eu estava prestes a sair quando o gondoleiro perguntou:

— Tem certeza que vai se lembrar do número do meu telefone? — E o recitou pela segunda vez. Eu assenti, mas não me incomodei se ia me lembrar ou não. — Não se esqueça de me ligar. Por favor. — Assenti novamente. — Vou anotar para você — disse ele, e me passou uma folha de papel com escrita elegante e muito legível. — Coloque no seu bolso. Não perca — disse ele.

Mudei-me para meu apartamento no porão em Chesham Crescent e esperei que o Advogado telefonasse. Depois de uma semana, minha fé em nosso amor perdeu convicção. Depois de duas semanas, parecia uma pretensão. E depois de três semanas, eu parei completamente de me preocupar com o amor e comecei a me preocupar com o aluguel. O Advogado podia ter perdido o interesse, mas o senhorio não e ele ligava diariamente, querendo saber quando chegaria o próximo cheque do aluguel. Meu mantra era "qualquer dia", mas chegou uma hora em que não podia mais adiar e nós concordamos em nos reunir.

— Você deve estar com algum problema — disse ele, vendo meu rosto ansioso. — Não quero tornar sua vida mais difícil, mas preciso receber o aluguel. — O senhorio parecia músico, ou dramaturgo, e foi tão simpático que decidi contar a ele tudo sobre o Advogado.

— Ele é um canalha, mas você não é a primeira e não será a última a ser abandonada por um homem casado. Com seu depósito, você ainda tem algum tempo, desde que pague a conta de telefone e não quebre nada antes de ir embora. — Ele estava brincando, mas nenhum de nós riu. Ele empurrou os óculos no nariz e piscou. — Acontece que, no momento, estou escrevendo e os problemas de fluxo de caixa estão me distraindo. — Meu senhorio de repente me lembrou Tom Stoppard e pareceu tão traumatizado pela confusão do dinheiro que eu engoli meu orgulho e liguei para a secretária do Advogado.

— Quem fala? — perguntou ela.

— Uma amiga.

Ela sabia que era eu.

— Ele está nas Bermudas com a esposa. — Era um esclarecimento desnecessário, mas, pelo que percebi, ela estava gostando daquilo.

Para piorar meu infortúnio, minha irmã tinha ligado naquela tarde para me contar que conhecera um novo homem por quem estava apaixonada.

— É tão empolgante. Conheci um francês maravilhoso e vamos morar no chalé dele, sem telefone nem eletricidade, na costa oeste da França.

— E fazer o quê? — perguntei, resistindo à tentação de ridicularizar o entusiasmo romântico dela.

— Vamos plantar vegetais e ter bebês.

Tentei parecer feliz por ela, mas, assim que desligamos, fiquei muito mais triste por mim. À medida que a noite caía, eu me sentia pior. Precisava falar com alguém que não dissesse "eu te disse". Liguei para o gondoleiro depois de encontrar o número dele amassado no bolso da minha saia.

— Alô. — A voz dele foi tão abrupta que quase bati o fone no gancho.

— Sou eu. A garota...

— Querida, eu estava quase desistindo de você.

Ele pareceu tão feliz em me ouvir que eu tive de morder o lábio para não chorar.

— Querida. Você está aí? Posso pegar você para levá-la na Annabel? Gosta da Annabel?

— Hoje não — respondi, sem saber o que, ou quem, era Annabel.

— Amanhã à noite, eu levo você amanhã à noite.

— Er... na verdade, não — disse eu.

Eu o ouvi virando as páginas da agenda. Isso estava ficando complicado. Eu só queria era uma voz do outro lado da linha. Devia ter ligado para os samaritanos.

— Na próxima quinta-feira, às oito da noite — disse ele. Ouvi a cadeira estalar enquanto ele se inclinava para a frente para escrever meu nome e endereço ao pé da página. Eu estava na agenda dele. Tínhamos um encontro.

No dia seguinte, chegou um embrulho de minha irmã em que ela colocou um livrinho chamado *O profeta*, do filósofo libanês Gibran. Um bilhete estava colado na página 29, e ela havia sublinhado estas palavras:

Então um lavrador disse: Fale-nos do trabalho.
E ele respondeu, dizendo:
Trabalha-se para acompanhar o ritmo da terra
E a alma da terra.

Isso era muito bonito se você plantasse legumes, mas como eu podia desejar acompanhar o ritmo da terra enquanto morava na cidade asfaltada?

"O que eu estou tentando dizer", minha irmã tinha escrito, "é que o trabalho é bom e acho que você vai se sentir muito melhor depois que conseguir um emprego."

Ela estava com a razão. Eu precisava de um foco no meu dia tanto quanto precisava de dinheiro, porque o pagamento da indenização estava desaparecendo rápido. Na véspera, numa rua estreita nos fundos da Harrods, eu gemi quando vi a placa "Secretárias Knightsbridge" numa janela acima de uma lanchonete. Eu sabia que não ia demorar muito para voltar à máquina de escrever.

Toquei a campainha e a porta se abriu num estalo. Uma escada estreita com degraus tortuosos levava a um escritório do tamanho de uma caixa de sapato e, atrás de uma mesa, de costas para a porta, alta e magra, estava sentada um mulher com cabelos escuros lisos e brincos de pérola. No ambiente abarrotado, sua elegância era um ato de desafio. Ela girou a cadeira para me olhar e sua boca se abriu, exibindo a presença de uma obturação em ouro nos dentes de trás que não estava ali em nossos dias de colégio de freiras.

Helen fora minha única amiga na escola, mas depois dos exames finais nós perdemos contato. O pai dela, um psiquiatra famoso, a havia estimulado a se "expressar plenamente" e ela nunca foi ingênua. Como uma garota de 17 anos, tinha um namorado mais velho que a levava para passar os fins de semana em Paris ou Roma e toda segunda-feira eu via maravilhada quando ele a deixava no colégio em seu Aston Martin azul.

Naquela época, as intenções de Helen eram viver em Londres, mas administrar uma agência de secretárias no andar de cima de uma lanchonete ("*delicatessen*, querida, chamamos de *delicatessen*") parecia uma opção improvável para uma garota que foi criada para ser liberada. Algo deve ter dado errado, mas eu sabia muito bem que não devia perguntar. Para a filha de um psiquiatra, Helen sempre foi surpreendentemente pouco inclinada a compartilhar seus pensamentos. Ela sacudiu um maço de Marlboro Light para mim. Eu sacudi a cabeça.

— Boa menina. E os Mars Bars?

Houve uma época em que, só comíamos barras de chocolate Mars no almoço, cortando a barra ao meio no sentido horizontal, descartando a base de *nougat* falso em favor da cobertura de caramelo. Todo o prazer com metade das calorias.

— Não tenho comido Mars ultimamente — disse eu, o que nos levou ao assunto de homens, embora eu não tivesse mencionado o Advogado e não me estendesse no meu divórcio. — Minha prioridade agora é o trabalho — disse eu com firmeza —, porque Londres é cara.

— Quanto tempo você levou para deduzir isso? — perguntou ela, abrindo uma gaveta cheia de formulários. — Preencha isto e consigo um emprego para você em uma semana. — Ela me deu um questionário de múltipla escolha intitulado "Um Perfil Profissional Psicológico para Mulheres", que, pelo que percebi, ela própria havia compilado.

Dando uma olhada no meu questionário, ela leu a primeira linha do endereço.

— Somos vizinhas — disse ela, como se não fosse surpresa nenhuma. Nós morávamos no mesmo bairro, a dez portas de distância, e concordamos em nos encontrar naquela noite.

Helen cumpriu a palavra. Na segunda-feira seguinte, eu era secretária de um magnata dos imóveis que, como fui alertada, não conseguia conservar uma secretária porque ele as fazia chorar.

De acordo com meu "perfil profissional psicológico", o fato de que ele era um torturador importava menos para mim do que ter a luz natural do dia no escritório e uma vista na janela. A vista do magnata era o Hyde Park e aquelas árvores antigas me mantinham sã. O homem dos imóveis me pagava um alto salário, outra exigência fundamental de meu teste, e era idiossincrático o suficiente para ser interessante. Não havia muita taquigrafia e eu só datilografava de vez em quando, o que também me atraía. Na verdade, o perfil profissional de Helen concluiu que eu era "inadequada para o trabalho de secretária", um detalhe que ela retirou a tempo porque, como explicou mais tarde, "descobrir o que você realmente quer fazer pode durar uma eternidade, e você não tem esse tempo todo para pagar o aluguel".

Quando fui ao apartamento de Helen, ela estava cheia de conselhos sobre morar em Londres: os melhores bares, a melhor academia, os melhores lugares para andar no parque, a melhor loja de roupas de segunda mão em Chelsea, "tudo de grife, algumas nunca foram usadas". Toda recomendação que ela fazia me habilitava a conhecer um homem, *o* ideal de homem em vez de o homem *ideal*, porque, como Helen me garantiu, "o homem ideal não existe".

— E não se livre do primeiro homem com quem ficar porque você vai conhecer os amigos dele, e é provável que goste de um deles. Funciona mais ou menos assim. — Ela parecia cansada.

— Mas eu conheci um homem — disse eu, surpresa em dar a impressão de que um relacionamento com ele era inevitável.

— Mas que rapidez. Quem é?

Eu disse a ela o nome do gondoleiro.

— Qual é o sobrenome?

— Ele não disse.

— Que esquisito. Aonde ele levou você?

— A lugar nenhum ainda. Mas na semana que vem vamos ao Annabel, o que quer que seja isso.

— É a boate chique na Barkeley Square onde o Meio-Oeste se encontra com os de meia-idade. Aliás quantos anos tem esse cara?

— Não tenho idéia.

— Tão velho assim? — disse Helen enquanto tirava um vestido preto de mangas compridas do armário atrás do sofá. — Pode usar este, desde que me prometa que vai fazer o cabelo. Não pode ir ao Annabel com o cabelo assim. — Helen estava falando, a bunda no ar, enquanto procurava uma bolsa que combinasse com o vestido. — Leve esta — disse ela, dando-me uma elegante bolsa de seda decorada com contas de madrepérola.

Aceitei as roupas de Helen e estava escrevendo o número do cabeleireiro dela quando a campainha tocou. Um homem grandalhão, com cara de elfo, óculos com aro dourado e um sorriso tímido e estreito entrou na sala. Ele deu um livro a Helen, escondido num saco plástico preto fechado.

— Poderia entregar a Lydia? Eu prometi devolver há meses. — Lydia e Helen eram colegas de apartamento, embora o porão delas não fosse muito maior que o meu.

O homem sorriu para mim. Os lábios eram finos, a boca larga e ele estendeu a mão para me cumprimentar. Os olhos de Helen iam dele para mim e vice-versa.

— Alguém quer uma taça de vinho? Íamos abrir uma garrafa agora mesmo.

— Helen, não posso, tenho de ir — disse eu. Ela me encarou, como se dissesse *aonde diabos você vai?* A intenção do vinho pode ter sido prolongar a visita do homem para mim, mas tive o impulso de correr no momento em que ele entrou na sala.

Algo nele me deixava nervosa e eu não queria ficar por tempo suficiente para descobrir o que era. Agradeci a Helen pelo empréstimo da roupa, depois saí de repente pela porta e desci o quarteirão. Corri, o vestido preto batendo, a capa plástica clara pressionando como uma pele transparente nas minhas pernas. As pessoas na calçada saíram do meu caminho e eu continuei correndo até sentir dor ao respirar, até que me doía tudo e eu tive de parar. De volta a meu apartamento, tomei um banho quente, pus a chaleira no fogo e estava me sentindo quase normal de novo quando o telefone tocou.

— Ele quer seu telefone. Posso dar a ele? — cochichou Helen. Deduzi que ele ainda estava com ela.

— Mas tenho um encontro com o homem misterioso.

— Daqui a sete dias. Este homem está bem aqui, é jovem, interessante e tem um *monte de amigos*. — A voz dela caiu a um sussurro. — E, pelo que me contaram, ele é incrível na cama.

Quinze minutos depois, o telefone tocou novamente.

— Espero que não se importe. Peguei seu telefone com a Helen. Gostaria de sair esta noite? Tomar uma xícara de chá, uma taça de vinho... alguma coisa simples. — Ele fez silêncio. Depois, numa voz estável, disse: — Eu gostaria de ver você.

O jeito franco de falar me atraiu, e eu disse a ele para vir para uma xícara de chá. Antes de ele chegar, havia tempo ou de lavar os pratos ou tirar meus pijamas confortáveis. Escolhi a pia, que estava uma zona de desastre, e tinha acabado de limpar dois dias de pratos sujos quando ele tocou a campainha na porta da frente.

Ele andou pelo carpete azul ticiano até o meu porão, onde bebemos chá adoçado com mel e conversamos. O cabelo louro e ondulado caía nos ombros dele, e os olhos pequenos e penetrantes emoldurados por óculos de aro dourado o deixavam com um ar intenso e letrado. No entanto, ele disse que era "um tipo manual de homem". Tinha deixado o centro financeiro um ano antes para comprar uma casa, que estava reformando sozinho e planejava vender com um bom lucro.

— Desistir de uma carreira bem remunerada no centro financeiro para começar meu próprio negócio me custou mais do que dinheiro — suspirou ele. E depois começou a falar de uma mulher chamada Camilla que ele amara e perdera. Embora Camilla tivesse sido o foco de nossa conversa por duas horas, concordamos em nos encontrar no dia seguinte. E no dia seguinte àquele. E depois no outro dia. No quinto dia, ele parou de falar tanto na Camilla e se tornou meu Amante. Tinha braços compridos, nariz comprido, pernas compridas, *tudo* comprido. Na verdade, foi um belo de um choque.

❖

Quando foi se aproximando meu encontro no Annabel, eu senti como uma obrigação — até que vi o gondoleiro descer a escada de terno azul-escuro e sapatos Gucci de couro preto brilhando de engraxados. Ele segurava um ramo de ervilhas-de-cheiro de cores delicadas.

— De meu jardim — disse ele, curvando-se um pouco e me dando as flores. Ele roçou os lábios nos meus.

Fiquei sentada de olhos arregalados enquanto ele dirigia de Knightsbridge até Mayfair, subindo a Park Lane e contornando a Berkeley Square. Eu conhecia tão pouco de Londres que fiquei impressionada que ele soubesse o caminho. Parou na Berkeley Square e passou as chaves a um porteiro de sobretudo verde-escuro e cartola. Depois pegou meu braço e me levou pelos degraus que desciam até a boate, onde fomos recebidos por um italiano cortês.

— Boa-noite, lorde.

Fiquei tão surpresa em saber que o gondoleiro era um lorde que me transformei imediatamente na *lady* dele — só que não era. Um homem vestido como um mordomo, de calça riscadinha de cinza e preto, orientou-me pelo corredor. A recepcionista da chapelaria, uma senhora que estava sentada numa cadeira dourada, deu uma olhada em mim e eu percebi que ela entendera tudo. Meu vestido não a enganara. Eu não estava usando casaco nem xale, então não havia nada para dar a ela a não ser um sorriso educado. Ela me perfurou com olhos antipáticos. Passei mais batom para justificar estar no guarda-roupas e olhei meu reflexo. O que eu estava fazendo ali com um vestido emprestado e um lorde velho? E por que ele me inspirava tanta deferência? Decidi naquele momento que ele era só um homem para mim, fosse quem fosse, e voltei à boate, aliviada por encontrá-lo esperando. Lorde ou não, ele era menos intimidador do que a velha em seu trono de recepcionista.

Nossa mesa ficava em um canto que era tão escuro que eu mal podia ver nossos pratos, que dirá o outro lado do salão. O Lorde pôs os óculos de leitura em meia-lua e aproximou a vela para ler o cardápio. Ele pediu *tricolore*, Dover Sole e uma garrafa de Burgundy branco e eu acompanhei as escolhas dele, minha mente mais nele do que no cardápio. Agora que estávamos um ao lado do outro, tentei analisar seu rosto, mas havia tão pouca luz que era impossível. E era esse o sentido do Annabel, um lugar onde homens de idade indefinida se envolviam numa sedução obscura e só os funcionários viam com clareza.

O Lorde cortou uma fatia de manteiga, equilibrou-a num canto do pão e cobriu-a com uma camada de sal tão grossa que eu me preocupei com a pressão arterial dele. Mas, quando dançamos juntos, a mão dele na parte de baixo de minhas costas, sua idade sequer passou pela minha cabeça.

Voltamos de carro para meu apartamento, onde ele me levou até a porta. Ficamos parados no anel amarelo de luz que vinha do poste da rua.

— Vai me convidar para entrar?

— Não posso.

— Nem para um café?

— Não. Acho que não.

— Querida, isto é um sim ou um não?

— Não. Mas obrigada por esta noite.

Eu esperava que ele se zangasse, mas ele se aproximou, pousou a palma da mão em meus quadris e pôs a boca na minha para um beijo leve à luz do poste que ficou na minha memória por dias.

Os homens não deviam ser tão intuitivos quanto as mulheres, mas eu sempre pensava que um homem certamente pode sentir quando uma mulher não o ama mais, o que em geral acontece no dia em que ele declara sua devoção eterna. Ou, pelo menos, quando faz uma promessa de amor. Agora que meu tempo estava tomado com o Amante seis noites por semana e o Lorde toda quinta-feira no Annabel ou no teatro, o Advogado só me vinha à mente quando eu ficava preocupada com o aluguel ou dirigia o BMW. Vender o carro daria um fim às lembranças ruins e à minha necessidade de dinheiro, então coloquei um anúncio no jornal local. Vendo o novo proprietário se afastar, senti como se uma parte sombria de meu passado estivesse sendo levada com ele e eu não me importava mais se falaria com o Advogado de novo. Naturalmente, ele ligou no dia seguinte.

— Senti sua falta, docinho. Estarei em Londres amanhã. Vejo você às seis. — Ele parecia satisfeito consigo mesmo e eu deixei que ele pensasse que eu estava ansiosa pela visita dele. Até sorri enquanto ele descia as escadas do porão, seu bronzeado das Bermudas contrastando com a camisa clara.

Ficamos de pé na minha sala de estar nos encarando e ele parecia um estranho quando pegou meu braço para me levar para a cama.

— Minha mulher está no hotel, então temos de ser rápidos.

— Ser rápidos em quê?

— Você mudou. — Ele riu, como se eu fosse algo insignificante.

— Não sei de você há um mês. E é muito caro morar aqui.

— Eu devia ter mandado o aluguel, mas não podia ver você. Minha mulher não me deixou sair de vista. Ela perdeu dez quilos, está maravilhosa e quer transar o tempo todo. — Ele prolongou as palavras transar-o-tempo-todo e ergueu as mãos como quem diz "o-que-posso-dizer"?

O Advogado tirou o casaco listrado e depois desabotoou cuidadosamente a camisa, coçando a superfície da barriga bronzeada, que se destacava sobre o cinto Gucci. Ele não percebeu que eu estava parada feito um poste com os braços cruzados, nem uma única célula de meu corpo inclinada à nudez. De um jeito que teria sido divertido antigamente, o Advogado me empurrou para a cama e se deitou em cima de mim.

— Não quero. — Minhas mãos pousaram nos ombros dele.

O peso do corpo dele era tanto que eu empurrei com força, contorci o rosto e estava a ponto de dizer "pare" quando ele se afastou como se sentisse um cheiro ruim. Vestiu a camisa, colocou o casaco e foi até a porta sem dizer uma palavra.

— Você entende, não é? — perguntei, como que para consolá-lo.

— Entendo — disse ele de costas para mim. — E acredito que você também.

No degrau da frente, ele se virou para me encarar e depois se afastou, em passos lentos, como se fosse um homem honrado.

Naquela noite, meu Amante apareceu e comemoramos a morte do Advogado na minha vida. Mais tarde, deitado na cama, o Amante ficou olhando eu me despir.

— Quando você anda pelo quarto, quando tira as roupas, devia dar medo num homem — disse ele.

— Por que eu ia querer isso?

— É o poder de uma mulher. Não se vire para tirar a roupa. Tenha confiança. — Ele apoiou a cabeça na mão, olhando. — Saiba o poder que tem.

Pulei na cama e me enrosquei ao lado dele, minha inibição desaparecida depois que estávamos juntos na horizontal e nus.

— Garota estranha. Mulherzinha estranha.

O Amante afagou meu cabelo, empurrou meu rosto para encostar minha boca na dele, querendo fazer amor. Não havia um só momento em que estivesse comigo que não quisesse isso. Depois que transamos pela terceira vez, ele prometeu preparar uma comida afrodisíaca na noite seguinte.

— Não precisamos desse tipo de estímulo — disse eu. — Além do mais, é quinta-feira. Você sabe que vou sair. — Tentei parecer despreocupada.

— Aonde você vai dessa vez? — Ele controlava a voz.

— Ao teatro.

— O que vai ver? — Era a pergunta mais segura. O Amante nunca perguntava quem ia me levar.

— *My Fair Lady*.

— O musical? — As sobrancelhas dele se curvaram para dentro. Ele sabia que era o Lorde. Um musical era a escolha de um homem mais velho. Pelo menos eu não iria ao National ou ao Almeida, lugares que o Amante considerava interessantes, e isso o fez se sentir melhor.

O Amante e eu raramente saíamos. Cozinhávamos no meu apartamento e transávamos. Mas numa tarde de sábado, o Amante me levou para nadar. Num canto sossegado da piscina, longe das mulheres com covinhas nas coxas e rapazes que mergulhavam, ele perguntou:

— Já fez amor na água? — Ele estava tirando meu cabelo molhado de meu rosto, segurando-o firme em seu punho e a idéia de que podíamos transar ali na água clorada, cercados de belezas seminuas de South London, não pareceu ridícula.

O Amante nunca me convidou para ir à casa dele e, sempre que eu perguntava se podíamos passar o fim de semana lá, ele encontrava uma desculpa. Pensei que ele devia ou morar no carro, ou na casa que estava reformando, e era por isso que passava a maioria das noites comigo.

— Por que você sai com esse velho? — perguntou o Amante, como se essa idéia abstrata tivesse acabado de ocorrer a ele.

— Não sei. Eu não ligo se nunca mais nos virmos.

— Então por que vai ao teatro amanhã à noite?

— Porque ele me convidou.

— Você pode dizer não. — Essa verdade simples, expressa com tanta clareza, me fez chorar. Depois de me fazer sofrer, ele abraçou meu corpo nu e me embalou até que eu dormi.

Mesmo assim, não me ocorreu parar de ver o nobre Lorde. Talvez fosse pela maneira como ele me pedia. Eu me sentia instruída, e não convidada e, de muitas formas que não devia, isso me convinha. Para quem pensava que era rebelde, era fácil obedecer a ordens. Mas o apelo do Lorde superava seus modos autoritários. Era uma delícia ficar com um homem que sabia tanto do mundo que dificilmente parecia importar que não me conhecesse e possivelmente nunca conheceria.

Alguns dias depois de nossa noite no teatro, o Lorde me ligou no trabalho.

— Venha a Ascot no sábado que vem e depois vamos a minha casa de campo.

Eu nunca tinha ido a uma corrida de cavalos e disse "sim" sem pensar. Também fiquei curiosa para descobrir o que ele quis dizer com "casa de campo". O Lorde era tão solitário que eu não conseguia imaginá-lo sozinho numa casa rural, cercado de terras e empregados. Talvez ele estivesse brincando, jogando com minhas altas expectativas, porque eu secretamente esperava que ele *fosse mesmo* dono de uma grande propriedade, desmoronando por falta de fundos.

— Ah, querida, você deve ser pontual — continuou ele. — Não podemos perder o almoço nem a primeira prova. — As instruções dele eram militarmente precisas e prometi pegar o trem das dez e meia.

O Amante veio me ver na sexta-feira e passou a noite, como sempre, e no sábado de manhã fizemos amor, como sempre. Só que neste sábado, sem perder o ritmo, ele continuou. Levou algum tempo, mas por fim eu fiquei no ângulo certo para olhar o relógio dele.

— O trem parte daqui a quinze minutos — gritei.

O Amante me beijou assim mesmo, o que me deixou furiosa, embora os beijos dele fossem bons.

— Eu levo você — ofereceu. E assim meu Amante me levou de carro até o Lorde para passar o dia com pessoas que eu não conhecia e assistir a um esporte do qual eu nada sabia. Mas não me senti culpada. Na verdade, eu ri enquanto corria pelo cascalho até a porta da frente aberta do chalé pintado de branco do Lorde — obviamente ele tinha zombado de mim com a "casa de campo". Ele morava numa construção rural romântica, com rosas errantes pelo jardim e bastões de pólo no hall.

O Lorde era o convidado de um príncipe oriental que tinha um camarote no Ascot e usava sapatos feitos à mão do Lobb. Quando ele me disse que corria no Hyde Park e eu disse "eu também", o Lorde fez uma carranca, alertando-me depois que o príncipe era famoso por interpretar mal qualquer sinal de amizade feminina. Eu só estava sendo educada com um homem que parecia ser uma paródia de um rei eduardiano. O príncipe era tão mimado que foi um alívio deixar a companhia dele.

Enquanto andavam por Ascot, o Lorde me apresentou a seus amigos da realeza, todos eles um Lorde Isso ou Lady Aquilo, que se movimentavam e falavam de formas tão ordenadas que pareciam caricaturas. Uma Lady Qualquer Coisa meio que virou a cara para fuzilar meu amigo com os olhos escuros como só uma amante pode fazer. O Lorde piscou para ela, mas nada revelou. Todavia, sempre que me apresentava, eu percebia que ele dava meu nome e sobrenome, mas, dos amigos dele, só dizia o título. Mais tarde eu perceberia que essa distinção fazia com que os amigos dele soubessem que não deviam me levar muito a sério. Como em muita coisa no mundo do Lorde, corridas hípicas eram crivadas da suposta etiqueta, que era pouco mais do que uma forma de manter cada um em seu lugar, do cavalariço ao duque.

O Lorde e eu saímos antes da última corrida e fiquei feliz em voltar a seu chalé despretensioso, onde ele pegou uma garrafa de champanhe na geladeira, serviu duas taças e me convidou para o jantar. Quando eu disse "sim", ele ficou tão entusiasmado que bateu palmas e proclamou:

— Vou preparar a Jacuzzi.

Naquela noite, sentamo-nos na banheira bebendo champanhe gelado, as bolhas quentes nas nossas costas, cercados pelas rosas trepadeiras que brilhavam brancas à luz da lua. Nós nos secamos em toalhas ásperas sob o céu frio da noite e vestimos roupões atoalhados e surrados que tinham visto dias melhores. Enrolada naquele roupão, eu me senti mais feliz do que em todo o dia, do que tinha me sentido em muito tempo.

— A diarista deixou uma torta de peixe na geladeira — gritou o Lorde da sala de jantar, onde estava pondo a mesa. Vazia, exceto pela torta coberta de batata e duas garrafas de champanhe, a luz da geladeira brilhou livremente na cozinha. A "diarista" tinha cozinhado a torta em uma bandeja de inox retangular, que me lembrou meus tempos no internato. Cozinhei umas ervilhas e, para completar a refeição de tema escolar, usamos ketchup. Todo o resto da noite foi muito adulto.

Enquanto comíamos à luz de velas, o Lorde me perguntou sobre meu casamento com o Professor e minha vida no internato. Ele estudara num internato e podia imaginar o que os meninos pensavam de mim, disse ele.

— Uma Zeladora de 19 anos dificultava o sono.

— Eu era mais uma inspetora, embora no final só ficasse vagando por ali sem fazer nada.

— Ainda mais misterioso. As mulheres podem parecer criaturas estranhas quando você é um menino num colégio interno.

O Lorde ficou em silêncio por um segundo, o passado voltando à vida por alguma lembrança.

— Fique comigo esta noite — pediu, olhando diretamente para mim. Desviando-me da tentação de seus olhos azuis perfeitamente calmos e brilhantes, eu percebi a hora. Eram quase onze da noite, mas não me ocorrera ficar. Eu tinha de pensar no Amante e trabalhar de manhã.

— Socorro. Não posso perder dois trens em um dia. Você me leva na estação?

— O que você quiser, minha querida.

Corri para o segundo andar e vesti as roupas que tinha usado na corrida, que, de alguma forma, pareciam menos honestas que o velho roupão. O Lorde me levou correndo até a estação, mas, quando chegamos, o trem estava partindo. No entanto, ele não estava disposto a desistir e, vendo o guarda solitário, gritou para ele:

— Guarda, por favor. O senhor *precisa* pedir ao trem para esperar minha amiga na estação seguinte.

Percorremos oito quilômetros de carro, quebrando todos os limites de velocidade e, para minha surpresa, quando chegamos lá, o trem de Londres estava parado na plataforma um. Esperando por mim.

❖

Quanto mais à vontade eu me sentia com meu amigo nobre, mais difícil ficava com o Amante no reino da cama. Eu tinha suposto que amava o Amante simplesmente porque ele me tornara sua amada, mas estava começando a me ressentir de sua presença constante em meu apartamento. Nosso relacionamento se tornou tão previsível quanto um casamento, intercalado com um ótimo sexo. Eu devia ficar grata, mas estava divorciada há muito pouco tempo para ver isso como uma bênção.

Fiquei cada vez mais dividida entre a parte de mim que se apaixonara pelo Amante e a parte que se sentia atraída pelo Lorde. Eu não sabia como o Lorde se sentia, ou o que eu realmente sentia por ele, e o drama engendrado por essa incerteza era viciante. E havia outra parte de mim, da qual eu tinha menos consciência, que simplesmente queria ir para casa. Eu queria, mais do que podia admitir, ser envolvida pelos braços de minha mãe e ser tranqüilizada de que, embora minha vida parecesse condenada à incerteza, eu não ficaria assim para sempre. Essa bênção era tão improvável que eu negava que a queria e levava minha vida na correria. Passava cada segundo desperta no trabalho ou na companhia do possessivo Amante ou do enigmático Lorde, sem jamais parar para pensar na teia que eu estava tecendo.

E então, numa manhã, enquanto eu corria para o trabalho depois de uma noite com o Amante, a mente ocupada com pensamentos com o Lorde, tropecei numa pedra do calçamento. Fiquei tão surpresa em ver meu nariz contra o concreto cinza que levei algum tempo para perceber o que tinha acontecido. Finalmente, eu não estava mais correndo. Olhando em volta com calma, percebi o mosaico de chicletes mastigados descartados, achatados pelos pés, que decoravam a calçada. Quem sabe por quanto tempo eu teria ficado feliz encarando aqueles padrões se um transeunte num terno riscadinho, uma faixa prendendo o cabelo comprido, não tivesse parado para me ajudar a levantar. Ele me colocou de pé antes de desaparecer na multidão.

Eu me apoiei na janela do escritório e olhei para a Knightsbridge, a estrada reta que ia para o coração de Londres, cheia de carros, táxis palpitantes e ônibus com passageiros apoiando a cabeça nas janelas manchadas da gordura de outras testas antes deles. A alma da terra parecia distante enquanto eu andava lentamente para o trabalho, aturdida.

A realidade logo me sugou de volta quando meu chefe gritou que eu estava atrasada, exigindo saber quem tinha comido suas tâmaras orgânicas no esconderijo secreto. Xinguei a mim mesma por ter esquecido de repor as tâmaras e corri para um ditado.

Tinha me esquecido de minha queda até uma semana depois, quando, ao sair da cama para abrir as cortinas, desmaiei e caí no chão novamente. Despertei em um segundo e me preparei para o dia, desprezando outro sinal de que uma vida fragmentada estava me colocando lentamente, mas com toda certeza, de joelhos.

❖

O corpo quente e nu do Amante estava entrelaçado no meu enquanto dormíamos. Mas meu sono não foi tranqüilo, entremeado de um sino de alarme. Acordei às três da manhã ao som insistente do telefone e me arranquei do Amante.

— Alô?

— Sou eu.

Que *eu?*, me perguntei.

— Querida?

Só o Lorde dizia isso daquele jeito.

— Está tudo bem? — perguntei, achando que ele não parecia nada bem.

— Está. Quero dizer, não. Eles levaram meu carro.

— Eles quem?

— A polícia. Preciso de uma cama para passar a noite. — Eu não disse nada. — Querida?

— Sim...

— Ótimo. Obrigado. Estarei aí em cinco minutos.

— Eu não disse sim para a cama.

— Querida. Por favor. — Ele não era o tipo de homem que implorava.

— Pode ficar no sofá — disse eu.

— Oh. — Ele deu a impressão de ter levado um tapa na cara.

Os olhos do meu Amante estavam fechados, os braços cruzados atrás da cabeça. Olhei para a forma suave e cheia de seu bíceps, a pele luminosa da face interna de seu braço, os pêlos no peito largo, dourados com a luz da rua que vinha através da janela. Sussurrei o nome dele, embora estivesse tentando acordá-lo. Ele abriu os olhos e eu vi que ele tinha ouvido a conversa. Pressionei minha canela na beira da cama, cortando a pele. Nós dois sabíamos que isso não ia ser fácil.

— O Lorde está na delegacia e precisa de uma cama.

O Amante não tirava os olhos de mim.

— E você é a *única* pessoa que ele conhece em Londres?

Não tinha me ocorrido que o Lorde podia ter ligado para outros amigos ou ido para um hotel. Ele fez com que eu achasse que só eu podia ajudá-lo.

— Tem razão. Não estou pensando direito, mas agora é tarde demais. Ele vai chegar a qualquer momento — disse eu, e enquanto um carro encostava na calçada acima de nós. As portas bateram, sem vozes, sem despedidas, só o som de saltos altos batendo na pedra. Esse som, no silêncio da noite, fez o Amante se mexer. Ele puxou a coberta e seu corpo nu se estendeu diante de mim no lençol branco, tão perfeito que eu agora entendi o que ele quis dizer sobre a beleza instilar o medo. Com os olhos voltados para baixo, acompanhei seus pés descalços no carpete azul enquanto ele abriu a porta do banheiro e eu senti o cheiro do ar rançoso do porão que ficava preso ali.

O Amante voltou ao quarto, usando roupas conhecidas — camisa branca puída no colarinho, cashmere preto, jeans e casaco de tweed do qual ele soltou o cabelo enquanto ia para a porta. Eu me perguntei se era um sinal de dedicação ou indiferença ele sair como um cachorro triste e obediente. Eu o segui até o pé da escada. Ele abriu a porta e minha cabeça girou quando o ar frio da noite atingiu meu rosto. Pensei em chamá-lo de volta para dizer que colocaríamos o Lorde no sofá, mandando-o embora de manhã e depois fazendo amor como sempre, mas a porta se fechou num baque. O Amante tinha ido embora, e eu me sentei no sofá, esperando que ele não esbarrasse no Lorde na soleira da porta. Mas esperei no escuro por quase uma hora pela chegada do Lorde, e só consegui pensar no que devia servir a ele no café-da-manhã.

❖

O Amante não perguntou pela visita do Lorde quando apareceu na noite seguinte, mas sua passividade mascarava uma intolerância crescente. Algo não estava bem entre nós e esse algo era eu. Enquanto isso, o Lorde ficava ainda mais ousado. Era outubro, uma época desperdiçada para alguns entre o fim da temporada de pólo e o começo da temporada de caça. Em vez de se livrar de todos os cavalos de pólo, ele mantinha alguns no pasto e me convidou para cavalgar. Ele me colocou nos cavalos mais rápidos e mais elegantes e eu fiquei apavorada.

— Vamos, querida! Estamos no final da temporada, o cavalo está cansado e não vai fugir com você — gritou ele da estabilidade de sua sela. Não ajudou em nada o fato de meu medo frustrá-lo, mas um dos cavalos ficar manco ajudou. Agora nós *tínhamos* de manter meu cavalo andando até que seu tendão se recuperasse. As semanas passaram e minha confiança aumentava enquanto o cavalo se curava. Agora, quando o Lorde me convidava para ir ao chalé dele, passávamos dias perfeitos cavalgando pelo campo intacto, conversando, sempre conversando, sobre a vida.

Eu tinha tantas distrações, que era muito fácil esquecer que meus dias em Knightsbridge estavam contados, mas, no fundo da minha mente, eu me preocupava constantemente em encontrar um lugar barato para morar e fiquei paralisada de medo quando tive de fazer alguma coisa a respeito disso. Minha idéia de Londres era Knightsbridge e Mayfair, dificilmente distritos para uma mulher com o meu orçamento. Então finalmente comprei um mapa e o jornal vespertino e, numa noite, jantando com o Amante, encarei meu futuro.

— Clapham Junction. Um quarto. Perto de amenidades. Amenidades? — Eu li nos classificados.

— Sabe como é, lavanderia, metrô, esse tipo de coisa. Você ficaria perto da casa que estou construindo. — O Amante parecia otimista.

— Onde fica?

— Em Clapham, é claro — disse ele, indicando uma área no mapa ao sul do rio, atravessada por um número deprimente de ferrovias. Eu não podia ver Chelsea e muito menos Knightsbridge.

— Isso parece animador — disse eu, apontando para a página oposta, para um número elevado de quarteirões verdes. Talvez eu sobrevivesse à cidade se pudesse alugar um apartamento com vista para um parque.

— Isso é Clapham Common. Pode pagar o aluguel de um quarto ali e chegar ao trabalho depois de 137 paradas de ônibus.

Era viagem de ônibus demais. Fechei o mapa e disse:

— Vamos comer. — O amante tinha trazido ostras defumadas que ele salteou numa frigideira, salpicou de ervas e virou numa torrada de brioche. Bebemos uma garrafa de vinho com isso, seguido de chocolate belga e uma ótima transa.

No meio da noite eu acordei suada de um pesadelo. Tinha sido amarrada numa linha de trem por faixas de ouro e lutava para me libertar quando um trem — dirigido pelo Amante — apareceu nos trilhos. Gritei para parar, mas ele continuava vindo e eu acordei pouco antes de ele passar por meu corpo. Uma dor surda e profunda tinha tomado minhas costas e eu rolei para o lado, convencida de que a dor estava relacionada com o sonho e que logo passaria. Depois de uma hora tinha se intensificado e, chorando como um gato, eu acordei o Amante. Ele me ajudou a me vestir, levou-me ao carro dele e fomos ao hospital, onde desmaiei esperando por uma enfermeira no setor de emergência.

Às seis horas da manhã seguinte, um carrinho de chá passou com estardalhaço pelo meu leito.

— Bom-dia. Açúcar? — Uma mulher de jaleco que um dia fora branco estendia uma xícara de chá National Health.

— Não, obrigada. — Eu estava tão fraca que nem conseguia levantar a cabeça. Uma fronha de papel estava grudada na lateral do meu rosto, colada por um suor frio. — Tem outro lençol? — perguntei.

— Só sobraram os lençóis de papel — disse ela, rolando o carrinho para o próximo "Bom-dia. Açúcar?".

A dor na lombar tinha desaparecido tão misteriosamente quanto aparecera, mas fui mantida no soro enquanto os médicos realizavam exames para descobrir o que havia de errado. O Lorde estava esperando por mim para almoçar naquele fim de semana, e à tarde eu estava forte o bastante para carregar o soro até o telefone público para deixar desculpas patéticas em sua secretária eletrônica. Voltei para a cama, fraca demais para pensar, grata por não ter alternativa a não ser deixar que a vida e a comida do hospital passassem.

O Amante me visitou naquela noite com uvas e um buquê de tulipas cor-de-rosa e se sentou a meu lado tirando massa-corrida da ponta dos dedos, contando-me sobre o dia dele no local da obra. O Lorde, meu único outro visitante, chegou no final da tarde de segunda, tendo me garantido que estava em Londres de qualquer forma para jantar com amigos. Ele me deu um frasco de Chanel 19, que enfrentou uma forte concorrência, mas fez uma grande diferença na ala geriátrica, onde minhas colegas pacientes esperavam por bolsas de colostomia.

— Estarei em Londres amanhã, então nos veremos novamente. — O Lorde se inclinou para a frente e me beijou nos lábios.

Na segunda visita dele, o Lorde me trouxe camisolas de algodão fino para contrabalançar a aspereza dos lençóis e prometeu me ver no dia seguinte. E assim se passou toda a semana: o Lorde à tarde, o Amante à noite. Depois de seis dias, os médicos me disseram que não havia nada de errado comigo e que eu podia ir para casa. O problema era que não tinha casa para onde ir. Havia somente dois dias para o término do contrato de aluguel do apartamento do porão e eu ainda não tinha encontrado um lugar para morar.

— Por que não sai da poluição, se muda para meu chalé e vai de trem para o trabalho por algum tempo? — perguntou o Lorde.

O chalé era meu lugar preferido e eu não tive nem energia nem tempo de rodar por Londres para encontrar um apartamento. Eu podia aceitar sua oferta por motivos médicos porque foi nesse espírito que a proposta foi feita.

O Amante, nesse meio tempo, sugeriu que nós "nos comprometêssemos seriamente" e procurássemos um apartamento para dividir. Embora eu não conseguisse me imaginar dizendo sim, também não pude dizer não. Os dois homens esperaram que eu me decidisse e essa era a única coisa que eu não podia fazer.

— E aí, quem vai ser? — perguntou a velha de olhos de conta no leito do outro lado, que observara as idas e vindas a semana toda. Tinha tirado os fones de ouvido do rádio toda tarde para sintonizar em minhas conversas com o Lorde. Depois que ele ia embora, os fones voltavam para as orelhas até que o Amante chegava, quando ela se inclinava para a frente novamente, esforçando-se para pegar cada palavra. Tinha tão poucas visitas que se virava com as minhas, desfrutando a intriga sem a confusão.

— Não consigo acreditar que você não sabe que homem quer — insistiu ela.

— Sempre que me decido por um, fico convencida de que devia ser o outro. Quem você acha que devo escolher?

— O cavalheiro — disse ela, sem hesitação. — Aquele de olhos azuis. — E foi assim que decidi me mudar para a casa do Lorde, se é que posso dizer que foi uma decisão.

Quando me mudei do hospital para o chalé do Lorde, não esperava que ele me pedisse para dividir a cama dele. Mas concordei, explicando que ele não devia esperar que eu fosse sua amante. Ele aceitou essa idéia inusitada e íamos para a cama felizes toda noite e ficávamos deitados no escuro, continuando a conversa do jantar. E assim nosso relacionamento se aprofundou sem as complicações do sexo, deixando-me livre de expectativas e sentimentos amorosos.

O Lorde ficava fora com tanta freqüência com os amigos ou preocupado com sua equipe de hipismo que eu me adaptei facilmente no chalé. Numa noite, quando eu estava sozinha, encontrei um exemplar de *Pigmalião*, de Shaw, na estante e, folheando as páginas, lembrei que, quando fomos cavalgar, ele tinha me chamado de brincadeira de sua "florista". Na manhã seguinte, levei uma xícara de café para o Lorde enquanto ele organizava a agenda e percebi que ele estava cantarolando a melodia de "I've Grown Accustomed to Her Face", de *My Fair Lady*. Ele se virou para mim e disse:

— Você não tem a cara mais linda que eu já vi, mas é bonitinha, bonitinha.

Depois que estava morando com o Lorde por algumas semanas, nós dois percebemos que fazíamos algumas coisas de forma diferente e admitimos que o jeito dele era melhor. Eu descobri um gosto incurável por *cashmere* quando peguei os pulôveres de gola rulê emprestados com o Lorde, e não demorou muito para que eu também pegasse emprestadas algumas de suas palavras. Ele dizia "rigidez" e não "ereção", "sofá" em vez de "assento", achava que três peças era uma expressão da música, ia ao "toalete" em vez de ir ao "banheiro" e "tinha uma queda" no evento improvável de cair de um cavalo — e caía "de", e não "do".

O Lorde também gostava de observar nossas semelhanças. Descobrimos que nenhum dos dois tinha comido abacate antes dos 15 anos nem andado de avião antes dos 18.

— Veja você, querida, nossa infância foi muito parecida. Nós dois fomos criados com uma visão limitada da vida.

— Com limitações meio diferentes — disse eu.

— Sim, mas o efeito foi o mesmo. Somos curiosos em relação ao mundo.

E éramos curiosos a respeito um do outro, o que inspirava longas conversas durante a noite que assumia um ritual. Tomávamos banho em banheiros separados e cheirando a gerânio rosa, colocávamos os roupões atoalhados para jantar à luz de velas e trocávamos histórias.

— Quando foi que isso aconteceu? — Era uma de minhas perguntas freqüentes.

— Ah, há uns... — ele fez uma pausa para pensar — quinze anos ou mais.

— Quando eu tinha sete.

Com o tempo, muitas das diferenças entre nós diminuíram a meus olhos, mas o hiato em nossas idades era intransponível. Mas eu me consolava com a idéia de que eu não era a primeira amiga jovem do Lorde; jovens princesas, modelos e atrizes pareciam fazer parte da vida dele tanto quanto os cavalos.

Eu me estabeleci no chalé e ia ao trabalho de trem enquanto o Lorde ia a festas glamourosas em Londres e ficava hospedado na casa de campo de amigos nos fins de semana. Declinar um convite por minha causa, ou me incluir, não teria ocorrido a ele. Então uma noite, no jantar, ele admitiu que ultimamente, quando andava por uma sala, a garota que ele mais queria ver já estava em sua cama, o que destruía o sentido de sair.

Seu comentário me fez sorrir, mas preferi não levá-lo a sério. Nosso afeto platônico e tácito era o bastante, ou assim eu acreditava. Então, uma noite, o Lorde saiu do chalé sem se despedir. Estava usando black tie e desapareceu com tanta pressa que fiquei convencida de que ia se encontrar com uma mulher, e tive ciúmes.

Desesperada para saber com quem ele estava, e sabendo que não devia mas ia fazer assim mesmo, olhei sua agenda na mesa. A entrada daquela noite mostrava um jantar num quartel do exército no meio do nada. O ciúme se esvaiu de mim, abrindo espaço para a curiosidade. Se o Lorde não ia sair com uma mulher naquela noite, e quanto às noites em que ele saía parecendo um ídolo de matinê? Eu tinha de descobrir se ele tinha uma amante. Havia tantos detalhes, nomes e lugares documentados na agenda que parecia impossível detectar a presença de uma mulher. Meu próprio nome me deu uma pista. Depois da primeira entrada, quando nos encontramos, o Lorde tinha simplesmente escrito a inicial de meu prenome. Eu só consegui encontrar uma inicial na agenda de meados de fevereiro até junho, e a minha começava em setembro. Parecia que, se havia uma mulher na vida dele, essa mulher era eu. Fechei a agenda, colocando cuidadosamente a caneta-tinteiro exatamente onde havia encontrado e jurei nunca mais olhá-la novamente. Mas era impossível resistir. O Lorde era tão cheio de segredos que sempre que eu ficava sozinha no chalé procurava informações na agenda. Eu disse a mim mesma que era inócuo, mas à medida que as semanas se passavam, fiquei viciada nas finas páginas brancas da agenda. Então uma noite, sozinha novamente no chalé, fui dar minha espiada habitual e a agenda não estava lá. O Lorde nunca mencionou minha invasão de privacidade, mas, a partir daí, toda vez que ele saía, a agenda ia com ele.

❖

Minha irmã me mandava postais de seu idílio romântico na França e eu imaginava que ela estava tendo a vida perfeita. Fiquei surpresa quando ela ligou inesperadamente, perguntando se podia me visitar no chalé do Lorde.

— Vou conhecer o homem da sua vida? — perguntei.

— Não existe nenhum homem na minha vida — disse ela de modo seco.

Quando minha irmã chegou na noite seguinte, preparei dois coquetéis de champanhe e conhaque e nos sentamos perto do fogo enquanto ela contava a história do amor que deu errado:

— Transformamos o chalé em um ninho aconchegante, eu trabalhava na terra, ele no mercado do produtor. Tínhamos noites apaixonadas e dias produtivos. Para chegar à perfeição, eu só precisava de algumas amigas. Foi então que uma vizinha distante apareceu. Ela era adorável e meu mundo estava completo. Pensei que tinha tudo, até que ela disse que era natural que nos déssemos tão bem, porque "tínhamos muito em comum".

— Não está dizendo que...

— Estou. Meu homem ideal também era dela. Ele passava os dias com ela, as noites comigo, e não tinha mercado de hortaliças nenhum no meio-tempo. Não surpreende que ele estivesse cansado — suspirou ela. — Eu devia saber que ele era bom demais para ser verdade.

— E agora?

— Estou voltando à realidade. Enfermeira no Charing Cross Hospital. Aluguel em Battersea.

Nesse momento, o Lorde chegou à sala de estar usando black-tie, e nossa conversa parou.

— Ele é lindo — murmurou minha irmã quando ele desapareceu na cozinha para procurar a coqueteleira. — Como é na cama?

— Tagarela.

— Durante o sexo?

— Não temos sexo.

— Como é? Pensei que você era amante dele.

— Não posso ser uma amante. Ele não é casado.

— Aposto que nenhum dos amigos dele sabe que você mora aqui. E você não vai a lugar nenhum com ele.

— Nós já...

— Não mais. Então, amante. Mas não se preocupe, depois que vocês transarem, ele vai incluir você na vida dele.

— Você acha?

— Com toda certeza.

Depois que minha irmã e o Lorde tomaram caminhos separados para Londres, eu, sozinha sem a agenda dele, refleti sobre a suposição dela de que eu era amante do Lorde. Era como se eu tivesse recebido permissão para admitir que eu queria o tempo todo fazer amor com o Lorde. Algumas horas depois, quando ele subiu na cama a meu lado, apertei meu corpo no dele e sussurrei:

— Faz amor comigo.

O convite o surpreendeu tanto que, a princípio, ele riu, mas depois virou-se para me olhar. Nós nos beijamos e ele chegou mais perto. Pela primeira vez, eu não me afastei dele enquanto ele colocava meu rosto em suas mãos, mas então, tão de repente como tínhamos começado, ele parou. E me encarou com olhos inquisitivos.

— Você podia ser minha filha — disse, e depois se afastou.

Sempre observamos que mesmo que eu dobrasse minha idade, ele ainda seria mais velho, mas essas observações nos frustraram. Enquanto eu me virava para dormir, tentei aceitar, como o Lorde, que nós nunca seríamos amantes.

Na noite seguinte, o Lorde estava em casa para jantar. Evitamos analisar nossa tentativa fracassada na cama na noite anterior. Quando fomos dormir, eu esperava um beijo educado de boa-noite. Mas o Lorde me puxou para ele e fizemos amor como se fosse a coisa mais natural do mundo, a diferença e a distância entre nós se dissolvendo no escuro.

Depois dessa primeira vez, o Lorde ainda ficava distante durante o dia, mas isso só intensificava nossa intimidade à noite e transar parecia nos unir em corpo e alma. Então uma noite, enquanto eu me deitava ao lado do Lorde, seus braços fortes me puxando para seu adorável corpo, ele sussurrou:

— Eu te amo.

Parecia muito natural responder:

— Eu também te amo.

E esse foi o meu erro.

De acordo com as regras do amor cortesão, que eram as únicas que o Lorde conhecia, embora ele devesse demonstrar seu amor por mim, eu não devia revelar o meu. Um cavaleiro seduz uma dama que sempre está indisponível, porque ela é comprometida com outro. Essa condição tornava possíveis seu amor e sua vida heróica. O Lorde não era uma exceção. Uma coisa era uma mulher amá-lo enquanto estava casada com outro, mas era coisa bem diferente ela confessar seu amor enquanto morava na casa dele, dormindo na cama dele. Depois que eu disse ao Lorde que o amava, ele fez a única coisa que podia fazer para preservar seu ideal de amor e de si mesmo. Ele se afastou de mim.

O Natal seria em menos de três semanas depois, e sua filha de 16 anos ia voltar da escola. Fui lembrada educadamente que ficar no chalé fora apenas uma solução temporária para minha condição de sem-teto.

— Acho que você deve voltar a Londres na semana que vem — disse ele.

Liguei para minha irmã em pânico.

— Não se preocupe, a oportunidade é perfeita. Pode ficar com meu apartamento, a cidade não é para mim — disse ela. Em menos de um mês, a enfermagem e morar em South London tinham drenado sua energia e seu dinheiro. Ansiosa por uma vida diferente, ela decidira sair de Battersea para ser babá de uma família de um milionário texano. A diferença, pensei eu, não era muito maior do que isso.

Herdei sua cama de solteira e seu senhorio, um major da Guarda Real, que ficou impressionado em me conhecer porque tinha ouvido falar de meu "namorado". Eu disse a ele que o Lorde era vago demais para ser considerado namorado. No dia em que me mudei do chalé, ele me seguiu para se certificar de que eu não ia deixar vestígios de minha presença e, depois que parti, fez um trabalho igualmente completo de me retirar de sua mente. O Natal chegou e passou, o Ano-novo também, e ele ainda não tinha telefonado. Eu ansiava por um sinal de que ele não se esquecera de mim e, enquanto esperava, meu amor se tornava mais obsessivo.

Meu senhorio solteirão tornou-se meu confidente, e eu falava com ele por horas sobre por que alguns homens amavam da forma como faziam. Ele me aconselhou a ser paciente.

— E não fique sentada sem fazer nada. Você precisa se manter ocupada... e confiante. Garanto que ele vai ligar, mas não tão cedo quanto você gostaria.

Matriculei-me numa academia de ginástica e fui a concertos na Margem Sul, onde o som de grandes orquestras me fazia chorar. Eu lia copiosamente e ia assistir a filmes tarde da noite para adiar o momento de ir para a cama sozinha. Depois, numa noite de domingo fria e úmida, no meio de janeiro, meu senhorio marchou pelo corredor para anunciar, com um sorriso sagaz, que o Lorde estava ao telefone.

Marcamos um jantar na manhã seguinte em um restaurante italiano numa ruazinha de Battersea (o que aconteceu com o Annabel?), onde ele me contou que queria voltar "ao jeito como era". Não tive coragem de perguntar o que era o "jeito" que ele tinha em mente. O que quer que significasse, fiquei grata e concordei em vê-lo naquele fim de semana, quando ele voltasse da caçada.

Mais tarde, o senhorio e eu discutimos o interesse renovado do Lorde por mim.

— Se quiser que ele queira você, acho que deve ser mais independente — aconselhou ele.

— Tem razão — disse eu. — Eu me sinto uma menininha quando ele vai me receber no trem.

— Não daria para você comprar um carro?

— Teria de ser um bem barato.

— Um amigo meu está vendendo a *van* dele. Por que não dá uma olhada?

A *van* Ford Transit vermelho-escura era muito velha, muito enferrujada e muito barata. E no final da semana era minha.

O Lorde e eu passávamos as noites de sábado juntos e, como eu tinha a *van*, às vezes, quando ele estava em casa sozinho durante a semana, me ligava na última hora e me convidava para jantar. Ele ainda não me apresentou aos amigos dele, nem me incluiu na vida dele, e eu não sugeri que ele deveria fazer isso.

Na primavera, os convites nas tardes de sábado foram ampliados e passaram a incluir as manhãs, para que pudéssemos cavalgar juntos. Depois, quando chegou o verão, voltávamos da cavalgada e mergulhávamos na piscina. Num desses domingos ensolarados, estávamos deitados lado a lado lendo o jornal quando o telefone tocou. Ele foi atender ao telefone dentro do chalé e voltou para lançar uma longa sombra sobre mim.

— Era minha filha. Vamos almoçar com amigos e depois vamos jogar pólo. Ela estará aqui a qualquer momento, então é melhor você ir.

Tínhamos feito amor naquela manhã e depois fomos cavalgar. Quando nossos cavalos estavam andando lado a lado, o Lorde se esticou para me beijar e eu me senti tão amada que não fazia sentido que ele fosse tão descortês agora.

— Querida?

— Sim?

— Devo colocar sua bolsa na van?

Coloquei minha bolsa de viagem na van e fui até o quarto para me despedir. Eu o vi fechando as botas de cano alto de pólo sobre meias brancas. Gostar do que não podemos ter é um jogo perigoso.

— Estou indo...

— Querida, não chore. Por favor, não fique triste. Não posso levar você para almoçar, mas acho que você pode ir ao pólo.

— Vestida desse jeito?

— É claro — disse ele, ajeitando a camisa no espelho.

Os jeans que eu usei para cavalgar naquela manhã eram o disfarce perfeito. Ninguém adivinharia que o Lorde estava com uma garota de jeans quando todas as mulheres adequadas estariam usando seus Jimmy Choos e seda para um grande torneio de pólo no primeiro dia quente do verão.

— Se quiser ir à partida, volte aqui às duas e meia — disse ele, passando por mim no corredor, indo para a escada. Peguei um short e uma camisa pólo do armário dele e o segui até a porta.

Segui de carro até a lavanderia de uma aldeia próxima e, sentada nas roupas do Lorde, vi meus jeans e camisa de brim passarem pelos ciclos de lavagem e secagem. Quando voltei ao chalé, a filha do Lorde estava escarrapachada na poltrona que eu havia ocupado apenas algumas horas antes. Quando fomos apresentadas, ela protegeu os olhos do sol e tirou os olhos da revista por tempo suficiente para dizer "oi". Nós três lutamos por algum tempo para entabular conversa, e foi um alívio quando chegou a hora de sair para o jogo. Fomos no carro do Lorde e eu estava prestes a me sentar na frente quando a filha dele subiu em seu lugar de direito, ao lado do pai. Fui relegada ao banco traseiro, e a viagem até o jogo de pólo passou em silêncio.

Depois que chegamos, o Lorde me levou a uma mesa perto do bar para me sentar com dois argentinos.

— Esses camaradas farão companhia a você — disse ele.

— Não podemos ficar juntos? — perguntei.

— Você vai ficar bem aqui, querida, não vai demorar muito.

— Quem são eles?

— São velhos jogadores — disse ele, enquanto nos aproximávamos.

— Cuidem dela — pediu ele, prometendo aos dois e a mim que voltaria logo. Eu o vi desaparecer na fila de cavalos com a filha, e depois voltei-me para meus guardiões, verdadeiros medalhões, com cabelos tingidos de preto e jóias de ouro.

— Você o conhece há muito tempo? — perguntou um deles.

— Sim. — Tentei parecer indignada.

— Então você é filha ou noiva dele? — Eles riram e secaram seus copos de Pimms, as pulseiras de ouro batendo nos Rolex de ouro.

❖

Eu me magoava tanto com a indiferença do Lorde que amá-lo não estava mais me fazendo feliz. No dia em que ele saiu do país para um negócio com cavalos sem me dizer quando ia voltar, eu me perguntei por que ainda estava com ele. O trabalho era igualmente frustrante e agora até o meu chefe podia me fazer chorar. Alguma coisa tinha de acontecer.

— Nem mais um erro! — explodiu meu chefe, verificando minha terceira tentativa de preparar uma carta para sua ex-mulher sobre a viagem ao redor do mundo da filha deles. — É E-Y. Monterey, Califórnia, nos Estados Unidos da América. Se é que você sabe onde fica.

— É claro que sei, vou para lá na semana que vem — menti, largando o maço de papéis que estava segurando e saindo do escritório.

— Detenha-a, não deixe que ela saia. Diga que eu serei legal. Diga que vou pagar mais — gritou ele para o motorista, enquanto eu ia para o elevador e saía daquele escritório para sempre.

Eu tinha de deixar de ser secretária. Finalmente eu estava pronta para uma aventura só minha.

Algumas semanas depois, em uma festa dada por uma notória *socialite* e amiga de meu senhorio, conheci Brad, filho de uma lenda do cinema de Hollywood. Era o homem mais novo ali e o único que não estava de gravata, e eu gostei dele de imediato. Ele viu que havia mais por trás de mim do que meu vestido de bolinha e meus sapatos de ponta curva e, resgatando-me de um rapaz de blazer, sugeriu que fôssemos a uma boate.

— Que boates você conhece? — perguntou Brad, tirando-me da festa.

— O Annabel.

— Que merda. Não é para gente muito velha? — perguntou ele.

Ele me levou às boates que conhecia e nós dançamos até as quatro da manhã. Quando voltamos ao apartamento dele, estávamos famintos e comemos tigelas de cereais, porque a geladeira estava vazia, estávamos em Londres e tudo estava fechado.

— O Fatburgers de Santa Monica fica aberto 24 horas, sete dias na semana — disse Brad, sem se satisfazer muito com as bolinhas açucaradas.

— Eu nunca fui aos Estados Unidos — disse eu.

— E eu nunca conheci uma pessoa que pudesse dizer isso — disse ele. — Fique na minha casa. Temos muito espaço.

❖

Eu fui. Brad me pegou no aeroporto de Los Angeles e, quando passamos pela porta da casa do pai dele, ele estava lá pra me receber.

— Sr. G para você — disse a Lenda do Cinema —, e imagino que você seja a Srta. Alojada.

Não havia como enganar a estrela de Hollywood que ficou feliz em me receber em seu quarto de hóspedes perto da piscina. Mesmo assim, pensei que seria melhor me manter afastada da

Lenda do Cinema, o que não era difícil, porque ele ficava na cama até metade do dia, tomando o café-da-manhã, relaxando. Quando ele soube que eu não tinha visto o filme de que ele mais gostava, convidou-me para assistir em vídeo.

— Com essas pernas — disse ele, guiando-me de sua cama até a coleção —, você devia ser estrela de cinema.

Brad me incluiu na turma de amigos dele. Eu era a garota "que também ia" — surfar à luz da lua cheia, clubes de jazz, festas a noite toda em apartamentos de artistas e Fatburgers ao amanhecer.

Fiquei morando com estilo na Rodeo Drive por seis semanas quando, no jantar da família de meio de semana, a Lenda do Cinema anunciou que eu tinha sido a hóspede que ficou ali mais tempo.

— Não que a gente queria que você vá embora — acrescentou, perguntando-se, tenho certeza disso, se eu pretendia ficar. Era hora de voltar a Londres e encontrar trabalho, mas antes de sair dos Estados Unidos eu tinha de ver minha irmã. Liguei para ela no Texas e a convenci a se juntar a mim numa viagem de carro pela Pacific Coast Highway. Fomos a São Francisco, mas paramos em Monterey. A caminho da praia, mandei um postal para meu ex-empregador, com Monterey escrito corretamente e um "obrigada". Sua raiva tinha me impelido a deixar o escritório para o mais emocionante trecho de areia que alguém podia imaginar e, voltando pelas montanhas de Santa Monica, minha irmã decidiu que já vira o bastante do Texas seco e uniforme. Ela estava pronta para a última fronteira. Estava pronta para a Califórnia.

❖

Nesse meio-tempo, voltei a meu velho país e a uma pilha de correspondência, caprichosamente arrumada por meu senhorio. Felizmente, a primeira carta que abri era de Rebecca, uma amiga de uma amiga, que precisava desesperadamente de uma assistente para trabalhar na produtora dela. Liguei logo em seguida e me ofereceram uma entrevista. Essa oportunidade de ganhar dinheiro foi seguida rapidamente das exigências do aluguel e de minha parcela nas contas. A carta que abri por último era do Lorde, que também tinha deixado cinco recados na secretária eletrônica.

O Lorde tinha voltado à Inglaterra esperando me encontrar ansiosa, e esperara três semanas que eu retornasse as chamadas dele. Quando nos falamos, ficou claro que o equilíbrio de poder (ou era amor?) tinha se alterado. Ele me pediu para ir vê-lo naquela noite, mas eu me senti tão livre, tão eu mesma nos Estados Unidos, que não tive certeza se queria voltar a meus dias de *Pigmalião*.

— Por favor, querida. Venha passar o fim de semana — implorou ele.

— O fim de semana? Quer dizer o fim de semana *todo*?

— Claro.

Era final de setembro e o Lorde tinha organizado um dia perfeito. Cavalgamos a meio galope pelos campos e por nossos lugares secretos no parque. Jantamos ao ar livre e passamos a noite nadando e todas as coisas que me ajudaram a me apaixonar por ele no começo me ajudaram a me apaixonar novamente. Só que, desta vez, quando nosso caso de amor se refez, em vez de sair sem mim, o Lorde me levou com ele.

Pela primeira vez o Lorde me convidou a conhecer os amigos dele, que tinham grandes casas de campo, apartamentos em Londres, amantes nos dois e filhos estudando fora. E quanto mais tempo eu passava com eles, mais percebia que tinha sido iniciada nas maneiras de um Lorde em vez de uma Lady. Os amigos do Lorde com quem ficamos sempre eram gentis e também me tratavam como uma velha amiga. Mas algumas de suas amigas importavam-se, ao contrário dos homens, que eu fosse uma anomalia em seu mundo. Eu não falava como elas, não pensava como elas, nem me vestia como elas. Mas o pior de tudo era que eu tinha quase vinte anos a menos que elas. Essas mulheres preferiam o Lorde solteiro, e o jogo delas era fazer com que eu me sentisse indigna da companhia dele e delas.

— É uma questão de classe — disse eu ao Lorde, depois de um jantar particularmente difícil, quando uma mulher colocou os pés descalços nas calças Gucci dele por baixo da mesa de jantar e me tirou da conversa.

— Não seja ridícula. Nunca ouvi a palavra classe até conhecer você — disse ele.

— Isso porque vocês são todos da mesma classe — disse eu.

Pelo menos ele sorriu. Por que eles deviam pensar nos outros? Era bem melhor pensar que a Inglaterra pertencia a eles, e a vida deles, embora não fosse necessariamente feliz, prosseguia livre de introspecção, suavizada por empregados, sexo e álcool.

Tentando me juntar ao Lorde no mundo dele e porque agora eu adorava cavalgar, treinei para sair na caçada. Ele tinha me prometido um dia antes do Natal e, à medida que se aproximava, tudo na minha vida parecia ter mudado para melhor. Eu gostava de trabalhar para Rebecca em sua produtora e o Lorde era meu amor que me incluía na vida dele. Nos finais de semana no campo, eu usava brincos de pérola, cashmere amarelo e culote —

entrei em dívidas para comprá-los a fim de representar o papel. Mas esses dias felizes de caça logo foram interrompidos: eu caí e quebrei o tornozelo. Quando chegou o Natal, o Lorde e a filha foram para a Escócia e tudo pareceu conhecido demais quando peguei o trem para a casa de minha mãe, onde me deitei no sofá, esperando que minha fratura se curasse e o Lorde telefonasse. E, enquanto esperava, eu comia. Quanto mais comia, mais precisava comer e, à medida que meu tornozelo lentamente melhorava, meu coração ia se rompendo aos poucos.

Na véspera de Ano-novo, meu gesso foi retirado e, quando passei pela porta, o telefone tocou: era o Lorde, convidando-me a uma festa em Londres na noite seguinte. De repente, o ano velho não pareceu tão ruim e as perspectivas para o novo pareciam ótimas.

Passamos a noite numa casa elegante em Knightsbridge com os amigos italianos preferidos do Lorde que tinham convidado dezesseis pessoas para jantar. Havia cineastas, acadêmicos e estilistas, e o Lorde parecia perfeitamente adaptado entre eles sem uma gravata-borboleta de tafetá ou uma prova hípica em vista. Eu me sentei entre um produtor de cinema e um americano barbado e de óculos que monopolizou a conversa, querendo saber sobre meu relacionamento com o Lorde.

— Parece que você rejeita as convenções — disse ele.

— Acha mesmo?

— Seu parceiro não é uma escolha convencional.

— Acho que não.

— Você é o que se chama de uma mulher em transição.

— O que isso quer dizer?

— Você é curiosa a respeito da vida e quer conhecer a si mesma.

— É possível — disse eu, resistindo à idéia de que eu estava em trânsito. Eu queria que minha vida parasse naquele momento e queria ficar com o Lorde para sempre.

— Olhe, se um dia for a Nova York, me ligue.

Eu não tinha planos de ir lá em breve, mas peguei o cartão dele de qualquer forma e, quando fui para casa, enfiei na moldura do espelho. Era para ser uma lembrança de uma noite glamourosa e íntima, mas aquelas lembranças logo desapareceram. Enquanto isso, a frase do velho, "mulher em transição", ficou grudada na minha cabeça, assumindo um poder enervante.

❖

Na última semana de janeiro, minhas resoluções para um futuro brilhante estavam penduradas por um fio. O Lorde tinha voltado a seu jeito esquivo e Rebecca me disse que eu estava prestes a ficar desempregada. Eu tinha sido alertada na entrevista que um emprego de tempo integral como assistente de produção dela era uma "possibilidade remota", mas como minha vida parecia ser uma sucessão desse tipo de coisa, eu peguei o emprego assim mesmo. Depois de três meses, eu estava convencida de que a licença-maternidade de minha predecessora tinha deixado de ser só uma licença — até que ela apareceu na porta do escritório. De braços dados e rindo, como irmãs em espírito, a Sra. Maternidade e Rebecca saíram para um almoço que durou três horas. Quando Rebecca voltou, pude ver o vinho por trás dos olhos dela, ouvi as reminiscências sentimentais que tinham apimentado a conversa das duas e não devia ter ficado surpresa quando ela me deu as más notícias. Sua ex-assistente adorava o marido, amava o bebê, mas eles não eram o bastante. Seu antigo emprego, aquele de que eu tinha me apropriado, era a chave para sua completa felicidade.

Eu não estava pronta para sair tão cedo. Havia muito que eu ainda precisava aprender com Rebecca, que levava a vida do jeito dela, respeitada pelas mulheres e admirada pelos homens. Uma vida profissional ocupada e um pretendente na aba eram a realidade da vida dela. O último homem a persegui-la, um diretor de Hollywood quase famoso, tinha ligado naquela tarde para dizer que chegara a Londres e que estava esperando por ela no hotel. "Traga sua bunda até aqui", foi o que ela contou que ele disse e, para uma mulher independente que não gostava de receber ordens, ela não levaria a "bunda" até lá assim tão rápido.

— Pode ser que você queira saber — disse Rebecca enquanto se arrumava para o encontro — que Eva, uma de minhas melhores amigas, está procurando uma assistente pessoal para dividir o trabalho dela. O cara para quem ela trabalha é um milionário. — Ela olhou para mim. — Aliás, bilionário.

Os olhos grandes dela destacaram o significado de bilhão, mas eu não respondi. Assistente pessoal de um bilionário parecia uma "possibilidade remota", se é que havia uma, uma dádiva do alto para me ajudar a passar por uma fase ruim. Tirei minhas coisas da gaveta da mesa.

— Não precisa sair neste *exato* momento, *dããã*. — O "dããã" disse tudo. Desabei em minha cadeira giratória e, com um braço, despejei o conteúdo de volta à gaveta.

— Temos um mês para encontrar um emprego para você e prometo que vamos achar — disse Rebecca, exalando através da fumaça fina enquanto piscava para mim.

Ao voltar para casa naquela noite, decidi que as coisas tinham de mudar. Tudo na minha vida parecia temporário; o Lorde não percebia mais que eu estava apaixonada por ele e a van agora estava quebrando quase toda vez que eu ia para nossos encontros semanais.

— Mantenha contato — disse ele da segurança da soleira da porta do chalé, enquanto eu voltava de carro para Londres. A viagem para casa foi um exercício de esperança. Esperança de que ele me convidasse para jantar em breve. Esperança de que a van conseguisse chegar lá. Nenhuma mulher precisa de uma van que desmonta e de um homem que se recusa a seguir o que o amor exige. Bem no fundo (e não *naquele* fundo) eu sabia que o homem e a *van* teriam de ir embora.

Trabalhei em meu aviso prévio, perguntando uma ou duas vezes a Rebecca sobre o bilionário misterioso, mas ela foi vaga. Ele não era mais do que eu suspeitava — uma idéia em que pendurar minhas esperanças durante os tempos difíceis. Resignada a viajar de metrô todo dia, eu me cadastrei numa agência de empregos. Uma semana depois, eu tinha quinze entrevistas, seis delas com o mesmo banco mercantil. Todos que eu conhecia, ficavam impressionados ao pensar em mim trabalhando no centro financeiro, mas eu não estava convencida — até que meu senhorio prestimosamente me lembrou que o aluguel estava três dias atrasado. Sucumbi e assinei um contrato que me prenderia a uma vida debaixo de luzes de escritório, trabalhando para um banqueiro americano precoce de 25 anos que me chamava de docinho e prometeu que íamos estourar depois que eu começasse. Eu mal podia esperar. Agora só o que eu tinha a fazer era colocar o contrato no correio. De certa forma, porém, aquele envelope ficou preso na minha mesa por dias. Por fim, o último dia da postagem chegou. Se eu perdesse o prazo, perderia o emprego. Com o coração apertado, peguei a carta e estava prestes a ir ao correio quando, *deus ex machina*, o telefone tocou. Era a amiga de Rebecca, Eva, a secretária do Bilionário, convidando-me para uma entrevista no dia seguinte.

Cinco

O Bilionário

Passei pela porta giratória do hotel dez minutos antes de minha entrevista com o Bilionário e adivinhei que a mulher que andava pelo saguão de mármore como uma estudante exasperada devia ser Eva.

— A última a chegar — suspirou ela enquanto eu me aproximava, marcando meu nome em seu bloco espiral de secretária.

Ela me levou a uma sala onde sete mulheres profissionais, numa paciência arraigada, sentavam-se quietas e duras em uma fila de cadeiras idênticas esperando pela reunião com o Bilionário. Eva tinha preparado um verdadeiro *smorgasbord* de secretárias para o chefe. Algumas das mulheres estavam rígidas de uma forma que dizia consegui-o-emprego, uma era de uma beleza espetacular e outra tinha fones de ouvido encaixados na cabeça, praticando ditado à velocidade de um raio. Todas usavam elegantes tailleurs, meias cor da pele e sentavam-se de pernas cruzadas, como uma centopéia de secretárias, os sapatos pretos virados para a direita.

Eva me indicou uma cadeira vazia.

— Vou ficar de pé — disse eu, confundindo sua instrução com um convite. Sete pares de olhos de secretárias giraram na minha direção, até que o telefone tocou e o foco das mulheres se voltou para Eva, enquanto ela pegava o fone, revelando um profundo círculo de suor embaixo do braço. A secretária do Bilionário era uma mixórdia transpirante de nervos e uma péssima propaganda para o cargo que ambicionávamos.

— Alô — disse ela, o canto do olho direito se contraindo. — Sim, ela está aqui. Vou mandá-la subir.

— Décimo segundo andar. Sala 1200 — disse para mim.

Ser a primeira me deixou nervosa. Toquei a campainha abaixo de uma placa de bronze que indicava que eu estava no limiar de minha primeira suíte presidencial. Esperando que alguém atendesse, verifiquei meu reflexo no espelho do outro lado do hall. Um paletó canelado preto escondia o fato de que, durante meu ciclo de glutonaria e melancolia no Natal, eu tinha dilatado em todos os lugares certos e em alguns errados. Minha blusa branca se esticava para conter meus seios. Fechei o paletó, ajeitei o rabo-de-cavalo e os óculos de aro de tartaruga (acessórios superficiais que pretendiam implicar eficiência no secretariado) e toquei novamente a campainha. Cinco minutos depois, ninguém tinha atendido. Voltei ao elevador.

— Você está aqui? Ei, volte! — gritou uma voz no corredor. Eu me virei e vi um homem alto agitando os braços no alto da cabeça. Parecia simpático, se não meio maluco. As coisas estavam melhorando.

— Quase perdemos você. Entre. Obrigado por esperar. Sente-se — disse ele, segurando a porta para mim.

Tinha um sorriso largo, cabelos escuros e bem cortados e calças de cintura alta no estilo preferido de alguns americanos. Ao entrar na suíte cara e luxuosa, esbarrei em alguém com um cardigã de cashmere verde macio. Murmurei uma desculpa, meu foco no grandão que eu estava decidida a tornar meu empregador.

— Faça aquelas emendas esta noite. Vou precisar revisá-las antes de amanhã.

— Certamente — disse o homem de terno, virando-se para a porta. Eu estava prestes a chamá-lo de volta quando o homem atrás de mim disse:

— Desculpe por fazê-la esperar.

Nunca subestime um homem de cardigã. Eu tinha confundido o Bilionário e, constrangida, baixei os olhos. Ele usava meias, mas não usava sapatos, o que me fez sorrir, e quando olhei para cima ele estava me encarando com os olhos verdes claros.

— Venha. Sente-se — disse ele, jogando-se numa grande poltrona. — Como vai?

— Bem, obrigada.

— Não está nervosa?

— Nem um pouco.

— Ótimo. Não queremos deixá-la nervosa.

Ele falava como se me conhecesse, como se nossa reunião fosse um jogo de interpretação.

— E então... preciso ver os certificados.

Eu tinha sido alertada de que provar minhas habilidades no secretariado era uma condição da entrevista, e ele analisou os resultados de meu teste dos tempos de estudante.

— Minha última secretária tinha uma taquigrafia péssima. Preciso de alguém que possa me acompanhar, *cabiche*?

De acordo com as instruções de Eva, peguei uma caneta e bloco na minha bolsa, comprados para esta ocasião, e sentei de pernas cruzadas, claramente uma mulher na pose de pegar um ditado. O Bilionário abriu o folheto do hotel e deu um pigarro.

Ajeitei meus óculos para inspirar a confiança dele, mas de repente fiquei tão nervosa que minha mão tremia e eu mal conseguia segurar a caneta. O Bilionário leu a história do hotel numa grande velocidade com um sotaque estranho, meio europeu, meio americano, o que não ajudou.

— Por favor, leia o que escreveu — disse ele depois de alguns minutos.

Virei as páginas cobertas de símbolos rabiscados.

— Quando estiver pronta.

— O hotel, construído no número 18, er, oitenta em, er, Winston Crescent...

— Wilton — corrigiu ele, tentando ser paciente.

Continuei por uma linha ou duas antes de empacar novamente.

— Só no último, er...

— Nos últimos cinqüenta anos — ele suspirou, coçando a parte de trás da cabeça, eriçando o cabelo já eriçado. — E? — agora ele parecia irritado.

Adivinhei mais algumas frases, incorretamente, como se viu, depois estanquei totalmente. O Bilionário bateu o folheto do hotel na mesa baixa de mogno entre nós.

— Como acha que está se saindo?

— Não muito bem. Na verdade, acho que está perdendo seu tempo. — Havia alguma dignidade em declarar o óbvio e eu me levantei para sair. — Adeus — disse eu.

— Aceita uma xícara de chá?

— Chá?

Essa era a última coisa que eu esperava que ele dissesse, mas afundei de novo no sofá, pensando que um chá cairia bem antes de voltar à minha vida real — aquela em que eu estava sem dinheiro e desempregada. O Bilionário chamou o serviço de quarto, empurrando-me por cima da mesa o menu de capa dura. Passei os olhos pelo que tinha para comer: bolinhos com geléia de morango e creme batido, sanduíches de salmão defumado, bolo de limão caseiro — tudo parecia bom para mim. Pensei que talvez pudéssemos dividir a opção "chá da tarde completo", até que vi o preço. O chá para dois custaria mais que minha parcela na conta de gás.

— Com os diabos — o Bilionário imitou o inspetor Clouseau. — Um bule de chá parra dois. Sanduíches? — Ele olhou para mim, e eu assenti.

— Não, não precisamos de sanduíches. Bolinhos?

Assenti novamente.

— Não. Bolinhos também não — disse ele, olhando minha blusa branca apertada.

O chá chegou e ele me pediu para servir, os olhos vagando de meu currículo em seu colo para minha blusa apertada. Com um sorriso tímido, passei a ele uma xícara de chá. Ele era veemente, mas não intimidador, e nossa conversa educada parecia relaxada. E se eu não conseguisse o emprego, no futuro poderia contar que tinha tomado chá com um bilionário sem sapatos que me negou sanduíches de salmão defumado *e* bolinhos. Ele me perguntou se eu gostei de morar numa ilha e me disse que também morou numa ilha. Quando terminamos o bule de chá, era hora de eu ir embora.

— É uma pena que você não seja rápida, porque acho que você seria adequada — disse ele, segurando a porta aberta para mim, mas bloqueando minha passagem.

— Obrigada — disse eu, tentando contorná-lo.

— Você poderia treinar velocidade na taquigrafia se eu não encontrar alguém?

— Têm umas sete mulheres esperando para se reunir com o senhor e, para mim, todas parecem secretárias perfeitas — disse eu.

— Se estivéssemos procurando aparência, eu até podia dar o emprego a você — disse ele e deu um passo para o lado.

Eu não esperava ouvir notícias do Bilionário novamente, mas na manhã seguinte, meu último dia na produtora, Eva ligou com um recado.

— Ele quer convidar você para jantar esta noite.

— Agradeça muito a ele, mas não quero jantar. Quero um emprego.

Uma hora depois, ela ligou novamente.

— Ele gostaria de convidar você para uma viagem.

— Que tipo de viagem?

— Uma viagem de negócios — disse ela, cansada — para aprender o papel de uma secretária. Está interessada?

❖

Minha doutrinação começou na viagem de carro até Northolt, o aeroporto mais próximo de Londres para os que preferem viajar em avião particular.

— O carro dele vai primeiro e, quando ele está com a segurança, eles viajam com ele. Você vai conhecer Uri quando chegarmos a Viena — disse ela. — Nunca peça uma limusine. Ele é muito discreto.

No aeroporto exclusivo, encontramos sorrisos educados e um prestimoso agente, que nos guiou pela alfândega, onde nenhuma bagagem foi verificada e ninguém foi revistado. Um carro confortável nos levou pela pista até um avião creme e branco com MAVI87 pintado na cauda.

— Lembre-se desse número de registro. Este é o avião favorito, e ele odeia quando fazem confusão.

— Quantos aviões ele tem?

— Cinco.

Discreto, então tá. Segui Eva para dentro. O capitão, um grandalhão de cabelos grisalhos, nos recebeu formalmente, reservando um "oiê" e um abraço para Eva.

— As secretárias se sentam nos fundos. Os últimos dois bancos são para a tripulação. Ele chamará você até a frente se precisar — disse Eva.

O Bilionário já estava na cabine, passando pelas verificações pré-vôo.

— Ele sempre pilota o avião na decolagem e no pouso, o que nos dá um intervalo — disse ela, expirando num banco de couro macio e apertando o cinto. Ela se reclinou e fechou os olhos, dormindo de imediato. Dormiu profundamente por toda a decolagem e, exatamente um minuto antes de o Bilionário sair da cabine, acordou com a sensibilidade de um radar. Ela parecia ter seu próprio piloto automático.

— Uma visão geral das empresas, leia para ontem — disse ela, passando-me duas pastas. — Normalmente não damos muita informação nesta fase, mas é assim que ele quer jogar com você. Por favor, assine o termo de confidencialidade.

Acima do céu baixo e cinzento que cobria Londres em janeiro, voamos num azul intransigente, sem uma única nuvem. Quando chegamos a nossa altitude de cruzeiro, o comissário de bordo preparou uma mesa na frente do avião. Eva olhou por cima de sua pilha de papéis.

— Hoje não vamos ter sanduíche — disse ela para mim. — Parece que o chefe quer companhia para o almoço. Isso não acontece há algum tempo.

Como previsto, o Bilionário nos convocou a sentar ao lado dele. No mesmo estilo despreocupado, ele depois chamou o comissário de bordo pelo avião:

— Tudo bem, Mickey, estou faminto. Vamos. Ande logo.

Seu humor sereno era contagiante e eu me juntei ao pessoal, rindo de suas piadas. Levaria algum tempo para eu perceber que era tudo uma encenação, as pessoas que cercavam o Bilionário estavam dispostas a ser o que ele quisesse que elas fossem. Tudo se reduzia a dinheiro e ninguém, a não ser o chefe, podia ser ele mesmo.

Mickey apareceu com um prato de salmão defumado e ofereceu vinho, que o Bilionário rejeitou — então, todos os outros fizeram o mesmo. O Chablis — devia estar delicioso — voltou à geladeira. O chefe ergueu um punhado de salmão na boca e, da janela atrás dele, o céu azul cingia um rosa delicado. Cores surreais a 45 mil pés prometiam o fim de meus dias de van.

— Conhece Viena? — perguntou ele.

— Não — respondi.

— E a ópera?

— Nunca fui.

— Eva, consiga mais ingressos para esta noite. Todos nós vamos.

Eva anotou isso no bloco, grudado nela com a firmeza de um quinto membro.

— O que tem hoje à noite?

— *La Bohème* — disse ela.

— Vai ter de me dizer se você é uma Mimi ou uma Musetta — disse-me o Bilionário.

Eu não tinha a menor idéia de que ele estava se referindo a *La Bohème*, a séria e frágil Mimi, que morreu sem amar, e a divertida Musetta, cujos lindos vestidos de festa eram pagos por velhos benfeitores. Este certamente era um aviso para ter cuidado — um aviso que deixei de observar.

O Bilionário movia-se rápido, pensava mais rápido ainda e, em sua companhia, as pessoas se rasgavam por atenção. Depois do pouso,

Eva congregou as reações necessárias de suas sinapses brutalizadas e ficamos paradas à porta, com a pasta na mão. Tudo aconteceu como Eva havia descrito. Mickey baixou a escada para a pista enquanto o Bilionário concluía os procedimentos de pouso. Depois nós saímos, saltando para os carros que esperavam. Ao lado do carro do Bilionário, mantendo a porta do passageiro aberta, estava o segurança. Eva e eu entramos na limusine ao lado. Enquanto o carro do Bilionário avançava, ele se virou para nós e fez uma careta pela janela, os polegares na orelha, um momento de brincadeira. Eva riu educadamente antes de revirar uma pasta marcada Viena. Eu sorri. O Bilionário se virou satisfeito, mas depois olhou para trás, como que curioso para ver o que realmente estávamos pensando. Eu ainda olhava para ele e os carros estavam perto o suficiente para que nossos olhos se encontrassem. Eu estava pensando que ele parecia isolado, como um estudante no banco de trás de um grande carro preto, quando senti minha língua passar por minha boca. Foi uma reação espontânea à cara de palhaço dele e isso surpreendeu a ambos. Eu corei e levei a mão à boca, e ele franziu a testa.

— Em Viena, sempre ficamos no Sacher Hotel. Ele gosta da suíte Madame Butterfly e, se não estiver disponível, qualquer suíte com vista para o teatro de ópera. A recepção sabe de tudo isso, mas sempre verifique. A secretária fica num andar diferente. — Eva prosseguia em seus comentários. "Sempre", "nunca" e "sem exceção" eram expressões que ela usava repetidamente. A riqueza do Bilionário lhe dava certas garantias e o trabalho da secretária era garantir que ele não se decepcionasse.

— A propósito, pode confiar em Uri, mesmo que se atrapalhe... o que vai acontecer. Todos nos atrapalhamos no começo e alguns ainda se confundem.

Uri era o americano-israelense parrudo que ficava grudado no Bilionário. Tinha sido recrutado da Inteligência da CIA, embora inteligência não tenha sido o que me passou pela cabeça quando olhei para ele. Tinha um fone de rádio no ouvido, uma arma e uma expressão sombria. Um blazer Ralph Lauren azul escondia a arma, mas não muito mais que isso.

Quando chegamos ao Sacher, Eva zuniu para a recepção. Não teria se movido mais rápido se estivesse de patins. A chave para o quarto do Bilionário foi passada a Uri, que seguiu à frente para verificar se havia algo ameaçador. Sem nada encontrar de mais sinistro do que uma fruta exótica em um vaso de cristal e um exemplar do *Wall Street Journal*, ele permitiu a entrada do Bilionário no quarto. Eva e eu ainda estávamos na recepção quando o Bilionário e Uri saíram decididos do hotel.

— Aonde eles estão indo?

— Trabalhamos numa base é-desnecessário-saber — disse Eva.

Tomei o silêncio que ela fez em seguida como um sinal de desaprovação enquanto subíamos pelo elevador revestido de madeira.

Eva desapareceu no quarto dela para trabalhar e eu fui para o meu com as pastas secretas, mas não achei tão inspiradoras as listas de endereços e de pessoas. Fui distraída pelas características da decoração do quarto, que, combinando com o resto do hotel, era grande, no estilo barroco, com lustre de cristal, papel de parede estampado em seda e uma cama de baldaquino. O ambiente opulento do hotel era um lembrete do passado imperial de Viena e da presença imperial do Bilionário. Eu me deitei de costas na cama, prometendo a mim mesma que leria os arquivos depois de um pequeno descanso, quando percebi meu exemplar de cortesia do *Wall Street Journal*. Abri o jornal e fiquei surpresa ao ver um perfil do Bilionário ilustrando um artigo de primeira página sobre seu império global. Ele recentemente acrescentara uma refinaria de petróleo à sua lista de ativos, e essa aquisição incitou uma análise das perspectivas para a produção de petróleo.

— Já viu o *Wall Street Journal*? — perguntei a Eva toda empolgada, enquanto estávamos paradas no saguão do hotel esperando para ir para a ópera.

— Nós nunca falamos da imprensa — disse ela, ajeitando um broche de ouro preso a seu tubinho preto. Eva tinha me colocado no meu lugar novamente, o que parecia ainda mais humilhante desta vez, porque ela estava muito elegante. Eu me arrependi mais do que nunca de não ter nada para vestir além de meu tailleur da entrevista.

Uri saiu do elevador, seguido do Bilionário, com uma mulher no braço que era muito loura e muito magra. O vestido longo de seda pura era quase transparente em certos lugares, e os saltos eram altos. Ela cochichou no ouvido do Bilionário, seu antebraço branco e magro entrelaçado no dele, mas parecia que eles não se conheciam nem um pouco.

O Bilionário deu a cada uma de nós um ingresso para a apresentação e se sentou entre mim e a loura glamourosa.

— E aí? — perguntou ele três horas depois, enquanto as cortinas vermelhas escuras caíam em uma Mimi moribunda. — Você é Mimi ou Musetta?

— Espero que não sejam minhas únicas opções.

Concluí, entretanto, que a namorada dele era definitivamente uma Musetta, embora sua figura emaciada e traços pálidos mas interessantes, lembrassem Mimi.

Estávamos em Viena há três dias e, antes de partirmos, Eva insistiu que eu provasse uma fatia de *sachertorte*, a famosa torta criada no hotel que tinha inspirado o nome.

— Ele está numa reunião, então temos tempo para relaxar no terraço. Vejo você lá às dez — disse ela.

A idéia de ver Eva relaxando me deixou mais curiosa do que a torta. Fui direto ao terraço para reservar nossa mesa. Enquanto esperava, escrevi um cartão postal para minha mãe.

❖

Querida mamãe

Nada como um dia após o outro. Estamos hospedados no glorioso hotel desta foto. O homem para quem espero trabalhar como secretária tem um senso de humor singular e olhos de caçador. Acho que ele é meio suíço, meio americano. Um clima estranho o cerca porque ele é muito rico e poderoso, mas ele mesmo é modesto e, na maior parte do tempo, reservado. Ninguém sabe como ele ganha dinheiro, mas ganha um montão. De acordo com o jornal, ele comprou uma refinaria de petróleo nos Estados Unidos na semana passada.

Ontem à noite fomos ver La Bohème. *O público estava elegantemente vestido, mas nada na moda. Imagino que Viena seja como a Inglaterra de cinqüenta anos atrás.*

A torta de chocolate daqui é famosa e a receita tem uns duzentos anos. A torta pode ser enviada ao mundo todo, então vou mandar uma para você e colocar na conta do meu quarto. Custa uma fortuna, mas menos que um casaco de peles — que foi o que a última secretária colocou na conta do quarto dela! Isso e a taquigrafia ruim a demitiram. Não acho que uma torta vá me criar problemas. Desde que eu continue praticando minha taquigrafia toda noite, tenho a sensação de que o emprego pode ser meu.

Vou escrever ou telefonar em breve.

❖

Quando Eva chegou, eu a acompanhei no pedido de uma fatia de *sachertorte* com creme e um café. Achei que o plano era sentar e ver a vida nas ruas de Viena, mas, estimulada pelo açúcar e pela cafeína, Eva ficou tão desenvolta que parecia uma metralhadora, atirando informações para mim sem parar. Enquanto ela me perfurava com os menores detalhes de meu futuro de secretária, meus olhos vagaram para o mundo além do terraço, para a pálida luz do sol de inverno, as sombras estreitas nas largas ruas de pedra e as vienenses andando em um ritmo indolente apesar do frio. Eva não viu nada disso. O mundo dela era ditado pelo Bilionário e estava contido em seu bloco de taquigrafia. Parece que seu único prazer era fumar. Pegou um cigarro do maço e o prendeu entre os dentes enquanto vasculhava a bolsa. Enfim, pensei, um momento de paz.

— Tome, comprei um desses pra você.

Estremeci quando ela empurrou pela mesa um bloco espiral exatamente igual ao dela. Era um lembrete inegável de por que eu estava ali.

De repente, Eva largou o cigarro e o apagou com o pé. Eu me virei e vi Musetta andando em direção à nossa mesa. "Não fumar" era uma das regras do Bilionário.

— Quem é Eva? — perguntou ela.

— Sou eu. Gostaria de comer uma *sachertorte* conosco?

Eu não conseguia imaginar nada tão escuro e com tantas calorias passando pelos lábios daquela mulher. Ignorando o convite, Musetta deu a Eva uma folha de papel dobrada com o timbre do hotel.

— Este é meu endereço. Mande-me um formulário de inscrição para a escola de aviação da Flórida.

— Quando está planejando ir? — perguntou Eva.

— Assim que for possível. E arranje um bom apartamento perto da escola.

— Com vista para o mar e uma piscina? — perguntou Eva. Achei que era ironia mas, para minha surpresa, foi uma pergunta séria. Musetta estava autorizada a encher a bolsa e o trabalho de Eva era arranjar tudo.

— Vista para o mar. Sem piscina — disse Musetta. — Ah, espere. *Pourquoi pas*? Sim. Vista para o mar *e* piscina.

A mulher falava bem o inglês, mas não dizia "por favor". Eva parecia distraída e eu comecei a me preocupar que acostumar-se com as exigências indelicadas dos outros era a qualidade definitiva de uma secretária eficaz.

Depois de dar sua lista de desejos a Eva, Musetta abriu um sorriso rápido e foi para o outro canto do terraço. Embrulhada como estava em peles e com botas de couro até os joelhos, ela se sentou sem um arrepio e, não pude acreditar, pediu *sachertorte* com creme. Nesse dia, a garota ia ter tudo.

— Quem é ela? — perguntei, tremendo de frio.

— Uma das meninas. Tem uma seção só delas na agenda de telefones, em "Garotas", o que é surpreendente. Estavam em "G", mas fiquei sem espaço.

— Quantas são?

— Na última contagem, quarenta.

— As quarenta ladronas — disse eu.

— É mais ou menos assim — disse ela.

— Pensei que ele fosse casado.

— É mesmo? O que lhe deu essa impressão? — Ela desviou os olhos. Eu estava certa quando supus que ela o amava. — Agora — disse ela, virando outra página do bloco —, onde é que estávamos? Ah, sim, o escritório de Nova York.

Pegamos o avião para Nova York naquela tarde, parando no aeroporto Shannon, na Irlanda, para reabastecer. Musetta tinha ido a Paris, de primeira classe, é claro. Sem ela, o clima ficou tranqüilo e, durante a hora entre o reabastecimento e a decolagem, o Bilionário, Eva e eu ficamos vagando pelo free shop.

— Rápido, ele está vindo — sibilou Eva pelo corredor. — Pegue alguma coisa. Se ele perguntar, diga que gosta. Ele vai lhe dar o dinheiro.

Peguei um frasco enorme de Coco Chanel, na caixa.

— Gosta desse? — perguntou o Bilionário, vindo na minha direção.

— Gosto, acho que sim. — Eu não tinha idéia. Ele o tirou de mim e foi até o caixa. Eva ficou parada ao meu lado, observando o chefe pelos olhos semicerrados.

— Ele nunca fez isso — disse ela de boca aberta. — Normalmente ele enfia uns dólares na sua mão. Mas olhe só isso, ele está parado na droga da fila.

O Bilionário casualmente me deu a caixa preta de Coco Chanel. Esse cheiro rococó ainda me lembra daquela época surreal.

❖

Mais tarde, naquela noite, o comboio de sempre nos levou para Manhattan. À medida que nosso Lincoln Town descia veloz a Park Avenue, fiquei petrificada com o mundo do lado de fora da janela. Foi nesse momento que me apaixonei por Nova York. Estávamos deslizando pela avenida, os sinais de trânsito a nosso favor, uma viagem suave em direção ao prédio da PanAm, onde uma cruz, acesa em meio à publicidade, era um lembrete de que os Estados Unidos são a terra dos cristãos livres.

O sinal ficou amarelo. Nosso carro parou, mas a limusine do Bilionário passou acelerada.

Eva, cujos olhos tinham estado fechados, abriu um pouco as pálpebras pesadas e olhou o Rolex.

— Ele está ansioso. Nunca ultrapassa um sinal. Mas que importa, ela está esperando há duas horas.

— Ela?

— A garota. Eu disse a ela para se preparar para as oito.

— Aquela que vai para a escola de aviação?

— Essa foi ontem.

— Tem outra?

— Outras três.

— Todas de uma vez?

— Três mulheres, três noites. Mas olhe, nada impede que elas se juntem.

Eu imaginei que estivesse brincando, mas ela fechou os olhos novamente. Eva estava se mostrando frustrantemente discreta quando se tratava de divulgar os detalhes da vida privada do Bilionário.

Passamos pelo elegante hotel do Bilionário (que desaparecera dentro dele há muito tempo) e fomos deixadas quatro quadras depois da Quinta Avenida, no despretensioso "hotel das secretárias".

— Bem-vinda ao lar, querida — disse o recepcionista a Eva, nada constrangido por estar vestido como um soldado do século XIX num casaco de brocado vermelho. — Esta é sua primeira vez na cidade? — ele me perguntou.

Era assim tão óbvio? Eu me encolhi por dentro.

Esperando pelo elevador para ir para nossos quartos no vigésimo andar, Eva e eu fomos distraídas por uma mulher ligeiramente despenteada que tocava uma harpa dourada, sem dar a mínima para o público e a mancha de vinho tinto na frente de sua blusa branca cheia de babados. Cantarolei junto com sua interpretação da balada muito inglesa "Greensleeves". Um verso da canção ficou se repetindo na minha cabeça. "Ai, meu amor, você me maltrata quando me despreza com descortesia." Eu me vi pensando no Lorde. Eu tinha prometido "manter contato", como ele costumava dizer, e não ter cumprido a promessa fez com que eu me sentisse culpada. Pensei que podia ligar do quarto, mas quando entrei estava tão cansada que dormi direto.

Bem cedo na manhã seguinte, durante o café-da-manhã de *muffins* e café, Eva puxou uma pilha de papéis da pasta.

— Uma das melhores maneiras de descobrir o que está acontecendo — disse ela — é arquivar. — Ela passou os olhos pelos papéis, que representavam uma tarefa de um tédio incompreensível. No entanto, eu, a garota que tinha batido a cabeça num arquivo tantas vezes que questionara a própria sanidade, fiquei feliz em arquivar. Eu tinha viajado num jato particular à cidade mais legal do mundo e se minha presença se justificava por arquivar nesta manhã, que assim fosse.

Depois do café, Eva e eu andamos por algumas quadras até um elegante prédio comercial no centro. Passava pouco das sete horas e o escritório do Bilionário no 25º andar estava deserto enquanto Eva me mostrava o lugar. Apesar da impressionante entrada em mármore e espelhos, lá dentro o escritório era como qualquer outro. Corredores comuns iluminados por néon cinzento levavam a salas no final, com teto de poliestireno. Então passamos por uma sólida porta de mogno.

— Esta é a sala de Julia. Ela sempre trabalhou para ele. É dedicada — disse Eva enquanto entrávamos.

Um casaco de chinchila e um cachecol Hermès estavam pendurados atrás da porta e, durante a noite, um vaso de rosas cor-de-rosa tinha deixado cair delicadas pétalas na mesa de Julia. Fotos originais de Cartier-Bresson formavam uma linha horizontal ao longo da parede maior, e havia uma pintura de Vuillard acima do arquivo de madeira.

— E esta — disse Eva, abrindo outra porta pesada — é a sala dele.

O ar cheirava a madeira e jasmim, e uma vastidão de carpete creme era margeada por paredes revestidas de mogno e janelas do chão ao teto. Uma janela dava para um arranha-céu, que refletia nossa própria torre de vidro, e da outra janela, atrás da mesa, via-se a *flèche* de arenito da catedral de St. Patrick, suas gárgulas neogóticas tão perto que eu podia ver a textura das línguas. Eva não perdeu tempo com a vista.

— Agora você já sabe que, quando ele tocar a campainha, é para cá que você vem — disse ela, saindo. — Bem, termine o arquivamento assim que puder. Ele chegará às oito. — Eu devo ter parecido preocupada. — Não entre em pânico. Eu estarei de volta a tempo. — Ela desapareceu. Acho que foi fazer uma pausa para fumar.

Eu me demorei olhando as fotos em preto e branco na sala de Julia, o arquivo no fundo de minha mente.

— Gosta delas? — O Bilionário estava parado à soleira da porta. Tinha chegado 45 minutos antes.

— Sim, eu... er... sim, eu gosto — corei, enquanto uma sensação inesperada de desejo saía da boca do estômago e queimava minhas bochechas. O Bilionário não pareceu ter percebido e perguntou com sua voz "vamos nessa":

— Onde está a Eva?

— Estava aqui há um minuto.

— Isso não é bom. Quero a Eva agora. Como está seu nível de confiança com a taquigrafia?

— Bom — disse eu, evitando olhar nos olhos dele. Os olhos revelam as mentiras.

— Bem, veremos. Venha.

Eu o segui para o escritório e, chegando lá, perdi o interesse nas gárgulas. Meu bloco estava aberto e eu ia encarar o teste. Se me saísse bem, o emprego seria meu. Os hotéis, os aviões, os lugares e a velocidade de tudo que aconteceu tinham me hipnotizado. Mas, além da vida superficial do Bilionário, havia o efeito do próprio homem. Eu sentia que, onde quer que ele estivesse, alguma coisa importante acontecia.

Sem ficar nervosa, registrei velozmente os detalhes intricados de um contrato entre uma das empresas do Bilionário e uma nação da América do Sul. Quando ele terminou, olhou para mim intensamente. Da transcrição e envio deste fax nos quinze minutos seguintes dependia muito mais do que meu emprego.

— Pegou?

— Sim.

— Vou verificar antes de você mandar. — E com isso ele saiu do escritório, deixando na mesa uma folha de papel cheia de nomes e números numa caligrafia clara. Todos os detalhes intrincados do ditado estavam ali para que eu descobrisse. Dez minutos depois, o fax foi assinado e, depois que mandei, o Bilionário me chamou de volta à sala dele. Fiquei de pé junto à mesa, esperando.

— Sente-se — disse ele, girando a cadeira para me olhar. — Não gosta de roupas?

— Sim, mas...

— Não pode pagar? Se trabalhar para mim, não poderá usar as mesmas roupas dois dias seguidos — disse ele, abrindo a gaveta da mesa e me dando um envelope branco com 5 mil datilografado no meio. — Charlotte está em Nova York. Ela vai lhe ajudar a encontrar algo adequado. A propósito, você tem dívidas?

Fiquei muda com a implicação da pergunta dele.

— Traga-me uma lista do que você deve. E não apareça no trabalho amanhã antes de comprar roupas novas.

Charlotte era a decoradora do Bilionário que morava em Nova York. Não ficou nem um pouco surpresa que eu tivesse recebido o dinheiro.

— Chamamos isso de banho de loja com 5 mil — disse ela —, o que significa que ele gosta de você. Ele também gosta de Chanel, então esteja na loja da Madison Avenue às 11 horas.

Depois de uma hora com Charlotte, saí com algumas roupas que custam o preço de um carro compacto. Estávamos a caminho do almoço para comemorar minha transformação quando a boca de Charlotte se abriu e ela bateu as duas mãos no queixo.

— Sapatos, não compramos sapatos.

— Pode esquecer — disse eu, contando o conteúdo do envelope. — Sobraram apenas 5,75 dólares.

— Vamos usar o cartão de crédito da empresa. Vou dizer ao contador que foi aprovado.

A Chanel tinha o par perfeito de sapatos creme e pretos com o preço do seguro anual de um carro. Charlotte não foi dissuadida e empurrou um cartão de crédito platinum pelo balcão.

— Quando tiver um desses, sua vida vai mudar de verdade — sussurrou ela. O cartão da empresa era dado a funcionários de confiança e era a chave para um mundo onde o dinheiro jorrava feito petróleo, de alta qualidade e meio bruto.

No dia seguinte, entreguei timidamente minha lista de dívidas ao Bilionário, que ele mal olhou antes de me passar outro envelope selado ainda mais grosso que o anterior.

— Acho que vai considerar o bastante — disse ele. — Queremos que comece a trabalhar com Eva, daqui a um mês e pagaremos 35 mil libras por ano... se estiver tudo bem para você.

— Muito obrigada. — Eu me contive para não gritar de prazer. Não só tinha conseguido o emprego, como o Bilionário me propôs pagar o dobro do que eu esperava.

— Matriculamos você na Escola de Secretariado de Park Lane por um mês e reservamos uma poltrona na classe executiva para Londres na segunda-feira.

Classe executiva? Minha cara brilhou com essa mudança na sorte.

— Muito bem. É só.

Eu tinha sido dispensada e estava quase na porta quando ele chamou meu nome. Eu me virei.

— Suas roupas, aliás, ficaram ótimas. Você está muito bonita — disse ele. A voz era uniforme, como se tivesse declarado um fato que não dizia respeito a nenhum de nós pessoalmente.

— Obrigada. — E, como o elogio me deixou ousada, eu disse: — Obrigada por mudar minha vida.

O Bilionário pareceu surpreso por um segundo, depois deu um riso irônico e curto.

— Vejo você daqui a um mês. Trate de trabalhar.

Naquela noite, sozinha no quarto de hotel, contando o conteúdo do segundo envelope branco... 9.700... a perspectiva de treinamento intenso em secretariado... 9.800... não me aborreceu nem um pouco... 9.900. Eu tinha certeza de que podia ser secretária... 10.000... e até gostar disso. Dez mil dólares. Eu nunca tinha visto tanto dinheiro junto.

❖

Minha indisponibilidade mais uma vez espicaçou a artilharia do Lorde para mim, e ele foi de carro a Londres na noite seguinte à minha chegada para me levar ao Annabel's. Na outra noite, houve um coquetel no Claridges, e ele também me convidou. Vesti meu Chanel e, desta vez, quando ele me apresentou aos lordes e ladies, foi pelo prenome. Eu estava de olhos menos arregalados, mas ainda era nova, e fiquei muito feliz em ver o casal com quem tinha me hospedado na primeira vez que o Lorde me levou ao campo.

— Estávamos com saudade. Como foi lá? — perguntou o amigo íntimo do Lorde.

— Consegui o emprego.

— E se quiser o homem, também vai conseguir— disse a esposa.

Olhamos pela sala apinhada para o Lorde, que estava me encarando.

— Você arrebentou. Ele te ama.

— Ele certamente nunca me olhou desse jeito — disse eu.

Foi preciso passar um ano e meio e aparecer o dinheiro de outro homem para que o Lorde reconhecesse seu amor por mim. Eu só podia pensar que se devia a: a) o Chanel; b) o Chanel; e c) minha independência.

Agora que eu tinha minha própria vida, o Lorde queria me incluir na dele. Chegou a me convidar para ficar na casa do conde de S numa festa da família. Eu nunca tive um vestido de noite elegante, mas sabia onde encontrar um. Quando eu era secretária em Knightsbridge, passava todo dia pela loja de Bruce Oldfield e olhava seus vestidos requintados. Agora que podia comprar um, parecia correto que eu comprasse. Por mais que eu gostasse de vestir Chanel, pago pelo Bilionário, escolher e comprar meu próprio vestido me dava muito mais poder. Minutos depois eu estava experimentando um vestido de noite Bruce Oldfield preto com contas, que o próprio estilista saiu do ateliê para ajustar.

— Acho que pode ficar mais justo aqui — disse ele baixinho, puxando o vestido na minha cintura. — E um pouco mais de espaço aqui — disse ele, soltando as laterais de meus quadris. — Sabe de uma coisa, gostaria de fazer este vestido para você, mas um que realmente caia bem. Ficará pronto daqui a uma semana, tudo bem?

Tudo bem? Eu estava no paraíso e saí da loja flutuando, incapaz de acreditar que eu teria um vestido de *alta costura* pelo preço de um *prêt-à-porter*.

O vestido fez sua mágica. O Lorde ficou orgulhoso e a condessa, adequadamente constrangida de me colocar sentada ao lado de sua filha no jantar e não com uma convidada mais ilustre que ela queria impressionar. A filha do conde era encantadora, mas era dominada pela curiosidade e me fazia perguntas, esperando descobrir por que não tinha me conhecido antes.

— Em que escola você disse que estudou? — perguntou ela pela primeira vez. Inclinou-se na minha direção, quase imperceptivelmente, sabendo que dar a impressão de estar interessada demais estava abaixo de sua posição social. Talvez ela esperasse uma escola no exterior ou um centro de reabilitação para adolescentes difíceis.

Brinquei com várias respostas, mas confiei nela o bastante para não mentir.

— Estudei em um internato de freiras — respondi.

— Que fascinante. Eu sempre me perguntei como seria aprender com as freiras.

Eu estava prestes a responder quando o velho mordomo do conde apareceu à minha esquerda segurando uma terrina de prata com aspargos. Tentei pegar os talos reluzentes e amanteigados com o servidor, mas acabei empurrando-os pela borda, deixando cair em seus sapatos pretos envernizados.

— Ajudaria se a madame segurasse o servidor da forma correta — ofendeu-se ele, indignado por ter de passar por isso depois de toda uma vida de serviços. Meu decote não convenceu o mordomo, mas os convidados ficaram impressionados e depois daquela noite fiquei conhecida como a "mulher do longo preto".

Por algum tempo eu me convenci que tinha encontrado meu lugar. Durante a semana, eu estudava a arte da taquigrafia, preparando-me para o Bilionário, e nos fins de semana eu me hospedava com o Lorde em casas imponentes onde os empregados me chamavam de "m'lady" para combinar com o "m'lord". Se os empregados estavam nos reunindo, então eu tinha passado no teste. Agora tudo o que eu sempre quis estava disponível para mim, e no entanto alguma coisa dentro de mim não me deixava sossegada. A expressão do americano, "mulher em transição", tinha se tornado uma profecia. Eu não queria me colocar em movimento novamente, mas não parecia correto ficar com o Lorde. O mundo dele, um mundo de privilégio e prazer, me intrigava, mas não era meu. E, acima de tudo, eu temia que o Lorde me amasse porque ele sabia que logo eu partiria para trabalhar para o Bilionário. Eu não podia apreciar um amor que exigisse minha ausência.

Quando chegou a hora de voltar ao trabalho, escrevi uma carta de despedida ao Lorde. Assim que me tornei de novo a mulher esquiva, aquela que não ia ficar e não seria dele, o Lorde fez a única coisa que podia fazer. Ele me amou mais que nunca.

Passando direto da aristocracia para a plutocracia, peguei o avião para os Estados Unidos, onde fui recebida por Jeff, um segurança cujo rosto brilhava de um barbear perfeito e de intenções protetoras. Eu não sabia aonde estávamos indo, mas sabia que não devia perguntar e, durante toda a viagem de duas horas, Jeff, que era inglês, só falou de esportes e do clima. As conversas são limitadas num mundo de muitos segredos.

Seguimos de carro por quilômetros através de subúrbios de tijolos vermelhos e chegamos a um deserto industrial, onde uma estrada de concreto reta, ladeada por cercas de arame e enormes tanques enferrujados, nos levou a um posto de segurança. Os guardas acenaram para nós e estacionamos em frente a um prédio de teto plano. Jeff saltou para abrir a porta para mim. Havia um cheiro nocivo e uma fumaça amarela encardida saía de uma das torres de processamento, mas fiquei imediatamente seduzida pelo poder da Refinaria de Petróleo da Costa Leste, pertencente ao Bilionário.

— Por aqui — disse o segurança, levando-me a uma cantina apinhada de gente. Centenas de homens vestidos de macacão azul-marinho sentavam-se em filas de cadeiras enquanto um pequeno grupo de mulheres vestidas com cardigãs de cores vivas se encostavam na parede preta, os braços cruzados embaixo dos seios fartos. Eram mulheres que serviam aos homens, secretárias ou trabalhadoras da cantina, mas todos os presentes ouviam atentamente o Bilionário falando do futuro, de "*nosso* futuro, agora que *nós* somos os donos da refinaria".

O Bilionário sempre se referia a si mesmo como "nós", o que me parecia estranho, porque ele era tão independente que chegava a ser isolado. Seu plural de majestade, grandioso mas modesto, desviava a atenção do fato de que ele controlava tanto. Também reconhecia que ele não ganhava dinheiro sem a cooperação de seus funcionários, então, quando os convidou a compartilhar dos frutos de seu capitalismo, por ser autêntico, ele convenceu. No final do discurso, todos aplaudiram.

Meio bem vestida demais em meu Chanel, mas apesar disso sentindo-me um membro da força de trabalho, tive orgulho de ser secretária de um homem que parecia elite, embora igualitário, e talvez fosse a pessoa mais inspiradora que eu já conhecera.

Depois do discurso, o Bilionário colocou um capacete e um macacão para dar um giro pelas instalações e voltou uma hora depois para se despedir da alta gerência. Ele olhou na minha direção, tirou imediatamente o capacete, mas não me reconheceu. Depois agitou o cabelo, como fez quando nos conhecemos. Trocou um forte aperto de mão e, depois de uma piada em voz baixa com o gerente da refinaria, estava pronto para partir.

— Pronto? — O Bilionário voltou-se para o segurança, que assentiu e sinalizou para mim que íamos sair. Segui os homens pela refinaria, que retumbava e martelava como uma grande fera no ar frio da noite, e subimos em um helicóptero que aguardava em um círculo de refletores delicados. Depois que nos fechamos em couro creme e vidro, as hélices nos ergueram verticalmente do chão e vimos as luzes da refinaria diminuírem cada vez mais até que só havia um ponto na paisagem homogênea, e depois nem isso.

Algumas horas depois, a realidade industrial foi substituída pelas luzes do centro de Manhattan e eu descobri a forma mais elegante de entrar em Nova York. As hélices do helicóptero fizeram meu cabelo voar enquanto corríamos para a limusine a nossa espera, o segurança mantendo a porta aberta para que eu entrasse no banco traseiro com o Bilionário. A porta se fechou com um clique surdo e ficamos sentados lado a lado durante o percurso até o Upper East Side.

— E aí? — O Bilionário se virou para mim como se me visse pela primeira vez naquele dia. — Feliz por estar de volta?

Eu estava. E também curiosa sobre o que tinha acontecido com o carro separado para a secretária.

❖

Passamos alguns dias no escritório de Nova York, onde trabalhei com Julia, obedecendo às ordens do Bilionário. Um dia, estava de saltos altos e um elegante tailleur Príncipe de Gales quando o Bilionário comentou:

— Esta roupa é ótima. Acabei de dar a Marleena um vestido com esse material... só que de um tamanho menor. — Depois disso, desisti de almoçar, e essa era exatamente a reação que ele esperava.

Eu ainda não tinha certeza de quem era Marleena e o que ela significava para o Bilionário. Podia ser um membro obstinado das quarenta ladronas, mas era mais velha que aquelas mulheres e o Bilionário passava a maioria dos fins de semana com ela — o bastante, aos olhos de alguns homens, para ela se constituir numa esposa. No entanto, ele parecia ter tantas amigas que era impossível dizer o quanto ele se importava com qualquer uma delas. Minha curiosidade sobre Marleena foi despertada em meu último dia no escritório de Nova York, quando Julia me levou para a sala da correspondência, fechou a porta e ligou a fotocopiadora. No começo, fiquei confusa e não entendi por que o aparelho expelia páginas em branco aparentemente para nada.

— Precisamos ter cuidado — sussurrou ela no barulho, os olhos dardejando para um pequeno dispositivo de escuta. — Já conheceu Marleena?

Sacudi a cabeça, apavorada demais para falar e pensando que seria uma pena ser demitida antes de meu primeiro pagamento.

— Vai conhecer logo. Tenha cuidado. Você é uma garota legal e ela é durona.

Minha curiosidade me sobrepujou. Não pude resistir a fazer uma pergunta:

— Qual é o relacionamento *deles*?

— Ninguém sabe. Mas acho que ele está de olho em você.

Arregalei os olhos e ergui as sobrancelhas, tentando parecer surpresa.

— Cuidado. É só o que posso lhe dizer. Tenha cuidado.

Eu me ressenti do conselho maternal de Julia. Ela era de uma beleza elegante no começo de seus 50 anos, uma sósia da Sophia Loren que, segundo confidenciou Eva, tinha recebido sua parcela de atenção do chefe quando era mais nova. Mas Julia se manteve distante e seu casamento, intacto.

No final daquela tarde, o Bilionário me chamou em sua sala e eu fiquei de pé olhando a *flèche* da catedral de St. Patrick. Desde a nossa primeira reunião, ele me fazia esperar desse jeito, como se intuitivamente soubesse que eu precisava aprender a ter paciência. Por fim, ele disse:

— Comprei ingressos para a ópera esta noite, se quiser vir. E não se preocupe se não quiser. Eu vou de qualquer jeito.

— Eu adoraria ir com o senhor — disse eu, ignorando o conselho de Julia. Aparentemente, uma mulher adulta acostumada a ter problemas não sabe como ser cuidadosa, independentemente de quantas vezes tenha sido alertada para isso.

— Esteja em meu hotel às sete e meia — disse o Bilionário, voltando aos documentos em sua mesa, como que indiferente a minha resposta.

Eu estava no saguão do hotel do Bilionário alguns minutos antes quando ele desceu a escada sozinho, de dois em dois degraus. Imaginei que a namorada estivesse esperando no carro e fiquei nervosa enquanto íamos para a limusine, mas não havia mulher nenhuma ali.

Estávamos na rua escura e extensa que corta o Central Park, indo para o oeste, quando o Bilionário se virou para mim:

— Wagner. *Tristão e Isolda* — disse como se lesse a minha mente. — Uma tragédia, mas sem dúvida enaltecedora, porque faz com que a vida pareça uma moleza.

Quando tomamos nossos lugares no melhor camarote do Metropolitan Opera, eu ainda estava esperando que a mulher do Bilionário aparecesse. Só quando as cortinas se ergueram e a música começou foi que acreditei que, naquela noite, a mulher era eu.

❖

Na manhã seguinte, a limusine do Bilionário passou para me pegar no hotel e fiquei surpresa em encontrá-lo esperando por mim no banco traseiro. Os bilionários não esperam para pegar suas secretárias, mas aqui estava ele, todo animado, reluzente e feliz em me ver. Às nove horas estávamos decolando do aeroporto La Guardia para a ilha que o Bilionário tinha e chamava de casa. Depois da decolagem, ele me convocou a me juntar a ele na frente do avião. Sentei de frente para ele, a caneta a postos, a cabeça baixa, como um corredor esperando pelo tiro de largada. Depois de algum tempo, curiosa para ver por que ele não tinha disparado um ditado a todo vapor, lentamente voltei os olhos para ele. Ele estava recostado, me observando.

— Você é muito séria — disse ele.

Ser séria era bom ou ruim? Ser séria era o que ele queria? Nervosamente, toquei meu lábio superior com a ponta da língua.

— E muito manipuladora — disse ele.

— Não sou *mesmo*. — Eu sabia que ser manipuladora não era bom.

— Então por que brinca com a boca desse jeito?

Eu retraí a língua e mordi o lábio inferior.

— Deixe sua boca em paz — suspirou ele, reclinando-se para afrouxar a gravata.

Eu me senti uma criança ranheta e temi que o Bilionário quisesse me dizer que, no final das contas, ele não queria me empregar.

— Quer trabalhar para mim em tempo integral? — perguntou ele.

— E a Eva?

— Ela vai embora.

— Por que vai embora?

— Não é da sua conta. Só o que você precisa saber é se acredita que pode fazer o trabalho.

— Eu posso.

— Ótimo — disse ele.

Foi nosso primeiro acordo. Eu me levantei para voltar a meu lugar.

— Aonde está indo?

— Para meu lugar.

— Este é o seu lugar — disse ele, apontando para a poltrona do outro lado —, se quiser.

Ele propôs me elevar da traseira do avião para o assento diante dele. Era uma promoção a que eu não podia resistir. Sentei novamente e olhei para o chefe.

— Olhe só para você, garota — disse ele, anunciando meu futuro com uma piscadela.

Algumas horas depois, pousamos em sua ilha no Caribe, o calor crescente e o vento morno soprando através da umidade enquanto andávamos juntos pela pista. Um grupo de empregados da ilha estava presente para nos receber e, quando o Bilionário me apresentou orgulhoso como a nova secretária, fiquei no centro do mundo dele, o que fez com que eu me sentisse três metros mais alta.

— Vejo você no escritório na segunda — disse ele, a mão em meu ombro ao nos inclinarmos tímidos para um beijo de despedida no rosto. Antes que fôssemos tão longe, um Mercedes conversível encostou na pista. A mão do Bilionário caiu de mim. Uma loura alta no início de seus 40 anos, de óculos escuros, saiu do carro. Depois de incitar cães idênticos no banco traseiro do carro, ela os levou em trelas douradas até o Bilionário. Com uns bons três centímetros a mais que ele, ela encostou o rosto no dele, nariz com nariz, para um beijo na boca. Pode ser que os lábios não estivessem abertos, mas os olhos estavam, conscientemente. Ela parecia atrair o Bilionário com um olhar que ia além da superfície — aonde? Ao coração dele? Aos fundilhos das calças? Eu não sabia. Então Marleena — só podia ser ela — virou-se para mim.

— E você é...?

— Esta é minha nova secretária — disse o Bilionário.

A mão de Marleena envolveu frouxamente a minha. Seu aperto de mão era como metal, mais um alerta do que boas-vindas.

Fiquei olhando o casal perfeito seguir para o Mercedes, os cães saltando na traseira para se sentar direitinho, como crianças obedientes. Marleena foi para o banco do carona e o Bilionário levou a família para casa, seguido por um cortejo de empregados.

Sozinha naquela pista de pouso, sem o Bilionário e sua comitiva, de repente o calor e o isolamento inesperados me sobrepujaram. Sem saber o que fazer ou aonde ir, afundei na minha mala. O suor escorria entre meus seios, meus pés inchavam por causa das meias, dos saltos e do asfalto quente. Algum tempo depois, percebi que eu estava olhando para um Renault 5 branco e prático, com um polimento perfeito. Em todo ele se lia "secretária".

É claro que a porta do motorista estava aberta, as chaves estavam na ignição e o mapa, aberto no painel, indicava a localização de minha nova residência. Para o caso de eu ter alguma dúvida, estava escrito "apartamento da secretária" ao lado de um círculo vermelho. Coloquei minha mala na traseira do carro e sentei ao volante sem a menor vontade de dirigir. Por um momento, tudo o que pude ver foi o Bilionário beijando Marleena. Eu não tive ciúme, porque simplesmente não sentia nada. A única coisa que eu sabia com certeza era que eu era uma secretária e ser uma secretária, onde quer que fosse, para quem quer que fosse, parecia negar tudo — inclusive a mim.

❖

As praias cercadas de palmeiras, o mar e o céu azuis da ilha eram incidentais à paisagem do moderno escritório do Bilionário, que tinha uma atmosfera casual que mascarava a intensidade do trabalho que acontecia ali. O Bilionário escolhera os melhores e mais inteligentes de todo o mundo para desenvolver suas idéias de programas para antever tendências e para operar sua sala de corretagem. Embora ele empregasse uma mulher como analista, as mentes que cuidavam da sala de corretagem eram todas de homens, e todos os movimentos eram feitos em milhões. Nenhum dos corretores se incomodava que os preços de mercado subissem ou descessem; desde que mantivessem o movimento, havia oportunidades para ganhar dinheiro. Prever o resultado da instabilidade era uma arte que o Bilionário dominava, como provava sua enorme fortuna. Mas o domínio completo dos mercados estava além da possibilidade de qualquer homem, e o Bilionário era cativado por essa área da vida além de seu controle.

A única preocupação financeira do Bilionário era como gastar o dinheiro que ganhava. Ele doava uma quantia incontável a hospitais e amigos necessitados, e criou fundos para toda espécie de animal, porque, embora não tolerasse gente fraca, tratava todos os animais com compaixão. De longe, as criaturas mais favorecidas eram os cães do Bilionário, tratados com a mesma generosidade da esposa de um multimilionário médio. Um jato particular os levava aos melhores veterinários dos Estados Unidos, um segurança os levava para nadar diariamente no mar ao lado da casa do Bilionário e seus pêlos eram secos e envolvidos em estolas de cores harmoniosas. Os cães mereciam respeito, não só porque podiam ser ferozes, mas porque eram os amigos mais confiáveis do Bilionário.

Ele sempre avaliava as pessoas de acordo com a reação dos cães: se eles rosnassem e a pessoa tivesse medo, o Bilionário era desdenhoso. Se uma pessoa não recuasse quando encarasse os sabujos pulando na direção dela, o Bilionário era mais gentil. E na rara ocasião em que os cães recebiam alguém novo com lambidas e abanos do rabo, o Bilionário considerava a pessoa em alta conta. Foi com lambidas e rabos abanando que os cães reagiram quando me conheceram no escritório — o que pode ter facilitado o convite para jantar naquela noite.

A casa do Bilionário ficava na extremidade oposta da ilha, a não mais de vinte minutos de carro. Dei meu nome no interfone e um portão branco de madeira se abriu, revelando um longo caminho e uma casa surpreendentemente modesta. Quando cheguei, uma empregada de vestido preto e avental branco me ofereceu um copo de suco de lima adoçado, trazido numa bandeja de prata — o único sinal de opulência.

— Ele me pediu para lhe dizer que estará com a senhorita em um minuto. — Ela fez uma meia mesura e desapareceu.

A sala de estar do Bilionário tinha vista para o mar e, além de uma pintura a óleo ruim em uma moldura impressionante, as paredes eram nuas. Procurei por fotos de Marleena, mas não havia nenhuma ali.

— Oi. — O Bilionário estava bem atrás de mim com roupas frescas, presumivelmente vindo direto do banho porque seus cabelos ainda estavam molhados. — Fico feliz que tenha chegado cedo. Queria me desculpar pelo outro dia.

— Como assim?

— No aeroporto.

— Foi bom conhecer Marleena — menti.

Ele me encarou. Não havia como enganá-lo. Antes que os outros convidados chegassem, o Bilionário me acompanhou num passeio pelo jardim que dava no mar.

— Vamos jantar aqui fora. Espero que esteja bem agasalhada. Se sentir frio, me fale — disse ele enquanto ia receber os outros convidados à porta.

Naquela noite, conheci o homem que administrava o escritório central do Bilionário na Europa nos últimos vinte anos, um japonês que não falava bem inglês e confirmou que eu devia acrescentar o japonês às seis línguas que eu sabia que o Bilionário falava, um cavalheiro indiano de Madras e uma mulher de olhos de aço. O Bilionário me colocou à cabeceira da mesa, de frente para ele, e entre o homem do Japão e a mulher cujo cabelo era cortado curto de um jeito tão certinho que parecia moldado em plástico.

Perto do fim do jantar, o *chef* trouxe cheesecake de cereja, que estava tão delicioso, derretendo na boca, que a conversa parou. Naquela degustação silenciosa, o Bilionário me repreendeu à mesa:

— Nem pense nisso.

A maioria dos convidados riu. Eu corei e declinei da sobremesa quando a garçonete me ofereceu um pedaço.

— Coma a torta, se quiser — disse a mulher a meu lado, que espiava por cima do aro de seus óculos de armação de prata. Era a primeira vez que eu ouvia alguém contradizer o Bilionário, mas não ousei. Eu sabia que ele queria que eu fosse magrinha e me servir de torta teria dado a ele a mensagem errada: eu queria impressioná-lo com meu compromisso em dar o melhor de mim.

— O que você faz? — perguntei à mulher, tirando os olhos da sobremesa enquanto ela era levada.

— Sou psiquiatra. E você deve ser a Marleena.

— Não. Sou a secretária.

— Ah. Ele não... quer dizer, que coisa interessante — disse ela, soltando mais observações controversas.

— É psiquiatra dele? — perguntei por trás da mão para manter minha pergunta secreta.

— Sou psiquiatra de animais. Eu cuido dos cães.

— Um de cada vez? — Procurei não rir.

— Como um casal. E individualmente. — Ela assentiu judiciosamente. Eu meio que esperei que ela desistisse de conversar mais daquele jeito confidencial, mas ela continuou. — Um dos cães é particularmente agressivo, e estou tentando decidir se vale a pena considerar uma alternativa ao tratamento habitual.

— E qual é?

— Cortar os testículos.

Eu pestanejei. Isso não era cura pela fala.

— Que coisa brutal — disse eu.

— Sou freudiana e, vou te contar, nada fere mais do que prescrever a castração. — Ela suspirou e engoliu uma colherada do cheesecake de cereja vermelho vivo.

Uma semana depois do jantar, reservei lugares para os cães no avião particular para os Estados Unidos para uma consulta com o veterinário, depois da qual um dos cachorros voltou para casa alguns gramas mais leve. E certamente se tornou muito dócil e nunca mais foi um juiz de caráter sagaz.

Trabalhar na ilha do Bilionário era viver em um casulo. Todos que moravam ali eram empregados dele e o chão onde andávamos pertencia a ele. Levei algum tempo para me aclimatar. Os negócios do Bilionário e suas viagens em aviões particulares a hotéis pretensiosos não me impressionaram tanto quanto a ilha. Em meu primeiro fim de semana ali, de pé num promontório rochoso, parecia que a terra, o ar e o mar zombavam da idéia de que documentos lavrados em um escritório de advocacia de Manhattan conferissem sua propriedade a um mero mortal. Mas a vida do Bilionário contrariava minha teoria ingênua: diariamente, ele demonstrava como era fácil um homem ter tanto de forma tão abrangente.

Aos poucos o mundo lá fora se afastou. Os relatórios de corretagem e as análises horárias do mercado chegavam de Londres e Nova York, mas aquelas cidades não pareciam mais significativas do que os nomes de estrelas reconhecíveis em galáxias distantes. A vida real acontecia no Planeta do Bilionário.

Minhas horas de trabalho eram longas, o compromisso esperado era total e eu comecei a entender por que este emprego de secretária fora dividido antes. Mas havia compensações. Marleena ficava fora da ilha a maior parte do tempo, presumivelmente em Nova York, onde investia o dinheiro do Bilionário em coisas banais, o que deixava o Bilionário livre para me convidar para jantar. A princípio, sempre havia outros convidados presentes, mas depois eu era convidada sozinha, e numa noite saímos para nadar juntos no mar à beira de seu jardim. O ar de formalidade entre nós era inundado de insinuações sutis de romance que nenhum de nós admitia. Mais tarde, naquela noite, quando cheguei em minha cama, o Bilionário, que ocupava cada pensamento meu quando eu estava desperta, encheu também os meus sonhos.

❖

Já estávamos na ilha há seis semanas quando o Bilionário me chamou na sala dele e disse:

— Vamos a Roma na sexta-feira. Providencie tudo.

Liguei para o piloto, falei com a tripulação, recebi tempos estimados de vôo e li o arquivo italiano. Cada país que o Bilionário visitava tinha um arquivo dividido em cidades com números, nomes e anotações de como as coisas aconteciam quando ele estava lá. Entre os detalhes importantes de Roma, estava o nome e o número da última mulher que ele vira na cidade. Considerando a data que Eva havia escrito ao lado do nome dela, supus que ainda era atual e me perguntei quando o Bilionário me pediria para ligar para ela.

A caminho de Roma, o Bilionário sinalizou para que eu me sentasse na frente dele. Depois de olhar para Uri, o segurança, que deixei sentado com a tripulação no fundo do avião, sorri de forma presunçosa para o chefe. Passamos direto ao trabalho. Tomei o ditado e uma lista de reuniões a organizar na semana seguinte, mas foi curioso que não houvesse nada para eu organizar naquele fim de semana. Era a primeira vez, desde que eu trabalhava para o Bilionário, que eu não sabia onde ele estaria e o que faria. Normalmente, cada dia era computado, em geral até o último minuto. Imaginei que ele estaria ocupado com uma ou duas mulheres porque não aparecera nenhuma desde que fomos para a ilha. Eu me consolei pensando na Capela Sistina. Visitar o Vaticano seria a forma perfeita de uma católica degenerada passar seus primeiros dias em Roma.

Fui para os fundos do avião para digitar o ditado. Quando terminei, li toda a lista de instruções do Bilionário para a semana seguinte. A última coisa me surpreendeu: "*Por favor, diga-me se quer que eu deixe essa noite livre*" estava escrito a caneta em sua caligrafia delicada na base da página. Eu gostaria de dizer que esperei antes de responder, mas não o fiz. Sem parar para pensar, deletei as primeiras oito palavras para que ele entendesse "*deixe esta noite livre*"... e voltei à lista na base da pilha de faxes e cartas que ele precisava assinar.

Enquanto seguíamos de carro para a cidade, Roma ficava vermelha com o pôr-do-sol, mas eu estava infeliz. Tínhamos chegado ao hotel sem que o Bilionário me convidasse para jantar.

Recepcionado como o retorno da realeza pelos funcionários do hotel, o Bilionário desapareceu no quarto dele enquanto eu colocava todos em seus respectivos quartos. Quando finalmente deitei de costas na cama, os travesseiros macios caçoavam de minhas expectativas românticas. O Bilionário tinha sido cruel ao me atiçar e depois me deixar na Cidade Eterna só com um guia de viagens como companhia. Abri-o ao acaso, mas estava desnorteada demais para aprender a história da Roma antiga. Minhas pálpebras ficavam pesadas e eu estava resvalando no sono quando o telefone tocou.

— Venha a meu quarto — disse o Bilionário, lembrando-se de acrescentar —, por favor.

Saí da cama, ajeitei o cabelo, peguei minha caneta e meu bloco e desci o corredor até a suíte presidencial, onde a porta estava aberta.

— Olá! — chamei. Não houve resposta, então entrei. O Bilionário estava de pé no ar frio ao lado de uma janela aberta, observando a vida na Piazza di Spagna.

— Venha cá — disse ele e por algum tempo ficamos parados em silêncio olhando a cidade. Depois ele se virou lentamente para mim.

— Não vai precisar disto — disse ele, pegando o bloco, que caiu alegremente de minha mão no chão. — Tire os sapatos. — A voz era firme, quase séria. Fiz o que ele disse e nos olhamos nos olhos. Depois do que pareceu um tempo muito longo, ele se inclinou para a frente e me beijou. Observei para ver se ele estaria de olhos fechados, e estava, instantaneamente perdido naquele beijo. Fechei os meus para me unir a ele.

— Não se mexa — disse ele.

Resisti a colocar a mão no rosto dele, sentir sua pele, senti-lo perto de mim. Não parecia natural soltar os braços, ficar parada, completamente imóvel, como ele havia mandado. Não era natural e depois foi estranhamente excitante, à medida que ele beijava meu pescoço, minha boca e pousava os lábios macios em minhas pálpebras fechadas. Ele me cheirou, depois puxou minha blusa dos ombros e mordeu meu mamilo através do sutiã até que quase doeu. Eu gemi e tentei me afastar.

— Eu disse para não se mexer.

Fiquei sob o toque dele enquanto ele desabotoava minha saia, que caiu no chão.

A cortina fina e branca entrava pelo quarto numa brisa suave, roçando a superfície de meu corpo enquanto os dedos dele moviam-se para dentro de minha calcinha. Horas enevoadas depois, passada cada sensação, deitamo-nos juntos, nossos corpos encrespados como se estivéssemos vagando um para o outro.

Então, inesperadamente, ele mordeu com força o músculo macio de meu antebraço. Eu dei um guincho e me afastei.

— Entende por que eu fiz isso? — perguntou ele.

— Acho que sim — respondi, esfregando o braço e olhando a marca dos dentes nele.

— Embora estejamos próximos, nunca será o bastante — disse ele.

Ele precisava consumir e ser consumido. Instintivamente, precisei me afastar dele e saí da cama, mas quando vesti o sutiã e a calcinha e olhei para o corpo nu na cama, eu estava pronta para transar com ele novamente. Ele ergueu o torso da cama e se apoiou nos cotovelos.

— O que vamos fazer agora? — perguntou ele.

Eu ergui as sobrancelhas, com um meio sorriso.

— Podíamos... dar uma volta de ônibus. — Era a última coisa que ele esperava que eu dissesse.

— Aonde iríamos?

— A qualquer lugar. Quando foi que pegou o último ônibus na vida?

— Não me lembro — disse ele.

— Então talvez esteja na hora.

Nada me atraía mais do que um passeio de ônibus tranqüilo com o Bilionário.

— E a segurança? — perguntou ele.

— Um guarda-costas em um ônibus. Ficou maluco?

Saímos furtivamente do hotel, separadamente, como crianças fugindo da escola, e nos encontramos no alto da Escada Espanhola. Corremos pelos degraus e saltamos no primeiro ônibus que apareceu.

— Nem sabemos aonde estamos indo — eu ri.

— Se você não sabe aonde vai, todas as estradas te levarão

lá — disse ele, e aquele momento, com o Bilionário a meu lado, foi o suficiente para mim.

O Bilionário ficou de pé no meio do ônibus parecendo feliz como um homem libertado de uma sentença de prisão de dez anos. Homens cansados, fumando cigarros, e mulheres risonhas com roupas baratas estavam de pé atrás dele enquanto o ônibus balançava pelas ruas estreitas. O Bilionário veio se juntar a mim nos fundos do ônibus e ficamos sentados ali por algum tempo, observando as pessoas, até que o ônibus chegou nos limites da cidade. Então ele pegou minha mão e saltamos para chamar um táxi. Era hora de voltar ao mundo do Bilionário. De volta ao luxo de fazer compras na madrugada na via Condotti.

Logo estávamos sentados na calçada do Caffé Greco, bebendo champanhe e vendo a vida de Roma passar.

— Tem alguma coisa que você queira comprar aqui?

— Eu tenho tudo — respondi.

— Estamos em Roma — disse ele, como se eu não tivesse percebido. — Lar de Valentino.

Não que eu não conhecesse Valentino, mas eu já tinha minhas roupas de grife e outras mais.

— Não preciso de mais roupas — disse eu.

— Podemos ir além de nossas necessidades. Perguntei se você queria alguma coisa.

— Tudo bem. Só um vestido Valentino — respondi, mordendo nervosa o lábio inferior.

— Lá vai você de novo com a sua boca — disse ele. — Mas eu ainda te amo. — Levei um segundo para registrar as palavras dele. Parei de morder o lábio. O Bilionário cruzou os braços e se afastou da mesa de mármore entre nós. Eu sorri.

O Bilionário me ama e vamos ao Valentino. Não passou pela minha cabeça ser cuidadosa.

Na loja branca, o Bilionário sentou-se a uma mesa de vidro ao lado de um vaso de lírios e, balançando as pernas como um menino, ficou me observando andar de um lado a outro com o primeiro vestido e depois com cada vestido que a loja possuía. Cada um deles era tão incrível quanto o anterior e eu estava começando a ficar preocupada, porque nunca seria capaz de decidir, quando ouvi o Bilionário dizer à vendedora para embrulhar todos e entregá-los no hotel.

— Mas deixe aquele ali de fora — acrescentou.

Saí do provador e vi que ele tinha escolhido o vestido verde e apertado, "com aqueles sapatos e aquela bolsa", para que eu usasse imediatamente.

— Gosto de você usando Valentino — disse ele, enquanto voltávamos para a Escada Espanhola, o dedinho mindinho dele entrelaçado no meu.

Eu era a mulher dele. Na verdade, eu era *a* mulher. Garanti a mim mesmo que não era uma das quarenta ladronas, porque ele disse que me amava e as roupas extravagantes eram um reflexo desse amor. Era o começo de uma metamorfose insidiosa. Aos poucos eu estava aprendendo a confundir o que o dinheiro pode comprar com o próprio amor, simplesmente porque era isso que o Bilionário era capaz de dar. E se um dia eu sofresse por esse homem como Mimi, eu era, a princípio, sua Musetta.

Em nossa última noite em Roma, o Bilionário me levou a uma boate exclusiva. Dançamos lento e juntos e ele sussurrou: "Quando estou com você, me sinto com 18 anos, me apaixonando pela primeira vez."

Essa confissão me deu coragem.

— Quero fazer um negócio com você — propus.

— Os negócios são perigosos — disse ele.

— Vou arriscar — disse eu, mas hesitei.

— E o que você quer negociar? — perguntou ele.

— Trocaria as quarenta ladronas por mim? — Foi um movimento audacioso.

— As o quê?

— As garotas de sua agenda de telefones.

— Como é? Eu tenho o número de telefone de quarenta mulheres?

— Quarenta, mais a Marleena.

— Eu troco as quarenta por você. Mas a Marleena não faz parte do acordo.

— Por quê?

— Ela está comigo há muito tempo. Não posso dizer a ela para ir embora. Mas se você insistir, um dia ela vai.

Com essas palavras decidi ser paciente e esperar que o Bilionário estivesse livre.

Ao negociar um novo produto que ele chamava de "Amor do Tipo Sublime", o Bilionário fez o que fazem os corretores — testou o mercado. Mas esse produto exigia um investimento emocional que o deixava nervoso. A volatilidade não era mais uma condição necessária para a entrada no mercado: quando se tratava de negociar com o Amor, o Bilionário exigia constância, que ele considerava de minha responsabilidade fornecer. Eu devia ser inabalável, meu humor não podia ser afetado pelo dele. Quer ele fosse companheiro e carinhoso, ou desdenhoso e agressivo, meu papel era saltar como uma *punchball*, a adoração nos meus olhos. Não sendo mais uma estranha em jogos estranhos, eu me submeti ao desafio. E o Bilionário fazia o que fazem os corretores e cercava suas apostas, de modo que, embora me amasse, ele também sustentava sua posição com Marleena.

Voltamos de Roma para ficar na ilha e eu fiquei magoada quando, depois de várias semanas de romance, o Bilionário de repente ficou distante. Era como se não houvesse amor entre nós. Lutei para manter meu estado de espírito, mas fui recompensada quando, no final de um longo dia de trabalho, ele disse "não se mexa" depois de eu ter passado a ele uma pilha de cartas para assinar.

Só o que eu tinha a fazer era receber seu afeto sem revelar um pingo que fosse de ressentimento pelo modo como ele me ignorava. Lembrei-me de Roma, larguei o bloco e aceitei o beijo. Qualquer pessoa podia ter interrompido esse momento, mas o risco fazia parte do prazer e nós sabíamos disso.

— Me beije, me abrace, diga que me ama — sussurrou ele.

Tentei me concentrar e esquecer que Marleena tinha entrado no escritório dele na véspera sem ser anunciada.

— Relaxe. Eu calculei tudo. Ninguém pode nos ver aqui — disse ele.

— Mas alguém pode entrar.

— Deixe que entre — disse ele, a mão entre minhas pernas. Possíveis interrupções passaram pela minha cabeça. Sua atenção íntima me deu coragem suficiente para perguntar o que eu devia fazer quando ele foi tão brutal que me deixou congelada.

— O que está fazendo agora. Me pegue em seus braços, diga que me ama.

Parecia simples, mas não era. Eu achava terrível ficar na presença dele quando seu humor estava tão ruim. Eu mal tinha coragem para entrar no escritório dele, que dirá estender o braço como ele afirmava que queria. O amor do Bilionário sempre parecia depender de meu desempenho: minha eficiência como secretária, se eu estava bastante magra, como eu penteava meu cabelo, minhas roupas, como eu falava com os outros funcionários. Na verdade, algumas exigências do Bilionário eram tão pedantes que era possível que eu o ofendesse sem perceber. Havia, porém, um assunto que eu sabia que devia evitar, e ele me atraiu como uma língua é atraída para uma falha nos dentes.

— Algum dia você vai deixar Marleena? — perguntei ao Bilionário pela terceira vez naquela semana.

— Se ela quiser ir embora, não vou detê-la, mas não espere que eu dê o fora nela — respondeu. Com um avião, tripulação, empregados e casas em todo o mundo à disposição, eu sabia que Marleena não ia a lugar nenhum. No entanto, ele queria que eu esperasse e continuasse esperando. Mas, quanto mais eu o queria, mais difícil era acreditar que um dia ele seria livre. Cada vez mais eu via o Bilionário e Marleena como um casalzinho pueril das histórias infantis, unidos pelo hábito e pelo dinheiro em um laço indestrutível que tinha resultados previsíveis. "O menino e a menina vão às compras" (em uma ilha); "o menino e a menina vão à praia" (em seu iate de 13 tripulantes).

Enquanto isso, nosso Amor Sublime sofria as conseqüências das inseguranças subliminares. Quanto menos tempo ele passava comigo, mais eu testava o Bilionário para descobrir se ele me amava mesmo.

— Gostaria de me ver esta noite? — perguntei, sabendo que Marleena estava na ilha.

— Onde vamos nos encontrar? — perguntou ele.

— Onde você quiser.

— Vamos jantar no seu apartamento. — Eu não previra essa resposta.

— O que gostaria de comer? — Eu estava em pânico.

— Qualquer coisa. Estarei lá às sete.

Meu apartamento era uma bagunça e a geladeira estava vazia.

— Pode ser às oito? — Desesperada para criar o Cenário Perfeito para o Amor, fiquei obcecada com minha qualidade como dona de casa e esqueci que os amantes não comem, ou só comem depois do amor.

Minha hesitação destruiu a espontaneidade do Bilionário e, sentindo minha insegurança, ele pegou sua pasta.

— Parece que está complicado. Vamos deixar para lá — disse ele.

— Quer dizer que não vai?

— Não.

— Mas estou com saudade. Quero ver você.

— Pare de fazer exigências — disse ele, e saiu.

❖

Minha querida irmã

Minha vida na ilha parece o paraíso, mas pode ser um maldito inferno. Considere-se sortuda por morar em Beverly Hills, mesmo que de vez em quando se sinta uma escrava. Todos somos escravos de alguma coisa, e há senhores piores do que californianos ricos...

Sei que você me preveniu, mas não consegui evitar: eu me apaixonei por meu chefe e, como você previu, as coisas ficaram complicadas. Esse homem é qualquer coisa e sem dúvida me ama quando estamos juntos. Quando estamos separados, não tenho certeza. Ele não telefona e sempre me ignora o dia todo no escritório. Acho que é porque tem outra mulher — um detalhe não-tão-pequeno que escondi de você.

Toda a coisa é muito confusa e estou tão nervosa que comecei a cometer erros terríveis no trabalho. Ontem ele gritou "traga um bule de chá" pela porta fechada, mas eu fiquei grata. Era a primeira vez que ele falava comigo em três dias. Decidida a dar a ele o melhor chá que já tomou, pus a chaleira no fogo, depois cobri a bandeja com o guardanapo de linho, arrumei a colher de prata etc. O problema foi que voltei à minha sala para arquivar umas coisas enquanto a água fervia e logo me esqueci dela. Meia hora depois, o Bilionário berrou "BULE" tão alto que meus joelhos tremeram. Todo o escritório ficou fedendo pelo resto do dia a fumaça, que ficou pairando no teto, até na sala de corretagem. Quase ter incendiado a cozinha não foi nada perto do erro que cometi naquela tarde. O Bilionário tinha me dito para agendar um vôo para Marleena e os cães para uma consulta de última hora com o psiquiatra. (O cachorro castrado agora está tão gordo e passivo que o veterinário da ilha recomendou treinamento ativo ou injeções de testosterona — e eles querem a opinião da psiquiatra.)

Não há nada que eu odeie mais do que organizar as coisas para Marleena, em particular agendar seu jato particular, quando o Bilionário está sendo cruel comigo. Acho que é uma das armas que ele usa quando quer me magoar.

Quando liguei para os pilotos, não consegui encontrá-los. É claro que isso não significava que Marleena pegaria um vôo co-

mercial — era muito improvável. Minha tarefa era conseguir um avião para ela naquela tarde e, sem aviões nem pilotos na ilha, chamei um dos aviões reservas de Nova York — só para descobrir uma hora depois que havia um avião na ilha, afinal de contas.

É meu trabalho me certificar que todos os aviões e pilotos estejam adequadamente coordenados. Agendar uma viagem desnecessária para Nova York era um desperdício de cinqüenta mil dólares e, apavorada que o Bilionário descobrisse, decidi contar a ele eu mesma. Eu estava convencida que ele ia me demitir, mas ele só tirou os olhos de uma fórmula matemática qualquer que estava inventando para seu sistema de corretagem e disse "todos cometemos erros". Eu me virei para sair, mas ele me disse para esperar, baixou a caneta e veio até mim. Depois me beijou e me convidou para jantar. Dá para acreditar nisso?

É melhor eu ir, porque tenho de estar na casa dele daqui a uma hora. Ele me disse para levar minha escova de dentes — o modo de ele me convidar para passar a noite. Depois eu conto como foi.

Com amor e, por favor, não conte à mamãe sobre essas últimas novidades.

❖

Por fim, o Bilionário e eu concordamos que as exigências cotidianas da vida no escritório não serviam para mim. Eu era terrível no ditado e no arquivamento. Finalmente pude admitir o que sempre soube: eu não dava para ser secretária. O Bilionário e eu já estávamos deitados na cama dele depois de horas de sexo quando ele disse:

— Não precisa ser minha secretária. Você é minha mulher — e eu gostei do som disso mais do que qualquer coisa que tenha ouvido por muito tempo.

Mas, por algum motivo, protestei.

— Mas não quero parar de trabalhar.

— Não precisa parar. Preciso de um registro de preços de *commodities* ligadas a bens primários. Acha que pode fazer isso?

— Claro que sim.

— Só se lembre de manter a simplicidade — disse ele, me beijando. — Quem sabe, você pode acabar se tornando analista e eu terei de arrumar outra secretária quando você estiver em Harvard.

Ir para Harvard era um de meus sonhos secretos. O Bilionário falava nessa possibilidade de forma tão banal que fez com que parecesse inevitável.

— Vamos conversar sobre isso amanhã. Pode vir amanhã à noite?

— Er... Vou precisar ver minha agenda — brinquei.

— Por que não traz suas coisas com você?

— O quê, para jantar?

— Estou pedindo para você ficar aqui, se quiser.

Cheguei no dia seguinte com malas de roupas, meio nervosa com o que os empregados iam pensar de mim por me mudar enquanto Marleena estava fora. Eu não precisava me preocupar. Se era a mim que o Bilionário queria, eles também me queriam — na cozinha, na quadra de tênis, na mesa do café-da-manhã, ou na cama dele. Eu era a hóspede bem-vinda. Mas minha culpa foi incitada pelos sutiãs grandes de Marleena no quarto de vestir, e suas calças apertadas no guarda-roupa. O Bilionário esperava que eu desconsiderasse esses lembretes de minha rival.

— Ela não está aqui hoje e não é provável que venha amanhã. Então, qual é o problema?

Aos poucos, eu relaxei. Contanto que Marleena ficasse na mansão de St. Tropez do Bilionário, eu estava feliz.

Os dias de verão se transformaram em semanas, e o Bilionário e eu descobrimos uma coisa rara: o Amor Sublime do tipo estável. Ele era, quando queria, um homem que entendia o valor de viver com simplicidade, um dia de cada vez. Nossos dias eram disciplinados e focalizados, seguindo uma rotina equilibrada entre trabalho, exercícios físicos e os prazeres do amor. Agora que eu tinha um projeto de pesquisa e meus dias de secretária estavam contados, eu gostava do escritório. Quando queríamos escapar dos funcionários e dos telefonemas constantes do mundo exterior, nos retirávamos para a cama do Bilionário, um lugar mágico no alto da casa, com vista para o oeste, para o mar e seu horizonte claro. O quarto era vazio, a não ser por uma cama larga e macia, uma arca indiana entalhada a mão e uma única prateleira com livros de psicologia, filosofia e química. Numa noite, peguei um livro de Jung.

— "Se um homem sabe mais do que outros, ele se torna solitário" — citei. — Concorda com isso?

— Concordo — disse ele, enquanto eu ia para a cama, onde ele estava lendo. Eu me enrosquei em seu corpo e vi que de muitas formas o Bilionário era um homem solitário.

— O que fez você ser como é? — perguntei.

— Eu sei e isso basta — disse ele.

— Já se consultou com um psiquiatra?

— Você sabe que eu os empreguei... e não só para os cachorros.

— Já conversou com um?

— Não preciso conversar, mas algumas pessoas acham isso útil. Arranca as coisas do peito delas. — Ele tirou os óculos meia-lua, baixando o livro.

— Por que não se casou com Marleena?

— Porque não quero me casar com Marleena — respondeu ele.

— Um dia, vou entender a minha vida, toda ela — disse eu, como que para convencê-lo de que eu podia ser digna dele.

— Quando você finalmente chegar a um ponto em que tudo na vida fizer sentido, será o dia de sua morte — disse ele categoricamente.

— Que coisa horrível de se pensar.

— É assim que as coisas são. Somos seres imperfeitos... o que não quer dizer que não podemos ser bons. Quero que você seja boa e sei que pode ser — disse ele, afastando meu cabelo do rosto.

— Qual é a sua motivação? — perguntei.

— O que me mantém competitivo? É isso que quer dizer?

Assenti, mas ele não respondeu e eu esperei, ouvindo sua respiração, seu braço enfiado atrás da minha cabeça, me aconchegando no ombro, os dedos acariciando a pele macia atrás de minha orelha. Por fim, ele disse:

— Sei o que me faz ser do jeito que eu sou. Só não quero dizer.

Ele era assim — autoconfiante e distante. Às vezes, porém, sem explicar, ele me deixava ver além de suas defesas. Aqueles momentos eram sagrados para mim e me mantinham hipnotizada, de modo que por muito mais tempo do que eu devia, em situações em que eu não devia, eu o amava.

Era o dia 15 de setembro, às 8h21 da manhã.

— Marleena volta amanhã — disse o Bilionário, espalhando geléia de damasco em seu croissant feitos em casa. Por um segundo, eu tive certeza de ter ouvido mal. Eu efetivamente havia me convencido de que Marleena não era mais uma ameaça e precisei de alguns segundos para entender o que o Bilionário tinha dito. Quando consegui, meu café-da-manhã se transformou num bloco de gelo em meu estômago.

— A Marleena vem para cá?

— Vem.

— Então é melhor eu arrumar as malas.

— Fique. Ela vai ter de se acostumar com isso. — Ele bebeu o chá e eu ainda podia ouvir as palavras. *Fique. Ela vai ter de se acostumar com isso.* A idéia de todos nós morando debaixo do mesmo teto era surreal. Meu primeiro pensamento foi: e se Marleena me atacar no meio da noite? Chocada demais para fazer perguntas razoáveis e introduzir algum tipo de realidade à idéia de uma vida em comunidade, tentei brincar com isso.

— Marleena tem quase um metro e oitenta e é faixa preta em caratê. Acho que não sou eu que vou expulsá-la. — O Bilionário sorriu e fatiou o croissant em seis porções, deu uma para cada cachorro e comeu o resto. Limpou a boca com um guardanapo branco e grosso, e flocos dourados caíram em seu prato vazio. Então empurrou a cadeira para trás.

— Vou fazer minhas malas — disse eu, esperando que o Bilionário me contradissesse. Ele saiu da mesa sem dizer nada.

Marleena, tão nobre quando vestida em roupas caras, era firme e sem graça. Aparentemente, dez anos atrás ela mudara sozinha as coisas da esposa do Bilionário de seu lar conjugal e instalara suas próprias coisas no lugar. E tudo isso enquanto a esposa do Bilionário estava no exterior, trabalhando pela paz no Oriente Médio. O Bilionário permitiu que isso acontecesse, pois, embora ele enfrentasse de bom grado as batalhas nos negócios com primeiros-ministros e industriais, não enfrentaria Marleena. Ao sugerir que eu ficasse na volta dela, o Bilionário estava me pedindo para brigar com Marleena por ele. Era seu teste definitivo de meu amor e eu fracassei, porque eu não estava convencida de que era minha responsabilidade dizer a Marleena que ela devia sair e eu ficar.

E não eram os golpes de caratê que me preocupavam, mas o homem: o Bilionário era um dos executivos mais poderosos do mundo, mas que bem isso fazia se era um covarde quando se tratava do coração?

❖

Minha querida irmã

Voltei ao apartamento da secretária, onde as visitas do Bilionário mal acontecem. Para completar minha tortura, Marleena vai ao escritório toda tarde só para me lembrar de quem é que manda. Meu único consolo é que ela tem mau gosto para se vestir. Quando não está com roupas de grife e tenta se vestir casualmente, sempre erra. Hoje de manhã estava de shorts *brancos curtos, os cabelos em cachos e um casaco cor-de-rosa. As pernas dela são longas, mas não são modeladas e as coxas são cheias de uma celulite nada discreta. Nem imagina como isso me deixa feliz. Ah, Deus me perdoe...*

Está na hora de aceitar seu conselho e sair da vida do Bilionário e voltar para a minha — seja lá qual for. Como que em resposta a minhas preces sobre para onde ir, recebi um postal do Lorde. Ele está ansioso para me ver, ainda me ama e disse que sempre será meu amigo. É uma pena que ele tenha postado essa declaração para o escritório em um postal aberto, que, por algum motivo, o homem da correspondência decidiu colocar na mesa do Bilionário em vez de na minha. Quando me entregou o cartão, o Bilionário fez uma carranca e não disse uma só palavra, mas eu sabia que ele se sentia traído, como se eu estivesse guardando meus segredos.

Eu ia lhe contar que concordamos que eu devia pegar um avião de volta para a Inglaterra — mas, na verdade, o Bilionário me disse para ir. Não havia sentido em protestar. Ele estava decidido. Quando eu estava agendando meu vôo, pude ouvi-lo na outra linha falando com a loura pálida que ele colocou na escola de aviação na Flórida. Aparentemente, ela acabara de se formar e ele estava mandando seu mais recente avião para pegá-la e trazê-la para a ilha. Ela chega no dia em que vou embora...

Foi um dia horrível. Vou escrever para você da Inglaterra.

Com todo meu amor,

❖

Quando o avião pousou na Inglaterra, o Lorde estava no aeroporto para me receber. Ele sabia de meu caso com o Bilionário, e sua devoção refinada prosperava na presença de um rival. Além de tudo, o Lorde foi paciente e me disse que estava disposto a esperar por mim. Mas ele chegou tarde demais. Eu estava obcecada pelo Bilionário, que me manteve na folha de pagamento e não pediu a devolução do cartão de crédito da empresa. Eu me agarrei à crença de que esses ganchos financeiros significavam esperança para nosso futuro.

Passaram-se seis meses até eu ouvir falar do Bilionário: sua nova secretária ligou para mim no chalé do Lorde e, quando falei com ele, o Bilionário me tratou formalmente, como se nunca tivéssemos tido um só momento de intimidade. Depois ele me perguntou se o dossiê sobre alguns preços de *commodities* estava pronto. Eu tinha pesquisado diligentemente, coletando cada detalhe em mais de vinte pastas, e naquela semana completara minha tarefa.

— Então, por favor, venha a Paris amanhã com a pesquisa e eu reservo um quarto para você no Ritz.

❖

— Sentimos sua falta — disse a recepcionista, cujo sorriso era tranqüilizador. Ela não se esquecera de mim, mas sua expressão profissionalmente serena vacilou.

— Eu não tenho reserva?

— Tem, mas raramente damos este quarto aos hóspedes. Estamos lotados, como pode ver. — A cabeça dela se inclinou num pedido de desculpas enquanto me passava a chave.

Meu quarto no sótão parecia um uma água-furtada de estudante, com um teto inclinado e uma clarabóia. Em qualquer outro prédio no centro de Paris, teria sido um esconderijo romântico, mas, no hotel luxuoso, seu minimalismo era sombrio e um sinal de que os tempos mudaram. Passado por baixo da porta havia um bilhete, escrito à mão pelo Bilionário: "*Venha direto ao quarto 1200.*" Escovei os cabelos, vesti um dos Valentinos e corri para a suíte dele. Toquei a campainha, o coração aos saltos, rezando para que ele me deixasse esperando por tempo suficiente para que eu me acalmasse, mas desta vez o Bilionário veio à porta imediatamente.

— Como tem passado? — perguntou ele, jogando-se em uma poltrona confortável, tão no controle que era impossível detectar como ele se sentia. Sacudiu o cabelo. Fui incapaz de acompanhar sua performance tranqüila e me sentei com as pernas cruzadas, depois descruzei nervosamente, um rubor subindo pela superfície do rosto.

— Sempre gostei desse vestido — disse ele.

— Obrigada — disse eu.

— Quer uma xícara de chá? — perguntou ele.

Na primeira vez em que ele me ofereceu chá, eu era uma garota otimista e meio gorda que ousara olhá-lo nos olhos. Agora, o amor, a ansiedade e o desejo me deixaram magra e incapaz de olhar para ele. O chá chegou. Ele me pediu para servir. Eu peguei o bule.

— Penso em você todo dia. Ainda quero você — disse ele.

Transamos ali mesmo no chão e não bebemos chá nenhum.

Mais tarde, descansando no conforto de sua cama de baldaquino, ele sussurrou "eu te amo". Eu disse que também o amava. Nada tinha mudado. Ficamos exatamente como antes.

Enquanto tomávamos um banho, eu lancei o anzol:

— Quando não estamos juntos, nosso relacionamento existe na minha cabeça.

— É o melhor lugar para ele — respondeu, ensaboando as pernas e recusando-se a morder a isca.

— Mas eu quero ver você mais.

Ele esfregou os braços e o peito vigorosamente, a espuma descendo pelo corpo.

— Ninguém pode exigir meu tempo.

— Isso significa que você prefere não me ver.

— É o que minha esposa costumava dizer. Bons tempos, aqueles. Sempre acho que o passado é melhor que o futuro.

— Melhor que agora?

— Não, não melhor que agora.

Saímos do chuveiro e ele me enrolou numa toalha branca e espessa, depois eu deitei na cama e o vi se vestir para o jantar.

— Tenho de receber trinta pessoas esta noite. Então vista-se, vá para seu quarto e eu ligo quando voltar.

Fiz o que ele pediu. Enquanto me despedia com um beijo, ele sussurrou:

— Lembre-se. Você nunca vai ficar só.

Depois do luxo do quarto dele, meu quarto no sótão parecia uma caixinha. Eu me acomodei na cama para ler e esperar pela volta do Bilionário, mas à medida que as horas passavam, ondas de sonolência me invadiam. À meia-noite, desesperada para ficar acordada, subi na cadeira da escrivaninha e me inclinei para a clarabóia para respirar um ar mais fresco. Vi pessoas na praça pavimentada em pedra abaixo e a chuva pesada que caía nas luzes amarelas dos postes que faziam a rua brilhar. Na entrada do hotel, limusines pretas formavam uma fila reluzente e os motoristas abriam portas para passageiros elegantes que flutuavam sob um arco de guarda-chuvas, segurados por empregados que ficavam ensopados. Às quinze para a uma ainda não havia sinal do Bilionário. Para afastar minha incerteza de que ele ia voltar para mim, pedi um sanduíche e uma taça de champanhe e dormi imediatamente.

Quando o telefone tocou, minha cabeça saltou do travesseiro e eu vi os números digitais vermelhos no relógio da mesa-de-cabeceira: duas e dez.

— Alô — disse eu.

— Dormindo?

— Não — respondi, parecendo sonolenta.

— Eu te acordei?

— Na verdade não — respondi, mas ele sabia que sim.

— Boa noite — disse ele, desligando na minha cara.

❖

Não soube do Bilionário no dia seguinte. Parecia que o castigo por sucumbir ao sono era a excomunhão. Eu precisava convencê-lo de que o queria, e assim passei quatro dias engaiolada na caixa, pedindo serviço de quarto e lendo, para o caso de ele telefonar. A cada noite o garçom me trazia a mais requintada comida e vinho em uma mesa posta com perfeição para um e a cada noite eu pensava como era triste beber sozinha e dormir sozinha numa cama de solteiro no centro de Paris ou em qualquer lugar. À noite, ousei me aventurar ao spa do hotel para nadar na piscina deserta em estilo grego, com suas colunas dóricas, paredes com afrescos e música clássica tocando debaixo d'água. Esse luxo calmante não sedou minha solidão e meu anseio. Comecei a deixar recados para o Bilionário e, por fim, no quinto dia, às onze da manhã, ele ligou.

— Como está? — perguntei, tentando parecer alegre.

— Muito ocupado.

— Tenho a pesquisa que você queria.

— Ah, eza pesquisa — ele forçou aquele sotaque de Clouseau, que não parecia mais engraçado. — Se jantarmos esta noite, você poderá me entregar. Ligo mais tarde. — E desligou.

Agora que eu tinha um encontro, saí do hotel, para a chuva e a nuvem baixa de uma tarde deprimente. Andando pela Avenue des Champs-Elysées, percebi uma retrospectiva da obra de Ticiano exibida no Grand Palais. Era o meio de um dia útil e as salas de exposição estavam quase vazias. Vaguei pela melancolia de Ticiano, olhando sua Madona e sua Vênus sensual, pensando nas formas como os homens amam as mulheres e como os homens me amaram. Comecei a achar que nenhum homem que amei tinha me visto além daquelas partes que lhe serviam melhor e, olhando para a Vênus, havia pouca dúvida de que partes eram. Pela primeira vez, ocorreu-me que, se eu queria um homem que me visse além da casca superficial, era minha responsabilidade mostrar a ele.

Comecei a correr para o hotel, passando pelas portas giratórias e subindo a escada de mármore, dando voltas e voltas, até o quarto do Bilionário, ensaiando meu confronto repetidamente na cabeça. A cada passo eu encontrava coragem para desafiá-lo, dizer a ele que queria ficar com ele, não em lugares glamourosos para momentos secretos, mas por dias e noites que comporiam nossa idéia de uma vida normal.

Bati à porta dele e esperei. Depois toquei a campainha, a princípio educadamente, mas logo com constância. Não houve resposta. Percebi cinco envelopes brancos da recepção do hotel enfiados por baixo das portas duplas e, sentindo-me autorizada a usar qualquer meio disponível, olhei os recados. Eu leria apenas um. Olhei o corredor de um lado a outro e esperei passar uma camareira que empurrava um carrinho de roupa de cama. Trocamos sorrisos meio duros e toquei novamente a campainha do Bilionário como se o fizesse pela primeira vez, para justificar minha presença ali. Depois que a camareira sumiu de vista, abri com cuidado a dobra do papel branco e li uma única linha digitada: *"Mlle Albertine estará no hotel esta noite, às 20h00."*

Minhas mãos tremeram enquanto eu devolvia o recado à sua posição por baixo da porta. Corri de volta para a segurança de meu quarto, rezando para não encontrar ninguém que conhecesse, nem mesmo a camareira e, depois de entrar, me curvei no chão, chorando. Eu me arrastei para a cama e sujei a fronha branquíssima com as lágrimas manchadas de maquiagem. Depois de uma hora chorando, bebi um copo de água, tomei um longo banho quente e me senti pronta para enfrentar o Bilionário. Voltei ao quarto dele e me surpreendi ao encontrar as duas portas abertas. Chamando seu nome, entrei, ignorando a placa de "não perturbe". Uvas murchavam em uma fruteira de prata e uma garrafa de champanhe se reclinava, quase intocada, em um balde de gelo derretido. Claramente o Bilionário não era perturbado há dias. O único local iluminado no quarto era a mesa, onde documentos brancos intactos numa pilha alta refletiam a luz da janela. Dei uma olhada nos papéis, que constituíam um contrato entre o Bilionário e dois países, garantindo a ele o pagamento de um milhão de dólares *por dia*. Pela primeira vez eu via como ele conseguia gerar uma quantidade infinita de dinheiro.

Virando-me dentro do quarto, dei um pulo de medo ao ver uma figura sentada nas sombras, observando-me.

— Eu estava me perguntando quando a veria novamente — disse a figura.

Arfei de alívio quando percebi que era Jeff, o segurança inglês.

— Oi. — Arqueei as sobrancelhas, numa admissão nervosa de que eu andara xeretando.

— Não sabia que você estava aqui — disse ele.

— Ultimamente, ando me perguntando por que estou.

— Todos temos nossos motivos para estar aqui.

Afundei na cadeira de frente para ele, sentindo que Jeff estava prestes a continuar a conversa que Julia começara no escritório de Nova York quando me alertou para ter cuidado.

— Eu soube que você saiu porque não conseguiu ser comprada — disse ele.

— Foi o que disseram?

— Foi, e isso é bom para você, porque ele me comprou. Ele mesmo admitiu que não precisava de mim para antiterrorismo. Só o que eu faço é correr atrás das mulheres dele.

— É mesmo?

— Temos cinco delas aqui...

— Inclusive *mademoiselle* Albertine?

— Ela é nova, mas não é diferente... outra garota que ele pegou e vai deixar para que eu cuide dela. Um bando de consumistas. Vou lhe contar, queria ser uma garota magrela de um metro e oitenta. Ia fazer valer cada centavo dele.

— Ele pode jogar dinheiro fora.

— Olhe, ele vai voltar daqui a pouco e acho que não estará sozinho.

Era minha deixa para sair e eu voltei a meu quarto. No fim das contas, não houve convite para jantar por parte do Bilionário naquela noite, então me deixei ficar na recepção do hotel, escondida embaixo de um chapéu e um casaco comprido, para espionar o encontro dele. Precisamente às oito da noite uma mulher que era um vara-pau entrou no hotel. Era abusivamente glamourosa, até para Paris. O vestido preto de noite, preso em sua cintura minúscula, caía em cascata em uma cauda no chão, e o cabelo louro era muito curto, para destacar o pescoço de cisne. Estava acompanhada de uma mulher com 50 e poucos anos e elas conversavam em francês, discutindo arranjos na recepção que até eu podia ouvir.

— Não precisa passar a noite. Só jante, se é o que você quer — disse a mulher mais velha.

— Mas eu quero passar a noite — disse a garota alta.

Seu destino estava selado. Eu podia prever seu futuro com mais certeza do que o meu próprio. Incapaz de encarar uma noite aprisionada na caixinha, saí para outra noite chuvosa para comer *croque monsieur* em um café anônimo e vagar pelo Sena, onde concluí que Paris era o lugar perfeito para o suicídio.

O Bilionário me ligou na manhã seguinte, às nove e meia.

— Acordei você? — perguntou, fingindo preocupação.

— Acabei de tomar o café-da-manhã. — E ele também, imaginei, com sua *mademoiselle*, tendo-a alimentado com um daqueles envelopes com 5 mil.

— Venha a meu quarto com a pesquisa. Vou sair daqui a dez minutos — disse ele.

O drama dos mercados, e as histórias por trás das histórias que afetavam os preços das *commodities* não tinham a menor importância se eu não ia trabalhar para o Bilionário. A realidade de me tornar analista não me inspirava mais e as informações que eu tinha compilado com orgulho agora pareciam insignificantes Levei a pesquisa para a suíte do Bilionário, onde as portas estavam abertas.

— Sente-se — disse ele, sem olhar para mim.

Sentei na cadeira dura ao lado da mesa enquanto ele colocava os documentos da mesa em uma pasta enorme.

— Obrigado pela pesquisa. O pessoal vai pegar mais tarde. Agora, em memória do que tivemos... — começou ele.

Ele destinara tudo à memória.

— ...gostaria de pagar seu curso universitário.

Voltei meus olhos para o chão para esconder a vergonha, o prazer e a mágica que me atingiam a um só tempo. Entendi de imediato que eu aceitaria o presente dele de ter a universidade paga, mesmo que levar o dinheiro dele sem esperar por seu amor me transformasse em uma das quarenta ladronas. Minha corrupção estava completa.

Inspirada pela idéia de estudar em Oxford, não perdi meu tempo com aquela observação. Sorbonne era a universidade seguinte a me passar pela cabeça, seguida da Wharton School da Filadélfia e Harvard. E então me perguntei, por quê? Por que essa mudança repentina nos afetos do Bilionário? *Mademoiselle* Albertine era bonita, mas não tinha aquela beleza toda. Seriam a felicidade e o prazer tão desconexos no coração de alguns homens? E depois, por algum motivo, lembrei-me de meu primeiro passeio de limusine pela Park Avenue.

— Posso estudar em Nova York? — perguntei.

— Fique com o cartão de crédito, vá para onde preferir — respondeu o Bilionário, ajeitando o nó da gravata azul-escura no colarinho branco e por um segundo acreditei que ele realmente não dava a mínima se eu queria estudar na Lua. — Mantenha contato. Me conte do que você precisa. — Ele pegou a pasta e seguiu para a porta. Era uma cena conhecida, só que desta vez o Bilionário baixou a pasta e voltou para me dar um beijo casto.

— É a sua chance de ser boa, não desperdice — disse ele. Ouvi-lo dizendo isso, sua voz macia e próxima, me lembrou dos dias perfeitos que passamos juntos. De repente, eu me vi em lágrimas, uma exibição de emoção que tocou o Bilionário para fora às pressas. — Tem uma coisa para você na mesa — disse ele, e partiu.

Abri a gaveta da mesa e encontrei quatro envelopes com 5 mil — o consolo do Bilionário por me deixar sozinha em Paris e possivelmente para sempre. Os 20 mil dólares convenientemente empacotados deslizaram facilmente para minha bolsa, e eu estava prestes a sair do quarto, tonta e confusa por minhas emoções conflitantes, quando apareceu a camareira com o carrinho de roupa de cama.

— *Je peux faire le lit?* — ela era atraente e tinha a minha idade, ou menos. De saltos altos e com a roupa certa, podia facilmente passar por uma das quarenta ladronas. Talvez estivesse resignada a seu destino e essa graça lhe dava dignidade. Sua vida pode acontecer em horário comercial, mas ao menos era a vida dela. Nós nos olhamos e ela sorriu. Naquele momento, ela me lembrou da garota que eu fora antes de ser refinada pelo Lorde e comprada pelo Bilionário. Disse a ela que precisava ficar sozinha e pedi que voltasse em um minuto. Ela assentiu, deixou o carrinho na soleira da porta e desapareceu.

Fui até o quarto do Bilionário para me colocar aos pés da cama desfeita estilo Luís XVI. Sem a presença dele, o luxo parecia tão falso quanto um cenário de teatro, embora a cama desfeita fosse bastante real. Peguei dois de meus envelopes brancos, escrevi neles "*pour la femme de chambre*" e os enfiei entre os travesseiros.

Seis

Terra de Ninguém

Peguei um avião para o JFK e me registrei no Plaza Hotel, decidida a ser uma aluna de verão até o final da semana. Foi uma esperança vã. Mensagens gravadas na Universidade de Nova York e na Columbia anunciavam que não havia vaga em nenhum curso. Resignada a esperar alguns meses, liguei para a admissão do período de outono.

"As candidaturas para o próximo ano...", disse uma voz eficiente. Próximo ano? Eu queria tanto que Nova York trouxesse uma ordem imediata a minha vida. Agora, a única ordem que parecia possível era ao serviço de quarto, mas, quando chegou a mesa posta para um, em vez de me dar conforto, aumentou minha solidão. A cama de casal cara, as pias duplas no banheiro, os dois roupões atoalhados e dois pares de chinelos provavam que, numa cidade tão boa, tudo era para dois, tornando minha solidão mais difícil.

Ansiei por conversar com alguém. Desisti da idéia de ligar para Julia, que era a única pessoa que eu conhecia na cidade. Ser solitária era melhor que confessar vergonhosamente que eu tinha aceito a caridade do Bilionário e ainda queria que ele voltasse para mim.

Deitei na cama grande num quarto grande de um hotel grande com sonhos grandes que rapidamente se transformavam em nada mais que uma conta grande no cartão de crédito do Bilionário. Minhas esperanças para o futuro tinham se evaporado, deixando um vazio que nem uma fatia do cheesecake de Nova York pôde preencher. Com dez mil dólares e um cartão de crédito corporativo na bolsa, eu era uma superalimentada refugiada de minha própria vida, sem ter certeza do lugar a que pertencia ou onde devia estar. Eu era uma mulher em transição. A expressão que tinha saído da língua do velho me amaldiçoara. E depois eu me lembrei que as palavras dele, ao se despedir, foram para que eu telefonasse se viesse a Nova York. Então eu conhecia outra pessoa na cidade. Encontrei o número dele na minha agenda, aquela Esperança narcótica filtrando-se por minhas veias enquanto eu discava.

— Universidade de Nova York — disse uma voz eficiente do outro lado da linha.

— Desculpe. Acho que disquei o número errado.

— Com quem quer falar?

— Harry Shiffer.

— O professor Shiffer. Aguarde um momento, por favor.

Acontece que o professor era diretor de estudos culturais e tinha viajado a culturas tribais na África e sociedades na Ásia industrializada para analisar o que ele chamava de "novas formas do olhar feminino".

— Você se encaixa bem em minha área de especialização — disse ele, e sugeriu que pegar o ônibus para encontrar um objeto de estudo em potencial não representava nenhum problema. Fiquei empolgada quando ele propôs que nos encontrássemos para o café-da-manhã. — Mas não no Plaza — disse ele. — Aquele interior dourado me deixa nervoso.

O professor tinha recomendado um restaurante na Terceira Avenida para nosso encontro, onde esperei em um balcão de fórmica observando a cozinha rápida preparar cafés-da-manhã para trabalhadores de passagem. O lugar estava apinhado e cheio de vapor e, quando o professor chegou, sua testa brilhava com o calor da manhã. Ele era mais baixo do que eu me lembrava, quase um duende.

— Bem-vinda a Nova York. Não há lugar melhor para uma mulher em transição — disse ele exultante, pegando minha mão em sua palma larga e macia, que estava deliciosamente fria.

— Odeio essa expressão.

— Por quê? Descreve você com perfeição.

— Parece uma praga.

— Transição é uma fase, parte da descoberta de quem você é. — Ele colocou a mão em meu ombro e apertou.

Não gostei de como a mão do professor grudou feito um papagaio no meu ombro. Eu me inclinei drasticamente para o *muffin* de milho e para longe dele.

— O que vai estudar? — perguntou ele, cruzando as mãos no colo.

Murmurei evasivamente:

— Economia, inglês ou literatura francesa.

— Não se preocupe. A confusão faz parte do processo — disse ele, guiando-me para fora da cafeteria, para o ônibus do centro que ia para a Washington Square, onde um bêbado, dobrado em um banco, gritou "bom dia para vocês", enquanto o professor e eu passávamos. Ignorei o vagabundo, que gritou para mim: "Aí, madame, tira a rolha da bunda que você está em Nova York." O professor ergueu a sobrancelha torta. Parece que eu não era simplesmente uma mulher em transição, mas também meio elitista. A manhã não estava ficando muito boa.

Andamos pelo campus da NYU e depois fomos dar uma olhada na Columbia, mas nem um erudito respeitado, que conhecia o sistema, pôde me ajudar a contornar a burocracia. Cheguei tarde demais para me matricular em qualquer curso naquele ano na NYU ou na Columbia. O professor me deu uma xícara de chá de consolo no meio da universidade, na cantina da Columbia.

— Acho que devia tentar mais uma universidade, uma antiga faculdade para mulheres da Ivy League, famosa pelas ciências humanas...

— Ciências do quê?

— Humanidades, línguas, literatura. Não é o ideal para quem quer ser economista. Também fica a uma viagem de trem da cidade e é muito cara. Talvez você possa tentar se candidatar a uma bolsa.

— O dinheiro é a única coisa que não é problema — disse eu, acreditando que estava planejando para mim mesma um tipo exclusivo de erudição.

Depois de marcar uma hora para que eu conhecesse o diretor do centro de educação para adultos da Universidade de Ciências Humanas, o professor me acompanhou de volta ao Plaza de ônibus, dando-me o número de uma corretora de imóveis no caminho. Eu agradecia em silêncio por sua presença inesperada em minha vida, quando descobri sua mão vagando por meu joelho.

— Com licença — disse eu, pegando a mão dele e devolvendo a seu colo. — Acho que você precisa disso.

Ele riu e eu pensei que talvez o tivesse julgado mal até que, depois de parar no Plaza, o professor me olhou firmemente nos olhos.

— Queria sugerir uma idéia que você pode achar incomum... — Eu esperei, receptiva à sabedoria que ele estava prestes a compartilhar. — Gostaria de lhe propor a oportunidade de dormir comigo sem compromisso. Só uma coisinha para você pensar.

Eu desisti de dizer ao professor que um velho querendo sexo incondicional com uma jovem não parecia tão incomum para mim. O que era incomum, porém, era a forma como ele apresentou a idéia como se fosse um ato de filantropia que me beneficiaria. Desci do ônibus sem me despedir e nunca mais telefonei para ele.

Minha reação imediata foi rejeitar a corretora de imóveis do professor, mas, percebendo que eu não estava em condições de desprezar uma indicação, recuperei o cartão dela da lata de lixo e disquei o número.

— Vocês têm apartamentos no East Side?

— East, West, em qualquer lugar, a cidade é meio minha. Onde você está?

— No Plaza.

— Estarei aí em pouco tempo — disse ela, percebendo a possibilidade de ganhar uma boa grana.

Vinte minutos depois, ela apareceu no saguão do hotel, petulante e com olhos de laser, vestida para impressionar com jóias de ouro, um casaco vermelho vivo e saia apertada. Era perfeita para o Plaza, misturando-se com o papel de parede e "todo aquele brilho".

— Você é mais nova do que eu pensava — disse ela, apertando minha mão. — Tem certeza que quer o East Side? Pode ser meio caro, sem contar que é elitista. — Elitista? Então quem sabe combina comigo? A corretora disparou outra pergunta, chegando direto ao que interessava. — Qual é seu orçamento?

Eu não tinha idéia dos aluguéis dos imóveis de Manhattan ou do que o Bilionário estava disposto a pagar. O orçamento para a esposa de um bilionário é uma coisa, para a ex-mulher outra, mas e a ex-amante de um bilionário? O Bilionário não era extravagante em sua casa e, sem querer ser extravagante, estabeleci um aluguel mensal de três mil dólares — uma quantia que ele distribuía livremente a pessoas quase totalmente estranhas.

A corretora girou, o rosto iluminado.

— Upper East Side, lá vamos nós — gritou, mandando o motorista nos levar à 92 com a Madison.

— Não é o Harlem? — entrei em pânico.

— Confie em mim. Estou levando você a um bairro adequado, bem europeu, com lojas e tudo. A uma quadra do Central Park, perto do metrô, todo mundo muito amistoso. Até o mendigo do lugar é um cara bonito. Você vai adorar.

O Carnegie Hill era uma coisa rara: uma mistura de britânico e francês, pregada no alto da Madison Avenue antes de se transformar no Harlem. Havia um restaurante francês com garçons franceses de verdade, e uma mercearia, Le Grand Bouffe, administrada por um irlandês que vendia alimentos *gourmet* de grife, caseiros e para viagem, e feijões cozidos Heinz. A Quinta Avenida ficava a uma quadra e o Centro Internacional de Fotografia na mesma rua.

— Um prédio com porteiro, meu bem, porque prevenir é melhor que remediar — disse a corretora, levando-me por trinta andares até um apartamento de quarto e sala. Havia dois cômodos grandes, sem mobília, com piso de madeira e janelas do chão ao teto com vista para os arranha-céus. A selva de pedras que é o Harlem, e o Bronx além dele, se espalhava ao norte, enquanto a oeste a vista era o perfeito cartão postal: o Central Park, a represa e as torres gêmeas do Dakota Building. A corretora se inclinou na janela, resfriada pelo ar-condicionado, e por um momento parou de tentar vender.

— John Lennon — suspirou. — Deus o abençoe. Penso nele sempre que vejo aquele prédio.

A corretora entregou-se a reminiscências, deixando-me espaço para ver claramente.

— Eu quero alugar *este* aparamento — disse eu com uma convicção que surpreendeu a nós duas. Raramente eu tive tanta certeza de qualquer coisa na minha vida.

Os olhos da corretora reviraram como uma caixa registradora com a perspectiva de uma comissão ganha com tanta facilidade.

— Eu vi que você era uma mulher do *uptown* no minuto em que ouvi seu sotaque — ela sorriu.

Voltamos ao saguão do Plaza para ler as letras miúdas do contrato de aluguel, que eu assinei na linha pontilhada antes de pagar dois meses de aluguel adiantado.

— Vamos comemorar — disse ela, enfiando as notas de dólar novas na bolsa possivelmente Chanel. Ela estalou os dedos para atrair um garçom que passava. — *Kir royale*. Dois, agorinha, meu bem.

Tomei um coquetel de champanhe e a corretora tomou três, e àquela altura ela estava quase despencando.

— Preciso ir — disse ela, acenando para o garçom. — Ele não é uma graça? Olhe só aquele traseiro — sussurrou enquanto um jovem elegante vinha na nossa direção com a conta. — Ponha na conta do quarto... 511, certo, meu bem?

Eu assinei a conta e acompanhei a corretora para pegar um táxi. Eu a observei subir no banco traseiro, abrindo a saia quando subia.

— Ah, que merda — disse ela, relaxando com um sotaque do Brooklyn sob a influência de um negócio fechado e champanhe demais.

No dia seguinte, peguei o trem para minha entrevista na universidade. O centro de educação para adultos aceitava alunas maduras sem testes de aptidão padrão e eu fui admitida de imediato no curso de verão. Minha educação em ciências humanas — uma rota gloriosamente cara para a boemia — começou. Mil dólares por crédito era o preço a ser pago para estudar "Vidas Urbanas", mas no final do verão eu tinha cinco créditos dos 120 que me dariam o diploma. Apesar de "Vidas Urbanas" ser um tema difuso, o professor era bastante impressionante, o que compensava. O professor Maya ia passar quatro semanas nos orientando em artigos de pesquisa e livros de referência que detalhavam os estratos da vida no centro da cidade, da classe alta à "subclasse" — aqueles que viviam da caridade ou do dinheiro ganho ilegalmente. A faculdade me considerava classe alta (um sotaque inglês nos Estados Unidos sempre fazia isso), mas minha esperança era que morar em Nova York e ir à universidade me libertasse desses rótulos. Minha intenção era ser autônoma e independente, mas a cada passo em meu admirável mundo novo, aprofundava-se minha dependência financeira do Bilionário.

Receber dinheiro a troco de nada me enchia de culpa, que era aliviada somente quando o dinheiro desaparecia. E então eu gastei. Fácil vem, fácil vai, e o dinheiro que o Bilionário me dera em Paris estava desaparecendo em móveis, depósitos e taxas escolares, e eu fiquei preocupada de virar mendiga se ele não me fizesse uma transferência de dinheiro com urgência. A coisa mais importante a fazer era abrir uma conta bancária — pelo menos assim eu poderia receber dinheiro, se fosse oferecido — e, sempre uma otimista, na manhã seguinte fui ao banco do meu bairro com meus últimos mil dólares.

— Gostaria de abrir uma conta — disse eu ao homem de pé na entrada do banco, a barriga tensionando os botões do paletó. Achei que tinha uns 30 anos, e ele apertou minha mão, todo entusiasmado em estar olhando para um novo negócio e ainda nem eram nove e cinco da manhã. Sentamos à mesa dele, que estava vazia, exceto por um telefone vermelho, um terminal de computador e o *New York Post*.

— Muito bem, identidade — disse ele.

Eu mostrei meu passaporte.

— Quis dizer identidade. Isso não é certificável.

Eu entreguei meu cartão de estudante.

— Eu estava pensando na Con Edison — disse ele, como se falasse com uma idiota.

— Estava pensando no quê?

— Não tem conta de eletricidade? Nenhum serviço público? — ele coçou a cabeça com a caneta, a expressão simpática se desvanecendo.

— Acabei de chegar à cidade.

Ele suspirou, saiu da cadeira, foi até à máquina de café automática e voltou para perto de mim, bebendo café de um copo de plástico branco.

— O problema é que, sem identidade, não tem negócio. — Ele baixou o copo, puxou as calças para ficar mais confortável e se sentou pesadamente. — Número do Seguro Social? Certamente você tem um. — Ele parecia positivo, a cafeína estimulando uma ressurreição curta, mas desabou quando percebeu que um passaporte britânico era tudo que eu tinha. — Com todo respeito — disse ele, deslizando-o pela mesa na minha direção —, isso não vale uma pitomba.

Eu franzi a testa.

— Merda nenhuma — sussurrou ele. Reclinou-se na cadeira e bebeu o resto do café, nossa reunião encerrada, no que dizia respeito a ele.

— Preciso de uma conta — disse eu, encarando-o diretamente nos olhos.

Ele suspirou novamente e digitou meu nome no computador, usando o dedo indicador.

— Não aparece nada. Sem registro, não podemos abrir uma conta. — Ele estava pronto para o *New York Post*, mas eu não ia desistir. Eu tinha uma cara jovem e honesta, cabelo louro e mil dólares em notas novas. Era uma combinação delicada, mas, com determinação suficiente, eu sabia que podia convencer alguém a quebrar as regras.

— Por favor, posso ver seu supervisor?

— Não vai enganar ninguém sem identidade.

— *Por favor*.

O homem relutante desapareceu nos bastidores e voltou alguns minutos depois com uma mulher com óculos de aro dourado, segurando no braço direito uma pasta de "novos negócios". Duas horas e quinze telefonemas depois, saí do banco com um talão de cheques temporário, um cartão de saque e uma identidade graciosamente cedida pelo Citibank. Finalmente eu existia.

❖

Minhas colegas na faculdade adivinharam o que meu sotaque confirmava — eu era uma WASP.* Além de tudo, uma WASP inglesa. As alunas de Maya se sentavam em volta de uma mesa oval; duas negras, ambas mães solteiras que trabalhavam no departamento de admissão da universidade para pagar os estudos, várias brancas casadas, todas com filhos crescidos e um Mercedes, e nosso homem *pro forma*, Christian Acre V. Ele passava a aula reclinando a cadeira, a camisa pólo rosa, os jeans Ralph Lauren

*White Anglo-Saxon Protestant: protestante branca anglo-saxônica. (*N. do E.*)

e as botas de caubói surradas insinuavam que seus interesses não eram nada acadêmicos.

Eu parecia de classe alta para os nova-iorquinos, mas esse jovem era um aristocrata de sangue azul da variedade americana. Era o herdeiro mais novo da maior fortuna dos Estados Unidos, o nome era conhecido graças a uma cadeia nacional de supermercados, origem da riqueza da família por mais de um século. O Sr. C. Acre atirava em pássaros migratórios em sua propriedade rural na Flórida, andava em cavalos de cem mil dólares e o pai da namorada era o cineasta mais famoso dos Estados Unidos. Christian Acre V incorporava o sonho americano e era ele próprio um sonhador, passando a maior parte de nossas três horas de aula olhando para os meus peitos.

O Encara-Peitos não se encaixava numa sala de feministas em formação. Nem uma mulherzinha que usava sapatos com ponta de pele de leopardo falsa e uma maquiagem perfeita. Ela parecia uma boneca — e esta também era sua palavra preferida: "Oi, boneca", ou "Seja uma boneca", ou "Boneca, você não teria um cigarro?"

Enquanto o curso prosseguia, o Encara-Peitos era o único aluno interessado em fazer amizade comigo, e sempre me dava uma carona para Manhattan em sua picape enorme para almoçar no Pig Heaven, um restaurante chinês modesto na Primeira Avenida. Apesar dos milhões, as preferências de Christian eram tão básicas quanto seus preconceitos e, apesar de todas as suas reticências em aula, o Encara-Peitos se mostrou um senhor fofoqueiro.

— Aquela mulher — disse ele, a boca cheia de carne de porco.

— Qual? — Eu estava sentada de frente para ele, desajeitada com meus hashis, ainda sem pegar um bom pedaço de qualquer coisa.

— Você sabe qual, aquela que às vezes senta do seu lado.

— Erinoula.

— Ela é esquisita. Cheia de maquiagem e essas coisas. E os sapatos dela. Deve ser judia.

— Na verdade, é grega, mas não ortodoxa.

— Fique de olho nela. Ela cola em gente rica.

— Bom, estou sem dinheiro — disse eu.

O queixo de Christian caiu, como se eu tivesse dito a ele que tinha uma doença terminal.

— Está brincando, não é? — Estava além da compreensão dele que alguém pudesse ficar sem dinheiro.

— Uma transferência não chegou — disse eu, tentando parecer casual, sorrindo para esconder a verdade terrível de que o Bilionário não tinha retornado meus telefonemas e meu saldo bancário era quase zero.

— Os bancos dizem que as transferências estão atrasadas, mas eles as seguram deliberadamente. — Acostumado a receber grandes quantias eletronicamente, ele falava de transferências com uma familiaridade que achei tranqüilizadora.

Depois do almoço, o garoto do sonho americano foi para uma reunião com o pai no escritório no centro, nem um pouco perturbado que ainda não tivesse pensado num tema para nosso trabalho final, a ser entregue no dia seguinte. Esse trabalho me deixou muito neurótica, porque determinaria nosso diploma e, se o meu fosse bom o bastante, eu poderia me formar no centro de educação para adultos e ascender ao campus principal no período de outono.

A importância do trabalho tinha me deixado tão ansiosa que não escrevi nem uma página dele, o que não me deixou alternativa a não ser sentar e escrever vinte páginas direto. Dei uma olhada nas minhas anotações de pesquisa (novamente), e às quatro horas tinha o preâmbulo do artigo, problemas e soluções em minha cabeça, onde eles espiralavam numa confusão que descia eternamente.

Às oito horas eu escrevera duas mil palavras e tinha quatorze horas para escrever mais treze mil. Minha mente estava uma névoa, meus olhos doíam, a geladeira estava vazia. Andei até a delicatessen da esquina, esperando ser inspirada pelo balcão de comida. Mas, naquela curta caminhada, minha incapacidade de transformar pensamento em texto aumentava cada aspecto duvidoso de minha vida. Eu me perguntei se o Bilionário ligaria, e me perguntei novamente por que fiquei tão disposta a acreditar que ele pagaria por minha educação e o aluguel de três anos.

Algumas horas depois, com minhas dúvidas apaziguadas por uma generosa porção de asas de frango cobertas de mel, eu estava perto de minhas quatro mil palavras quando o telefone tocou.

— Alô.

— Que surpresa... — disse eu.

— Por quê? Não estou em outro planeta — disse o Bilionário.

— Bem que podia estar. Mas agora você parece perto — disse eu, tentando descobrir se ele estava na cidade.

— Desculpe por não ter telefonado, andei ocupado. Como está a universidade?

— Estou adorando. Estou escrevendo meu trabalho final agora.

— E o dinheiro? — O dinheiro era na verdade nossa terceira pessoa, um laço tão forte quanto uma criança que ligava os pais muito depois do divórcio.

— É terrível, o dinheiro quase acabou.

— Me dê os dados do banco. Vou mandar um pouco mais. — O Bilionário nunca avaliava a velocidade de desaparecimento de seus dólares. — Nesse meio-tempo, estará em casa amanhã à tarde?

— Estarei onde você quiser — disse eu, sempre pronta para deixar minha vida de lado para se encaixar na dele.

— Vamos mandar o motorista com um envelope para ajudar você.

— Obrigada. Quer ver meu novo apartamento?

— É um quarto e sala?

— É.

— Num prédio com porteiro?

— É.

— Posso imaginar — disse ele. — Continue com o trabalho e não se esqueça... tudo simples.

— Tudo bem, simples... Quando posso ver você?

— Eu lhe disse que estou ocupado. Está bem?

— Está bem. — Meu "está bem" era vazio, porque não estava tudo bem. Eu precisava desesperadamente do dinheiro do Bilionário, mas eu o queria.

Tudo simples era o conselho de que eu precisava. Voltei ao trabalho e idéias simplificadas fluíram miraculosamente para a página. Às três horas, enquanto comia arroz selvagem com uvas e salada de tomate, eu tinha escrito quatorze mil palavras. Continuei trabalhando por muito tempo depois de ter acabado com a comida e ainda estava escrevendo quando as cores rosa e laranja se misturaram no céu noturno. Desliguei a luminária de minha mesa para ver a luz da aurora transformar meu apartamento de paredes brancas. Tinha três horas e mil palavras à frente.

Às nove e meia, com o artigo terminado, corri para o ponto de ônibus da Madison Avenue agarrada a cinco notas de um dólar — todo o dinheiro que eu tinha até que o motorista do Bilionário chegasse com a grana. Era o bastante para um bilhete de ida e volta de trem da estação da 125, onde eu com freqüência pegava o trem de superfície, porque era mais rápido do que viajar a partir da Grand

Central na 45. Mas o Harlem me deixava inquieta. Uma vez um motorista de táxi se recusou a me levar lá e eu sempre era a única mulher branca na rua. Eu andava num ritmo estável, meu coração batendo rápido, todo mundo olhando, o tempo todo.

Naquela manhã, fiquei na fila das passagens e um homem alto e magro com um longo sobretudo de lã parou tão perto que eu pude perceber a natureza da vida dele. Fiquei olhando para a frente, mas ele estava decidido a ser percebido. Deu um passo diante de mim, segurando uma folha de papel com o queixo, provocando-me a ler: "A roza é vermelha, a violeta é asul, o mel é doce, vou foder com tu."

Cheguei mais perto da bilheteria enquanto a fila prosseguia, mas o homem também se aproximou, recitando seu poema num tom monótono, seguido de um sinistro:

— Irmãzinha, pode me dar uma moeda?

— Não tenho uma moeda — respondi. — Desculpe.

Eu me senti mais segura de imediato quando cheguei à bilheteria, embora eu estivesse do lado errado do vidro opaco à prova de balas, arranhado como uma pista de patinação no gelo.

— Ida e volta, por favor.

— São 4,80 — disse uma voz abafada que pertencia a uma pessoa que eu não podia ver.

Atrapalhando-me com minhas preciosas notas de um dólar, deixei cair uma e, inclinando-me para pegá-la, fiquei chocada em descobrir a meus pés uma figura embrulhada da cabeça aos pés em bandagens brancas e sujas. Ele tinha corrido pelo chão, apesar de uma perna amputada e um braço numa tipóia, e segurava seu prêmio — minha nota de um dólar — com a boca escura. Era impossível dizer se era homem ou menino, mas o que quer que fosse, devia estar num hospital. Pelos buracos da bandagem que escondia seu rosto, os olhos assustados me hipnotizaram até que ele fugiu como um caranguejo sobre os membros quebrados, de volta ao cobertor dele, embaixo do telefone público. Comprei um bilhete de ida.

Depois da aula da manhã, o curso de verão tinha acabado e eu subi a colina até a biblioteca. Estava contando com a carona do herdeiro americano para a cidade, mas ele não tinha ido à aula — presumivelmente, a maneira dele lidar com um trabalho final inacabado — e minha única esperança era pegar emprestado uns dólares com a bibliotecária.

— Oi, boneca, espere aí — eu me virei e vi Erinoula, e esperei enquanto ela acendia um cigarro. — Me dá seu telefone? A gente pode sair para um café quando eu estiver na cidade. — Ela disse cofé e segurava o cigarro entre os lábios pintados de vermelho enquanto procurava uma caneta. — Estou indo para Manhattan, se quiser uma carona.

Erinoula tagarelava nervosamente enquanto íamos para o estacionamento.

— Eu tinha um BMW. Nem acredito que tenho esse Ford. É uma merda de carro — disse ela, abrindo a porta do passageiro para mim.

Não me incomodei com o carro de Erinoula, desde que voltasse a tempo de pegar a entrega especial do Bilionário. Consegui me enfiar debaixo do cinto de segurança automático, fechei a porta e fui presa no lugar. Estava uns 48 graus dentro do carro e eu me senti um frango no espeto em uma assadeira lenta enquanto seguíamos para a via expressa em uma longa fila de trânsito que ia para o sul.

Paramos em um sinal e meninos sem camisa apareceram com trapos e garrafas d'água, ameaçando limpar os vidros.

— Não. Eu disse NÃO! — gritou Erinoula. — Não tenho trocado, meninos — disse ela, ligando os limpadores de pára-brisa, sacudindo a cabeça, erguendo as palmas das mãos enquanto eles esfregavam o vidro de qualquer forma. Derrotada, Erinoula desligou os limpadores. Os meninos sem expressão trabalharam vigorosamente, polindo e esfregando, e, quando terminaram, o sinal ainda estava vermelho. Eles queriam o dinheiro. Erinoula enfiou 25 *cents* por uma fenda na janela, com o cuidado de não tocar a criança negra, enquanto ele tentava enfiar os dedos ossudos no carro.

— Muito obrigada por nada. Não significa não, meninos — disse ela. Mas os garotos não se mexeram. Queriam mais dinheiro. — Tome, dê isso a eles — dei meu último dólar, que ela atirou pela janela enquanto arrancávamos.

— Que doideira, pagar para eles mijarem no seu pára-brisa. Porque é isso mesmo. Não tem água naquelas garrafas. É puro xixi.

Erinoula encarava o trânsito, os meninos de rua e o calor como pessoais e, por mais que eu quisesse me enturmar, me senti não mais que uma observadora nas laterais da cidade. Precisava de mais de um mês no curso de verão e um endereço elegante para virar nova-iorquina.

— Nem acredito que o AC termina em agosto. Por que não janeiro? — reclamou Erinoula, depois bateu no volante e guinchou. — Meu Deus, sou uma puta miserável. Quer dizer, vamos lá, me diga que sou a porra de uma puta miserável. — Eu ri, mas não tive coragem de concordar e, de qualquer forma, como estava brincando, a reclamação não era tão ruim. Ela desistiu de mexer no ar-condicionado, acendeu outro cigarro e colocou uma fita de Julio Iglesias no toca-fitas.

— Quer dizer, esses cara, ele parece uma graça, mas olhe só o que ele disse. "De todas as mulheres que amei." Podia ser meu ex-marido. Ele não conseguia manter as mãos longe das mulheres.

— Você foi casada?

— Como uma idiota, fui, acreditando no "felizes para sempre".

— Eu acreditei.

— Meu Deus, você deve ter sido uma noiva criança. Pelo menos escapou com um bom acordo de divórcio para se matricular na faculdade.

— Não teve acordo nenhum. — De imediato eu me arrependi de não aderir à idéia de um acordo, que teria sido muito mais fácil do que tentar explicar a verdade medonha.

— Então, quem está pagando por sua vida?

— Um amigo — disse eu evasivamente, mas minha discrição não a enganou.

— Aí, garota. Então você tem um coronel.

— Os homens ricos não fazem ninguém feliz.

— Os homens não fazem as mulheres felizes. Ponto final. Mas o dinheiro deles faz.

— Isso não é verdade.

— Então você não teve um homem rico.

— Você não sabe os homens que tive.

— Quer dizer que há um cara rico?

Não respondi, aliviada por estarmos entrando na minha rua. Erinoula encostou o carro.

— Olhe, boneca, antes de ir embora, quais são as três palavras mais importantes do mundo?

Fiquei em silêncio. De certa forma eu sabia que não devia dizer "eu te amo".

— Mande o cheque — disse ela. — E as duas palavras mais lindas são "cheque anexado". — Ela repetiu "cheque anexado", apontando para o ar com o indicador. Nós rimos. — E aí, ele mandou o cheque?

— Não precisa. Vai fazer uma transferência.

— Transferência — sussurrou ela como se repetisse um mantra sagrado pela primeira vez. — Esqueça o "cheque anexado". "Transferência" é o máximo. Nunca mais esperar pelo carteiro. — Ela imitou uma busca furtiva em um envelope vazio.

— Ele gasta dinheiro mas não tem tempo, e isso me deixa triste.

— Bonequinha, desculpe. Sei o que é quando você ama e não retribuem o amor. Eu fiz isso. Cuidado com o cínico Sr. Serpente esguichando agora mesmo na boca do seu estômago, porque, se você o alimentar, ele vai se enrolar no seu coração com a força de uma jibóia, e que chance o amor vai ter assim? Olhe, boneca, eu rezei para ter amor, e às vezes consigo, mas no final, a única coisa que nunca me decepciona é o dinheiro.

Enquanto corria para minha entrega de dinheiro, desprezei as palavras de Erinoula porque ela parecia amargurada. O amor pode decepcionar as pessoas, mas eu ainda tinha fé que, se esperasse pacientemente, o Bilionário perceberia que me amava e viria me encontrar. Até esse dia, eu aceitaria o dinheiro dele.

Rezei para que, se eu tivesse me desencontrado do motorista, ele tivesse deixado o pacote na minha ausência. Quando vi que o porteiro de serviço era um ítalo-americano excêntrico que puxava as sobrancelhas e sempre tinha um resto de esmalte vermelho embaixo da cutícula, entrei em pânico. Ele podia muito bem ter se livrado de meu pacote. Eu o cumprimentei, mas ele estava ocupado, a cabeça baixa e a quilômetros de distância. Espiei pelo balcão. Ele tinha coberto minúsculos pedaços de papel com cubos pretos, traçado e retraçado, cada linha repetida e dentro de cada caixa estava escrito: "Preciso, preciso, preciso."

— Chegou alguma encomenda para mim?

Ele olhou por cima de minha cabeça, de modo que estava me vendo, mas não olhava para mim.

— Veio uma pessoa.

— Deixou alguma coisa para mim?

— Claro, senhorita, claro que deixou. — Ele desapareceu no depósito atrás da mesa e voltou segurando um envelope A4.

Esperei até entrar no elevador, depois rasguei o envelope. Uma brochura de vendas do último jato Gulfstream foi usada para esconder um pequeno envelope contendo dez mil dólares. Passei as páginas brilhantes procurando por um bilhete, pelas palavras que dariam sentido a tudo, mas não encontrei nada. O Bilionário estava ocupado demais para me mandar mais do que dinheiro. Novamente eu estava rica, mas naquela noite, sem nenhum dever de casa, sem prazos para cumprir e a três semanas de começar o período de outono, eu me senti solitária.

— Eu não esperava que você agüentasse — disse o Lorde.

— Por quê?

— Nova York é insuportável em agosto... e estou com uma saudade terrível de você, querida. — Houve um silêncio na linha. Eu não queria estimulá-lo. — Então estou indo aí para vê-la.

— Quando?

— Quarta-feira.

— *Nesta* quarta-feira?

— Sim, meu vôo chega lá pelas sete.

— Não pode ficar aqui comigo.

— Já combinei de me hospedar com uma amiga — disse ele, contra-atacando. — Querida, prometa que vai me ver — disse ele delicadamente, a voz sumindo. — Querida, você está aí? Diga que vai me ver. Preciso ver você.

— É claro que eu vou ver você — respondi, tentando não chorar.

— Ótimo. Agora vou conseguir dormir.

O plano do Lorde de me ver pode ter ajudado a noite de sono dele, mas perturbou a minha. Ele sempre achava fácil me amar quando eu estava afastada, e depois me perdia de vista quando estávamos juntos. Agora eu entendia que esse triste estado parecia estar diretamente relacionado com minha capacidade de me perder de vista sempre que eu estava apaixonada por ele, ou por qualquer homem.

Quando se aproximou o dia da chegada do Lorde, temi que a visita dele afrouxasse as fracas raízes que eu tinha criado na cidade. Forjar minha vida em Nova York era mais difícil do que me alinhar à vida de outra pessoa. Imaginei um futuro doce com o Lorde, em que eu teria o nome dele, possivelmente um filho e aceitaria a identidade dada a mim como sua Lady.

O Lorde me ligou no minuto em que chegou ao apartamento da amiga em Park Avenue, uma condessa francesa e ex-amante que ele conhecia há muito mais tempo do que toda minha vida. Ela era elegante, ainda era bonita e ficou mais do que feliz em tê-lo como hóspede. Em homenagem a ele, ela deu um jantar para o qual convidou seus amigos mais divertidos de Nova York — e eu. A condessa entendia que o propósito da visita do Lorde era me reconquistar, mas, embora parecesse acompanhar os planos dele, ela não abandonou os próprios. Estava decidida a ter o Lorde para si mesma e durante o jantar ela o colocou à direita dela, e a mim, fora da vista dele, entre dois homens solteiros para me distrair. Um era agradável, intelectual e bonito de uma forma intensa e masculina. O outro tinha traços mais misteriosos, com o corpo de uma escultura grega e infelizmente o cérebro também. Foi o Intelectual Sr. X que me cativou e, quando perguntou discretamente meu telefone, não resisti e lhe dei.

O Lorde passou cada hora de vigília de sua estada na cidade comigo, mas eu não tive dificuldade de manter distância porque o Intelectual Sr. X estava na minha cabeça. Ele não ligou naquela semana nem na seguinte, mas a possibilidade me dava motivo para ter esperança. Tive um prazer perverso na companhia do Lorde, agora que eu não precisava mais que ele me amasse, e minha confiança aumentava à medida que eu saía com ele por Manhattan, sentindo a intensidade do desejo dele sem sucumbir a ele. Minha independência e indisponibilidade convenceram o Lorde de que eu era seu verdadeiro amor e, parado na fila para entrar na Estátua da Liberdade, ele sussurrou:

— Case comigo.

Embora eu estivesse preparada para essa proposta e para rejeitá-la, quando ouvi o Lorde dizer essas palavras fiquei surpreendentemente comovida e não soube ao certo como reagir. Naquela noite, na escada de meu prédio, sob o olhar de meu porteiro inquisitivo, eu me demorei mais do que me permitia antes quando dei um beijo de despedida no Lorde.

Tudo isso era muito perturbador e, assim que voltei para o apartamento, liguei para Erinoula, pedindo a ela para se encontrar comigo na manhã seguinte.

— Vá em frente, case com ele. E daí que seja mais velho? — disse ela, pedindo a terceira xícara de café.

— Pensei que meus sentimentos por ele tivessem passado há muito tempo — disse eu.

— Ele ainda afeta você. Fica nervosa quando fala o nome dele.

— Fico? Mas isso não quer dizer que o ame, não é?

— Não sei o que quer dizer. Uma coisa é certa, se você não gostasse dele, teria dito a ele para se foder, e essa proposta não teria acontecido.

— Eu já quis me casar com ele.

— Que coisa típica. Uma mulher espera anos que um homem diga "case comigo" e no momento em que ela não o quer mais, ele fica incontinente, atirando propostas pra todo lado.

— É tudo tão confuso.

— Claro que é, porque ele é o cara, não é? Aquele que paga. É por isso que você não tem escolha, bonequinha, não se quiser manter o apartamento. No trigésimo andar? Você não está exatamente vivendo com um orçamento apertado. Ninguém no seu prédio ganha menos que meio milhão de dólares líquidos. Então diga a esse Lorde que vai se casar com ele, mas não marque a data. — Ela acendeu outro cigarro. — E se não quiser ser a Lady Ladida, dispense-o depois que se formar.

— Ele não paga nada.

Erinoula bafejou em silêncio por um segundo de reflexão.

— Deixe eu entender isso direito. O velho Lorde não paga.

— Não.

— E você não quer vê-lo?

— Não do jeito que ele quer.

— Então, meu bem, você tem problemas bem diferentes. Esqueça esse cara. Você precisa é de terapia. Mas ele é um lorde de verdade, não é? — Ela olhou para minha fatia meio comida de bolo de cenoura. — Vai comer isso aqui? — Empurrei o prato na direção dela e ela enfiou o garfo no *cream cheese*.

— O problema não é que ele seja um lorde. Ele é uma pessoa extraordinária que provou que é possível um homem mudar. Talvez eu deva me casar com ele.

— Obrigada, alteza. — Erinoula imitou meu sotaque inglês. — Obrigada por me possuir.

— Não transamos há anos!

— Se é o que você diz, mas esteja preparada com profiláticos, porque seu lorde não voou três mil milhas só para ver a Estátua da Liberdade.

Pelo resto da viagem dele, o Lorde parecia ter esquecido que tinha me pedido em casamento — até a hora de se despedir.

O motorista da condessa olhava pelo retrovisor enquanto o Lorde andava na minha direção com os braços abertos.

— Então é assim — disse ele. — Você não me quer.

— Se ao menos eu pudesse acreditar... — ele não me deixou terminar.

— As coisas mudam — disse ele —, mas meu amor, jamais.

Sete

O Diretor e o Ator

Em Nova York, cedo ou tarde a conversa descamba para o dinheiro, e já que falar do meu era complicado, eu evitava os outros moradores do prédio. Mas meu confinamento solitário auto-imposto chegou a um fim repentino no dia em que encontrei meus vizinhos no elevador.

— Você é nova aqui, não é? — perguntou a mulher, cuja pele clara e perfeita era realçada por brilhantes cabelos pretos, e o preto combinava com tudo.

— Uns seis meses — disse eu, admirando sua bolsa Birkin.

— E nem nos falamos. Que coisa incrível — disse o marido dela, num sotaque de nenhum país conhecido. Ele era baixo, gordo e meio tímido, enquanto ela era macérrima e direta. Nenhum dos dois entabulou conversa, o que foi um alívio. As portas do elevador se abriram, fomos para nossas respectivas portas e eu pensei que tinha escapado quando a mulher disse por sobre o ombro:

— Venha jantar um dia desses.

— Por que não hoje à noite? — perguntou o marido dela.

Incapaz de inventar com rapidez suficiente um motivo para não ir, meia hora depois eu estava na cobertura deles, admirando a mobília da década de 1920 e a vista exclusiva para a Madison Avenue.

— E aí, o que você faz? — perguntou Max, reclinando-se no sofá entre uma fila de pinturas de Gauguin, Monet e Modigliani.

— Sou estudante.

— Estuda o quê? — perguntou ele, erguendo uma tigela de castanhas.

— Cinema atual.

— Carla, ouviu isso? Ela é cineasta.

— Não brinca. O que faz? Direção? Produção? — perguntou Carla, andando com três taças de champanhe e uma garrafa de Cristal. — Max? Castanhas! Duzentas calorias por grama. — Ela me encarou, revirou os olhos para o marido e disse: — Desculpe. Você disse que atua? Meu Deus. Max, não acha que ela parece atriz?

— Sou estudante. Apenas fiquei sentada durante toda a obra-prima de quatro horas de Torelli.

— Então você conhece Vincenzo Laborio? — perguntou Carla.

— O cameraman que rodou o épico?

— Exatamente. Está rodando um filme aqui. Max, veja se ele pode vir jantar.

Inacreditavelmente, Carla trouxe um dos maiores cinematógrafos do mundo, que chegou para jantar trazendo uma bolsa de comida do restaurante japonês duas estrelas do outro lado da rua.

— Sei que você adora os fishcakes de salmão com caviar deles — ele disse, procurando pelas facas, totalmente à vontade na cozinha de Carla.

— Ele também sabe que eu não cozinho — disse Carla, piscando para mim.

— Não acredite nisso. Ela é uma cozinheira incrível. Simplesmente não quer — disse Max, colocando a comida nos mais requintados pratos italianos.

Vincenzo tinha um jeito desgrenhado com um sorriso largo e olhos maliciosos. Podia parecer velho, mas tinha um entusiasmo juvenil com relação aos ângulos de câmera da obra de Torelli — o tema de meu trabalho sobre cinema daquela semana.

Depois do jantar, enquanto preparava chá de jasmim, Carla me contou sobre o filme que Vincenzo estava rodando para um famoso diretor que por acaso era irmão dela. Parecia quase excitada (considerando que estávamos no Upper East Side, onde a exuberância era limitada) com a perspectiva de me apresentar.

— Vincenzo adorou você. Precisa ir vê-lo trabalhando, e conhecer o diretor dele.

— O diretor não se importaria?

— Se importar? Está brincando? Vou dizer a ele para esperar por você.

Carla acabou se revelando uma mulher de influência formidável. Em 24 horas havia conseguido minha entrada no set quase impenetrável de um dos mais importantes diretores de cinema do mundo. Eu me vi de pé em um telhado de Nova York observando a cena de amor na madrugada entre um casal que não podia viver junto, não podia viver separado e tinha voltado ao lugar de seu primeiro beijo para se despedir.

— Tomada 26 — disse o cansado rapaz da claquete.

— E... ação — disse entusiasmado o assistente de direção, como que para convencer os atores, mas nas cinco tomadas seguintes até eu podia ver que faltava vigor. A atriz, Felicity Manners, famosa por seu casamento com o diretor famoso, reproduzia sempre exatamente a mesma interpretação homogênea.

— Vamos fazer um intervalo — disse uma voz baixa perto de mim, suas palavras repetidas pelo assistente de direção para que todos ouvissem. O set se dissolveu e, virando-me para o homem alto e de fala suave a meu lado, fiquei face a face com o marido de Manners. Fiquei chocada, mas não demonstrei o choque, porque embora metade do mundo ocidental pudesse falar dos filmes do Diretor, eu não tinha visto nenhum. O Diretor tinha cabelos curtos escuros com uns fios grisalhos, olhos quase amendoados e uma coriza na ponta do nariz, que ele limpava com um lenço amarelo.

— Lembre-me de não fazer cenas noturnas no próximo filme. Esqueci que elas me deixam resfriado — disse ele, erguendo a gola do casaco e espirrando. Um assistente apareceu com três xícaras de chá fumegante, e eu fiquei entre Vincenzo e o Diretor, observada pelos membros desconfiados da equipe, ciumentos como cortesãs em sua soberania. O Diretor estava interessado em conversar e me afastou dos olhos abelhudos para uma escada de concreto, onde aquecemos nossas mãos em um velho radiador.

— Trouxe minha mulher aqui para nosso primeiro encontro e a alertei que íamos a um lugar frio e silencioso... ela pensou que eu estivesse falando de um necrotério. — Eu ri. Ele sorriu, depois seu rosto ficou novamente sem expressão nenhuma. — Soube que você é estudante.

— Sou. Estudo cinema e filosofia.

— Esqueça a universidade. Se quiser estudar cinema, eu ensino a você. É bem-vinda a qualquer hora que quiser ver nosso trabalho. — E foi isso que eu fiz toda semana a partir daí, e aos poucos a equipe aceitou que eu era parte do set do Diretor.

Embora o Diretor fosse uma presença física imponente, assomando acima de todos os outros, era fundamentalmente tímido e isso ajudou a preservar a formalidade e a polidez entre nós. Infelizmente, isso não convenceu a Srta. Manners que, como eu soube mais tarde, sempre duvidou que meus motivos fossem meramente cinematográficos. Ela me tolerou durante a gravação daquele filme, mas quando apareci em outro, era exigir demais que ela contivesse o ressentimento. Os membros leais da equipe aguardavam com expectativa, contando os dias até que a Srta. Manners finalmente explodisse.

❖

Minha querida irmã

Sua carta chegou hoje de manhã. Não se preocupe, entendo que tenha decidido não vir a Nova York. Minha perda é compensada por seu ganho de namorado, e é claro que você deve ir com ele para o Havaí.

Eu esperava levar você ao set *quando estivesse aqui, mas provavelmente não é mais uma perspectiva nem para mim. A Srta. Manners guinchou comigo esta manhã na frente de todos. Eu apareci, como sempre, para vê-los filmar e ela estava se preparando para um* close. *Na cena, ela ia falar com o terapeuta em um telefone incrustado de diamantes enquanto tomava banho de banheira, então os principais membros da equipe — e eu — nos esprememos num banheiro de um apartamento luxuoso em Park Avenue. Podia ser um banheiro enorme, mas era um* set *minúsculo. Vincenzo tinha projetado a luz mais favorável, o pessoal da maquiagem e do cabelo se superou, idolatrando a Srta. Manners e, enquanto o marido dela esperava, me disse para olhar pela câmera. Eu estava no visor quando ele sussurrou: "Não consigo pensar no meu trabalho hoje. As cores que você está usando, tudo em você é perfeito para um de meus filmes."*

Ele fez com que eu me sentisse a própria musa, o que foi estranho, porque eu só estava usando uma saia cinza velha, pulôver verde de gola rulê e botas pretas, enquanto a mulher dele estava seminua e em sua forma mais gloriosa na banheira, com as bolhas estrategicamente colocadas. Tinha muita coisa na cabeça, com uma página de diálogo para dizer, mas sua antena estava ligada e ela entendeu que, se tinha de entrar em ação, a hora era agora. Ela guinchou, alto o suficiente para que toda a Park Avenue ouvisse: "Tire essa mulher da minha frente. Feche o set.*"*

A partir de agora, vou evitar o set *se ela estiver presente e me prender à ilha de edição para aprender cinema. Adoro ir lá. Às vezes o Diretor fica curioso para saber o que eu acho de um corte, mas na maior parte do tempo observo em silêncio e conversamos depois, andando pela cidade. Ele certamente tem um jeito estranho, quase um gigante que ou sussurra ou grita — mas eu gosto dele.*

Quando conversamos, pode ser intimidador, e não só porque eu meio que gosto dele. Ontem, ele me disse que estava na hora de eu decidir se queria escrever, atuar ou dirigir. "Acho que gosto de atuar", murmurei. Fiquei envergonhada de ter uma conversa o-que-você-quer-fazer-em-cinema com um cineasta tão famoso. Ele foi muito franco sobre tudo isso e disse que escrever um filme para mim era a parte fácil. Não acredito que será assim tão fácil, mas quem sabe, talvez eu esteja no próximo filme dele. Ele me deu uma Grande Dica sobre atuar, dizendo-me para conhecer minhas limitações e nunca me esforçar demais. "Nunca mais do que isso", disse ele, passando a mão de um lado a outro entre nós, como se dissesse: nunca mais do que uma conversa na vida real. O escritório dele me ligou hoje de manhã e me deu o número de telefone de sua instrutora de atores preferida.

As aulas duram a semana toda, e qualquer um pode aparecer. Depois eu conto como foi.

Com todo o meu amor, garota da Califórnia.

❖

Levei algum tempo para descobrir a porta certa na rua 42, porque parecia haver um monte de portas cinza sem números e, quando cheguei na aula de interpretação, eu estava dez minutos atrasada. Os rugidos entéricos do outro lado da sala de aula quase me puseram para correr, mas, decidida a mostrar ao Diretor que eu falava a sério sobre ser atriz, eu entrei. Quase vinte pessoas tinham ocupado espaços individuais e, ou estavam falando consigo mesmas, ou sentadas em cadeiras, girando a cabeça e murmurando, algumas com uma intensidade torturante. Parecia uma cena de *Um estranho no ninho*. Uma mulher em meados de seus 50 anos, vestida com um conjunto vermelho e sandálias de salto, analisava a turma através de pesados óculos de aro preto, aparentemente distraída do jovem ao lado dela tirando as calças.

— Um momento particular — disse ela, percebendo meus olhos esbugalhados enquanto eu ia na direção dela. O homem, agora totalmente nu exceto pelas botas de caubói, começou a cantar uma cantiga de ninar, balançando de um lado para outro. Minha boca se escancarou e eu estava prestes a rir quando a instrutora disse de estalo:

— Quem mandou você aqui?

Dei o nome do Diretor.

— É mesmo? — disse ela tranqüilamente, apesar de as sobrancelhas tremerem. — Dei aula à maioria das atrizes dele. Conhece o Método? — Eu sacudi a cabeça negativamente.

— O primeiro passo é o relaxamento — disse ela, depois me ensinou como. Parecia bastante simples, embora o que tivesse a ver com atuação não fosse assim tão evidente. Levei uma cadeira de madeira dobrável para o canto mais afastado da sala, fechei os olhos para me livrar dos outros em volta de mim e tentei relaxar. Depois de dez minutos, eu estava perdida num mundo só meu quando alguém pegou meu joelho. Eu gritei e abri os olhos, descobrindo a instrutora sacudindo a minha perna.

— Solte a tensão. Pare de segurar — instou ela, até que finalmente eu obedeci e meu pé mole foi delicadamente devolvido ao chão. Meu pescoço, os braços e as mãos tiveram um tratamento semelhante, e depois eu recebi meu primeiro exercício.

— Passe uma xícara quente imaginária por todo o seu corpo — disse ela.

— De roupa? — Eu entrei em pânico.

— O que você acha? — disse ela sem sorrir e marchou para longe.

Segurei a xícara fictícia, passando-a por meu corpo repetidas vezes, olhando o relógio a intervalos de alguns minutos, desesperada para que a sessão terminasse. Depois de vinte minutos, foi um alívio quando a instrutora chamou os alunos para se sentarem num círculo. Havia algumas modelos monossilábicas e um rapaz brilhante, um garçom, que divertia a turma com observações sobre o deserto que tinha sido seu momento particular. Depois foi a minha vez.

— Como foi? — perguntou a instrutora.

— Legal... — comecei, contendo o impulso de correr da sala, sentada dura feito pedra, eu mesma monossilábica.

— Eu disse para passar a xícara pelo corpo. Quero ver você usar todo o instrumento, passar a xícara em tudo, entre as pernas, pelos peitos. Pare de evitar os riscos.

Meu corpo não fazia mais parte de mim e eu me perguntei se sempre tinha sido assim, ou talvez fosse só uma conseqüência da insistência da instrutora de que meu corpo era "um instrumento", o que o fazia parecer uma espécie de utensílio de cozinha. Quando a professora criticava os momentos particulares dos alunos, a idéia de aprender a atuar parecia ridícula. Mas, apesar de eu querer sair, não saí. Como eu podia esperar que o Diretor me levasse a sério se eu não fosse capaz de ficar em uma única aula de interpretação com a professora que ele recomendou? De má vontade, sentei nos fundos da sala e observei as cenas dos alunos, ou o improviso — mal percebendo o decorrer de duas horas. Todos que trabalharam ficaram cheios de energia e comprometidos e eu entendi que, se estivesse preparada para ser dedicada, era ali que eu podia aprender a atuar.

Comecei a viver para a aula de interpretação na segunda à noite, tão educativa quanto qualquer de meus cursos universitários, mas minha paixão pela interpretação confundiu minha amiga Erinoula.

— O Método, como vocês chamam, parece usar o inconsciente, o que é uma coisa poderosa, mas pode ser perigosa. Eu não entendo por que você gosta tanto. Seria muito melhor procurar uma terapia — disse ela.

— Bom, eu não entendo sua obsessão por pensadores do século XIX e doença mental, quando você podia estar lendo Platão *em grego* — disse eu a Erinoula.

— Eu odeio os gregos. Toda aquela *baklava*. São nojentos.

— Estou falando dos gregos antigos, os que interessam.

— É tudo a mesma coisa... um bando de pederastas misóginos.

Não pressionei Erinoula a explicar, mas uma semana depois seus motivos para rejeitar os antepassados ficaram claros quando recebi um telefonema ao amanhecer.

— Preciso conversar — disse Erinoula, engolindo as lágrimas. — Pode chegar no café às sete?

Ela mexia o café americano fumegante na mesa de sempre, os olhos vermelhos de chorar.

— Meu padrasto é uma tragédia grega. Ontem à noite ele apareceu no meu quarto às três da manhã para me dar isso.

Ela empurrou um pedaço de papel pela mesa.

"Eu te amo, garota de ouro. Quero sexo com você, meu docinho", ele tinha escrito com um lápis grosso que fez um buraco na folha.

— Eu quis dizer a ele para ir pro inferno, mas Deus já está cuidando disso. Ele tem câncer nos testículos. O babaca. Será que não vê um sinal do bom Senhor quando recebe um? Falo da minha pobre mãe. Toda noite, quando vou para casa, ele fica zanzando como um boneco apaixonado. É nojento.

A imagem do padrasto de Erinoula em torno da cama dela no meio da noite me deixou doente e eu mal consegui dizer:

— Pode ficar comigo pelo tempo que quiser. — Erinoula arregalou os olhos. — Durma na minha sala.

— Eu desisti de um bom salário para pagar meu apartamento na cidade para poder estudar e me formar. Voltar para casa não era para ser tão ruim.

— Eu falei a sério. Mude-se até que as coisas se acalmem.

— Só no dia em que ele morrer. Mas talvez fosse bom ficar algumas semanas.

Erinoula se sentiu em casa com uma facilidade agourenta. Ela encheu minha geladeira de *feta*, azeitonas e, às sextas-feiras, uma caixa do infame *baklava*. Levou uma cafeteira para fazer café americano, fumava Virginia Slims, "só esse, boneca, duas vezes ao dia", e analisava minha vida sentada à mesa de jantar.

Quando Felix, um ator da turma, veio ensaiar, recebeu uma censura imediata.

— O que está fazendo com um cara desses? — perguntou ela quando ele desapareceu no banheiro.

— Estamos fazendo uma cena juntos.

— Que tipo de cena?

— A maioria das cenas é de amor — respondi.

— Tá legal. — Ela riu, a boca retorcida.

— De qualquer forma, eu gosto do Felix.

— É, porque ele parece o Jimmy Dean.

— E sabe atuar.

— É, porque é psicótico. Se eu fosse você, não ensaiaria sozinha com ele.

— Em geral a gente ensaia aqui, e é ótimo. Mas não se preocupe, vamos para o café hoje à noite.

— Obrigada. Não conseguiria suportar ver vocês dois "fazendo uma cena" — disse ela, seu riso parecendo uma tosse no fundo da garganta.

Felix condenava Erinoula da mesma forma.

— Fica lá com aquela bunda gorda, morando no seu apartamento, criticando a sua vida.

Ele disse "apartamento" imitando meu sotaque.

— Ela está com problemas — disse eu.

— E você vai ter também, se não tiver cuidado — disse ele, segurando a porta para mim enquanto entrávamos no café íntimo.

Ele interpretava um aluno de internato apaixonado por minha esposa do diretor, que guardava segredo de seu afeto. Eu admirava a intuição de Felix por sugerir que fizéssemos essa cena de *Chá e simpatia*, mas nunca revelei que podia ser uma cena de minha própria vida.

— Você devia estar com uma garota da sua idade — disse eu, na voz da personagem.

— Mas quero você. É só você que eu quero — disse ele, tocando meus dedos, as lágrimas nos olhos. Nossos personagens eram quase restritos, mas no fundo de minha mente eu tinha pensamentos ruins sobre meu parceiro de interpretação que faziam com que eu me sentisse muito bem.

— Preciso da mesa, se não estiverem comendo. — Uma garçonete estava parada a nosso lado e nos expulsou do café, de volta à realidade, bem a tempo.

— Pareceu bem real para mim — disse Felix, subindo na moto. — Se pudermos produzir isso em aula, vamos arrebentar. — Ele piscou para mim, colocou o capacete e saiu cantando pneu pela Madison Avenue, a avenida de mão única que ia para o *uptown*. Dirigir na contramão era a idéia de diversão de Felix.

Voltei a meu apartamento e encontrei Erinoula comendo azeitonas, bafejando um cigarro, soprando fumaça pela fresta de sete centímetros que era minha janela aberta — estávamos numa altura tal que uma janela totalmente aberta teria sido um convite ao suicídio. Estudava um de seus textos de psicologia, então por algum tempo não nos falamos, até que, a troco de nada, ela disse:

— Enquanto você estava com aquele punk improvisando o amor, o Papai da Grana telefonou.

— Papai da Grana?

— É, o Sr. Transferência.

— Você falou com ele?

— Não. Ele está na secretária eletrônica... o melhor lugar para ele, se quer saber. Parece um robô.

— Não acredito que me desencontrei dele.

— Se tivesse um amor de verdade por um homem de verdade, saberia que improvisar em cafés com michês pobres é coisa de lunáticos. Aposto que você pagou o capuccino duplo dele.

Irritada demais para perguntar como Erinoula sabia disso, apertei o botão *play*. "Estou em Paris. Venha ao hotel neste fim de semana. Vou reservar um quarto para você." Toquei novamente o recado do Bilionário, procurando uma emoção oculta. Não havia nenhuma.

— Paris. Uh-la-la — riu Erinoula. — E que hotel seria esse?

— O Ritz.

— Ele é tão rico assim?

— Ele se dedica a ganhar dinheiro.

Peguei o fone para ligar para a British Airways, mas parei. Felix e eu íamos fazer a nossa cena em aula naquela segunda-feira, o Diretor tinha uma exibição no sábado de um copião de seu último filme e meus vizinhos e Vincenzo me convidaram para almoçar no domingo. Com o coração aos saltos, liguei para o hotel do Bilionário para dizer que eu não poderia ir a Paris porque...

— Jamais explique, sabe disso — interrompeu ele. — Essa é minha linha direta, caso você mude de idéia.

Assim que desligamos, eu estava cheia de remorsos e, apressadamente, disquei o número dele. A linha estava ocupada. Tentei novamente. E de novo — em toda a hora seguinte. Toda vez o telefone estava ocupado. Por fim, fui para a cama, desanimada e rejeitada.

Só na manhã seguinte, com uma animadora xícara de café, eu percebi que, se alguém se sentia rejeitado, esse alguém era o Bilionário. De repente, temi as conseqüências de minha recusa cega a me encontrar com ele. Ele pagava a minha liberdade e eu tinha colocado toda a minha vida em risco por um momento de rebeldia. Meus pensamentos espiralavam obsessivamente enquanto eu imaginava minha pensão cortada, deixando-me sem dinheiro para o aluguel, e muito menos para os trinta mil dólares por ano de taxas da universidade. No final, o castigo do Bilionário foi imposto de uma forma mais sutil. Durante meses, talvez até um ano, toda vez que o telefone tocava, no fundo eu queria que fosse ele. Mas o Bilionário nunca me ligou novamente com amor em mente, ou com a perspectiva dele, e por fim eu entendi que não havia nada além de uma transferência entre nós.

Meus arrependimentos em relação a não ir a Paris foram aliviados quando Felix e eu impressionamos nossa instrutora de interpretação. Ela nos manteve trabalhando na mesma cena por meses. Por fim, eu não a estava interpretando, ela é que me interpretava, como se eu não estivesse mais "atuando".

— Excelentes, os dois. Incrível. Agora, continuem com outra coisa — disse ela.

Felix estava disposto a trabalhar em outra parte da peça, mas, depois que terminamos, eu me conscientizei de como tinha mexido com meu emocional trabalhar nessa cena, misturando meus sentimentos do passado e do presente em um coquetel de confusão. Sem saber se podia encarar uma cena de amor com Felix, ou com qualquer outro, decidi trabalhar em meu momento particular com a xícara imaginária. Parecia mais seguro. Felix era popular na turma e eu tinha certeza de que ele logo começaria com outra aluna. Mas as semanas se passaram e ele não ensaiava, e depois começou a faltar às aulas. Eu o vi um dia, à meia-noite, quando ele apareceu no meu prédio, bêbado, em sua moto. Desci para me encontrar com ele porque Erinoula estava dormindo — e quase o convidei a subir, mas o porteiro simpático sacudiu o dedo atrás da cabeça de Felix como quem diz "nem pense nisso". Algumas semanas depois, Felix tocou toda a "Ventura Highway" no violão, cantando as palavras em minha secretária eletrônica. Erinoula gostou de analisar aquilo.

— Ah, é, aposto que o vento passa direto pela cabeça dele. Entra por uma orelha e sai pela outra.

Erinoula me convenceu de que era hora de "estabelecer um limite" e, a caminho da aula, ensaiei a frase sobre "o uso inadequado do telefone" por Felix. Eu pretendia pular a analogia com o cordão umbilical e dizer a ele, embora ela me alertasse para não fazer isso, que eu gostei da música e não tinha apagado.

Mas Felix não apareceu na aula naquela noite com seu meio sorriso insolente e eu fiquei pensando que nunca era bom quando ele não estava lá, quando a instrutora disse:

— Felix morreu. Deu um tiro em si mesmo na noite passada.

Toda a sala caiu em profundo silêncio.

Saí da aula mais cedo, incapaz de encarar os atores atuando, e fui a pé para casa, grata por não morar sozinha em Nova York e que Erinoula estivesse no meu apartamento com a bunda gorda dela, lendo e fumando. Fiquei grata até por seus comentários sucessivos sobre a minha vida.

— Olhe, ouça isto aqui — disse ela enquanto eu entrava. — Freud escreveu: "A terapia psicanalítica", blablablá, "consiste na libertação do ser humano de seus sintomas neuróticos, inibições e anormalidades de caráter". Libertação, bonequinha. Só quero dizer que você não consegue isso atuando.

Cansada demais para contradizê-la e também para evitar sua conversa hipócrita, entrei na cozinha em busca de uma comida que me consolasse. Abri a geladeira (cada vez mais uma delicatessen grega a cada dia que passava) e, de costas para Erinoula, disse:

— Felix se matou.

— Odeio ter de dizer isso, mas não é nenhuma surpresa, é? O comportamento dele era sintomático. Meu Deus, estabelecemos limites quando devíamos ter conseguido que ele se comprometesse. Sabe como ele fez isso?

Achei o interesse profissional dela horripilante, sem um pingo de compaixão.

— Então, como foi? Não me diga que não sabe. — Erinoula tinha largado o livro e estava de pé na cozinha com seu cigarro. Passei por ela, indo para a cama sem nem dar boa-noite, surpresa com o prazer perverso que me dava negar-lhe os detalhes que ela teria adorado analisar. Porque Felix tinha dado um tiro na própria boca, deitado em seu quarto de criança, deixando os miolos espalhados pela parede para que a mãe descobrisse.

Me enrosquei feito uma bola, cobrindo todo o meu corpo com os cobertores, e chorei. Depois fiquei deitada acordada a noite toda me perguntando o que eu podia ter feito para salvá-lo.

— Então você gosta de homens mais velhos — disse o Diretor com frieza, depois que eu apareci em uma filmagem de mãos dadas com Vincenzo. Depois da morte de Felix e do esfriamento de minha amizade com Erinoula, eu passava mais tempo com o mestre da cinematografia. Nossas conversas eram em francês — para superar o inglês ruim de Vincenzo e meu italiano ruim — e nosso assunto preferido era cinema. O tempo que passávamos juntos era edificante e sempre divertido. Eu não podia pensar nele como um velho e disse isso ao Diretor.

— Ele tem *63* anos — protestou o Diretor.

— Ele me disse 53 — disse eu, constrangida de imediato por ter sido enganada com tanta facilidade.

— Mesmo que ele não estivesse mentindo, não é novo para uma mulher da sua idade. Está procurando uma figura paterna?

— Se eu estiver, não está funcionando.

— Por que não namora uns caras mais novos?

— Para quê? O que eu aprenderia?

— Aprenderia a ser você mesma. Mas eu soube que você procura homens em crise de meia-idade. Certamente os relacionamentos são bastante complicados.

Depois o Diretor passou a me sugerir homens espetaculares, todos que ele conhecia e podia ter me apresentado. Levei algum tempo para perceber que era minha reação a esses homens que o interessava, e não a realidade de me ajudar a me tornar a primeira Sra. Hugh Grant, ou a Sra. Viggo Mortensen ou, melhor ainda, a Sra. Johnny Depp. Só pensar nesses homens era o bastante para me convencer que o Diretor estava certo. E assim que eu estava pronta para namorar um homem com menos de 45 anos, com um senso de oportunidade divino, apareceu o candidato perfeito.

Eu estava sentada na roda de minha aula de interpretação há não mais de um minuto quando senti uma presença diferente e, olhando para cima, encontrei um homem alto e magro me olhando. Tinha os olhos de Marlon Brando, penteava o cabelo escuro casualmente para trás e era, eu acho, da minha idade ou até mais novo. Usava jeans, camiseta branca e botas pretas — as roupas clássicas para os atores do Método desde os anos 50 — e era, naquele momento, o homem mais bonito que eu já vira. Toda a turma ficou cativada quando ele falou. Ele sorriu quando disse à instrutora que tinha atuado em teatros em todos os Estados Unidos, e pareceu orgulhoso quando disse que era da Califórnia. E eu pude sentir a diferença que fazia. Ele não tinha o estresse da cidade.

Quando a instrutora lhe disse para procurar um par para a cena, eu desviei os olhos; havia tantas atrizes bonitas em nossa turma que eu não queria ver quem ela colocaria com ele.

— Comecem uma cena vocês dois — disse ela. Fez-se um silêncio, até que minha vizinha me cutucou. Olhei para cima. —

É, vocês dois. Formem um par para uma coisa de Tchekov. *Tio Vânia*. Improvisação para a semana que vem.

Depois da aula, o jovem da Califórnia e eu ficamos parados na rua 42.

— Vamos nos reunir primeiro no seu apartamento — disse eu, querendo adiar a análise de Erinoula e as perguntas do Ator sobre minha vida luxuosa no East Side.

— Não se importa de ir à Cozinha do Inferno? — perguntou. Eu estava olhando para ele, na verdade segurando minha boca para ele, e fui tomada pela idéia de um beijo roubado. — Está tudo bem? — perguntou ele.

— Desculpe. O que você disse?

— Cozinha do Inferno. É lá que eu moro.

❖

Quando meu táxi chegou no bairro do Ator, eu me arrependi de meu casaco de grife de uma brancura brilhante, que era um insulto à realidade cinzenta de Hell's Kitchen. O táxi encostou na calçada da casa de arenito do Ator. Apoiando-se na parede em uma nesga de sol do outro lado da rua, havia umas vinte pessoas de formas e tamanhos variados sem fazer nada a não ser olhar. Procurando ver com mais cuidado, percebi a placa acima da cabeça deles: "Lar para Mentalmente Perturbados de Nova York (1952)." Os residentes estavam pegando uns raios de sol e alguns acenaram e sorriram enquanto eu corria do táxi para tocar a campainha do Ator.

Subi a escada para o apartamento do Ator de dois em dois degraus, passando por portas que tinham recebido machadadas, novas pranchas de madeira e novas machadadas, abrindo caminho por onde estava uma jovem com o cabelo gorduroso, caída e dormindo na escada que disse, num meio sorriso:

— Estou esperando, esperando um amigo. — E todo o tempo o Ator me observava seguir até o alto.

— Uma mulher branca num casaco branco. Não é o melhor visual para esse lado da cidade — comentou ele, pegando meu casaco e pendurando-o atrás da porta da frente.

O apartamento era comprido e da largura de um cômodo. Uma cozinha minúscula nos fundos tinha uma janela de guilhotina que se abria para uma saída de incêndio, onde o Ator tinha colocado uma mesa redonda. A sala de estar era nua, exceto pela televisão, uma espreguiçadeira surrada equilibrada em tijolos e uma cadeira de plástico rosa com um secador de cabelo antigo grudado a ela.

— O que você fez, roubou um cabeleireiro da década de 1950?

— É tudo da rua — disse ele, levando-me ao telhado onde decidimos ensaiar porque estava quente e havia muito pouco ar lá dentro.

Ficamos sentados na beira do telhado, na saliência, lendo as falas de *Tio Vânia* repetidamente até que fomos além das palavras. Horas se passaram até eu perceber que não tínhamos comido o dia todo. Famintos, corremos para um chinês de um dólar e voltamos ao telhado para comer e conversar; o irmão dele, minha irmã, a Inglaterra, a Califórnia, as peças que ele fez e meu desejo de atuar em um dos filmes do Diretor. Conversamos enquanto entardecia e anoitecia. Conversamos enquanto as luzes de Manhattan se acendiam, até uma da manhã, quando começou a cair uma chuva leve.

— É melhor eu ir para casa — disse eu. Estávamos de pé na cozinha dele e de certa forma aquele espaço quase fechado de repente me deixou constrangida e muito nervosa.

— Vamos ser linchados aqui se procurarmos um táxi com esse casaco — ele riu, felizmente mais relaxado do que eu. — Tenho um quarto de sobra, se quiser ficar.

Alguns minutos depois, eu estava deitada na cama de hóspedes do Ator, tendo pego emprestado uma camisa de algodão.

— Boa-noite — disse ele ao passar pela porta, indo para seu quarto na parte da frente.

Embora atuar pelo Método exigisse intimidade e confiança, era regra que nenhum dos atores da turma tivesse um caso. Os beijos, independentemente da paixão na cena, eram estritamente sem língua e fiquei dizendo a mim mesma que meu corpo, e o corpo divino do Ator, eram apenas "instrumentos". Eu acreditava que aquelas reflexões fleumáticas me induziriam a dormir. Não induziram. Imaginei dizer ao Diretor que ele tinha razão em recomendar homens mais novos. Meditei por horas até que finalmente deitei na cama, onde nada aconteceu, particularmente o sono.

Às seis horas, entrei na cozinha, sentei à mesa e de uma pilha de livros de poesia peguei *Four Quarters* para ler em voz alta, minha atenção às vezes atraída pelos passarinhos sujos da cidade fazendo um alarido no alimentador do lado de fora da janela.

> *Vá, disse o pássaro, pois as folhas estavam cheias de crianças,*
> *Escondidas, contendo excitadas o riso.*
> *Vá, vá, vá, disse o pássaro: a espécie humana*
> *Não pode tolerar muita realidade.*

— Adoro essa parte — disse o Ator, apoiado na soleira da porta.

Sem-graça por ele ter me apanhado em um mundo todo meu. sussurrando as palavras, dei um pulo, puxando a camisa para baixo para esconder as coxas nuas.

— É melhor eu ir — disse eu.

— Não quer o café-da-manhã?

Demos uma longa caminhada pela rua 17 e eu deixei o casaco branco para trás porque finalmente estava na hora de eu me adaptar. Numa cafeteria, bebendo um café muito fraco, o Ator disse:

— Sabendo que você estava na cama no quarto ao lado, minha cabeça não sossegou. Não consegui dormir.

— Nem eu.

— Ainda bem que não fui só eu. — Os olhos dele encontraram os meus por cima do cardápio.

Ao voltar para o *uptown*, passamos por uma galeria e vimos as fotos de Man Ray e André Kertész. Depois o Ator me levou ao sebo de seu bairro e pegou uma coletânea de poemas de Neruda, que leu para mim em espanhol quando voltamos ao apartamento dele.

Concordamos em nos encontrar na noite seguinte e, mais uma vez, ensaiar no telhado. Quando chegou a hora de comer, o Ator cozinhou. A meia-noite veio e passou e ele me deu a camisa que eu tinha vestido na noite anterior. Nós sorrimos com a repetição do ritual e desaparecemos em nossas camas separadas. Meia hora depois, eu ainda estava encarando o teto.

— Venha conversar comigo, se estiver acordada — disse ele do outro lado da parede, sua voz não tão alta para me acordar, caso eu estivesse dormindo.

A cama de casal dele quase enchia o quarto, e as sombras da luz de velas brincavam nos travesseiros brancos.

— Já que não conseguimos dormir — disse ele da cama —, podemos muito bem conversar.

Nervosa como uma adolescente, fiquei feliz em ver um piano embaixo da janela. Pedi ao Ator para tocar para mim e, enquanto ele tocava, a tempestade elétrica que tinha se formado o dia todo irrompeu acima de nós.

— "Don't get me wrong" — cantou ele, competindo com o trovão — "if I'm acting so distracted, I'm thinking about the fireworks that go off when you smile." — Ele continuou cantando e os clarões dos raios enchiam o quarto a intervalos de segundos, até que ele chegou à parte sobre o trovão e a chuva. — Não posso competir com isso — disse ele, empurrando o banco do piano para trás para se levantar. Então ele estava a meu lado, pousando as mãos em meus quadris, puxando-me para ele. — É exagero? — sussurrou em meu cabelo. Ele esperou, mas não respondi e, como se lesse a minha mente, me beijou na boca.

Deitei ao lado dele na cama. Nos beijamos novamente. Conversamos um pouco. Depois outro beijo. A tempestade se afastou de Manhattan. O telefone tocou do outro lado do apartamento.

— Não há nada que eu queira que não esteja bem aqui — disse ele, e dormimos, adiando o momento em que nos tornaríamos amantes.

❖

— Uau! Como consegue pagar por isso? — perguntou o Ator.

Eu queria dizer "meus pais", como ele era ajudado com umas centenas de dólares por mês pelo apartamento dele, mas ele merecia a verdade, embora eu soubesse que ele não ia gostar.

— Então você é amante dele? — perguntou ele com uma carranca, tentando encontrar sentido no meu acordo com o Bilionário.

— Não. Mas ele me manda dinheiro. — Eu estremeci.

— A troco de nada?

— É. Ou pelo que tivemos, ou coisa assim.

Não foi uma conversa fácil e concordamos em terminá-la e começar a ensaiar Tchekov — mas não conseguimos fugir de nossos sentimentos. O Ator estava amuado e eu com raiva porque ele fez com que eu me sentisse envergonhada.

— Não está dando certo hoje — disse ele, parando no meio de uma cena. Desistimos de fingir e passamos a nosso próprio drama. Por algum tempo, ficamos deitados no chão em silêncio, vendo as tiras de nuvens altas no céu azul-claro.

— O relacionamento do médico com Helena gira em torno de obstáculos ao amor, em particular do marido velho dela — disse ele. — Que idade tem o cara que paga por este lugar?

— O dobro da minha, mas ele não é meu marido e eu nunca quis ser esposa dele.

Disse isso com convicção, certa de que não amava mais o Bilionário.

— Desculpe se tenho um passado — disse eu delicadamente.

— Por que não esquecemos?

— O quê? O ensaio, ou um ao outro? — Melindrada, me afastei dele, enroscando-me do meu lado. Segundos depois, senti a mão dele por baixo de meu cabelo e me virei de costas.

— Vamos sair da cidade. Podemos ir de carro a Woodstock. Meu carro é um lixo, mas deve nos levar lá — disse ele.

Naquela tarde, seguimos de carro pelo interior verde, cortado por rios largos. O dia estava quente e estacionamos ao lado de um rio, tiramos os sapatos e chapinhamos até uma pedra redonda no meio da correnteza. O Ator se sentou na pedra quente e eu levantei minha saia para me sentar no colo dele. A água fria banhava nossos pés descalços enquanto ele segurava minha cintura. Meus braços estavam nos ombros dele, e ele era forte e duro dentro de mim.

Depois passou um carro, mas só uma pessoa adivinhou nosso segredo, o motorista assoviando da janela enquanto passava.

Mais tarde fomos para Woodstock para andar de braços dados pela rua. Devíamos saber que não se deve sorrir para uma mulher que dava um largo sorriso sentada numa varanda embaixo de uma placa que dizia "bric-a-brac".

— Entrem — insistiu ela. — Não há nada que eu goste mais do que recém-casados. — Ela nos levou por sua casa apinhada de tesouros, propondo objetos para nossa nova casa, e brincamos com a idéia de que tínhamos acabado de nos casar. Mas nada nos tentou, até que ela ergueu uma foto de uma jovem de vestido branco sentada na escada de uma casa branca de madeira.

— Dê a ele — disse a senhora do bric-brac, passando-me uma foto emoldurada da beleza de dedos de fora. O Ator limpou a poeira da superfície de vidro, e eu vi que ele gostou.

— Seis dólares — disse ela, e eu concordei que era uma pechincha. O retrato foi embrulhado em jornal e, quando ela o entregou a mim, sussurrou: — Agarre-se a ele, não fazem mais homens assim. Seu homem é coisa de antigamente, e não se esqueça disso.

Ela devia saber, pensei: tem um negócio de coisas antigas.

O Ator pendurou a foto acima de sua cama, onde passamos muitas horas naqueles dias amorosos. Ele foi o primeiro homem com quem eu me sentia completamente confiante quando estava nua. Ele até me fez dançar em seu apartamento sem roupa nenhuma e, num dia sufocante de verão, flutuamos entre a cama, a geladeira e um banho frio sem vestir absolutamente nada.

Fazer amor enchia nossos dias e noites, até que, por nenhum motivo aparente, uma dor como um punhal surgiu entre as minhas pernas. Não contei ao Ator e racionalizei que não era nada mais grave do que uma conseqüência de ter um namorado com um pênis de proporções generosas. Mas, à medida que as semanas passavam, e a dor se tornava mais freqüente, consultei secretamente um ginecologista. O médico me examinou com uma luz presa na testa, sério como um mineiro diante do carvão. Quando terminou sua investigação, anunciou:

— Não há absolutamente nada de errado com você. Você é um retrato da saúde... não precisa ficar tão abatida.

— Eu esperava que o senhor me dissesse o que está errado.

— Você conhece o mais importante órgão sexual? — suspirou ele.

Eu hesitei, sentindo que devia conhecer.

— É o cérebro. O sexo está todo na cabeça. A melhor receita para você seria um psiquiatra.

No final daquela semana, eu tinha encontrado uma analista freudiana em Park Avenue que ouvia com uma expressão serena enquanto eu descrevia minha dor. No final da sessão, ela delicadamente sugeriu que, se minha dor não tinha nenhum fundamento físico, talvez a análise pudesse ajudar a me fazer descobrir por que meu corpo parecia estar resistindo à idéia de fazer sexo.

— O problema não é o sexo — eu insisti. — Gosto de transar com o Ator, gosto mesmo.

— Mas você *gosta*? — ela sorriu, enigmaticamente.

Preferi não ver a psiquiatra novamente, acreditando que seria mais fácil viver com a dor. E depois que tomei essa decisão, ela miraculosamente desapareceu. Talvez isso também tenha alguma coisa a ver com minha volta a meu próprio apartamento. O inverno amargo de Nova York estava chegando e a Cozinha do Inferno não era muito divertida no frio.

Fiquei entusiasmada em voltar para o Upper East Side, não só porque meu apartamento era aquecido. Também não tinha baratas, nem camundongos — e Erinoula.

Erinoula conheceu o Ator e tentou me colocar contra ele, a princípio com cinismo e, quando não funcionou, apelou para minha insegurança.

— O caso, bonequinha, é que uma mulher nunca deve namorar um cara que é mais bonito que ela. Quando você entrar num ambiente, é para ele que vão olhar, e isso não é bom.

Eu sabia que o Ator tinha muito mais do que aparência, e Erinoula não conseguiu me convencer a deixá-lo, assim como eu não consegui convencê-la a me deixar. Toda vez que eu procurava sugerir que ela devia encontrar outra casa na cidade, ela não respondia. Seus livros se empilhavam no parapeito da janela, a roupa de cama dobrada ao lado do futon, a bolsa de maquiagem no meu banheiro, as opiniões dela em toda parte, 24 horas por dia, sete dias na semana. Erinoula estava entrincheirada.

Mas essa frieza em nosso relacionamento mudou numa noite enregelante quando, seguramente enfiada em meu apartamento aquecido, o Ator ligou para dar boa-noite. Quando ele me disse que estava sem água quente em seu prédio há três dias, insisti para que ele passasse a noite comigo.

— E você está sozinha?

— Não. — Olhei para Erinoula vendo televisão. — Mas não deixe que ela te irrite. Ela vai ter que se acostumar com isso — disse eu.

Quando o Ator chegou, ele me pegou e me abraçou.

— Meu Deus, está quente aqui — ele riu, a neve em seu casaco derretendo de imediato.

Erinoula ficou de pé, congelada, no meio da sala de estar.

— Devia ter me avisado que ia ter companhia. Eu teria feito outros planos.

— Está tudo bem. Vamos direto para a cama. Não vamos atrapalhar você.

— Obrigada, mas não, obrigada. É melhor ir para Nova Jersey do que ficar aqui com os pombinhos. — Ela pegou os livros e os enfiou na bolsa.

— Tenha cuidado, tem uma nevasca lá fora — disse o Ator.

Parte de mim se sentia culpada e queria que Erinoula ficasse, mas uma parte maior sentia-se aliviada ao vê-la sair da minha vida, de volta à dela.

— Se cuide — disse eu, enquanto ela ia para a porta.

— Não se preocupe comigo — murmurou ela.

No dia seguinte, quando eu tinha voltado da universidade, percebi que faltava a cafeteira de Erinoula. Quando não consegui encontrar seu cinzeiro da Tiffany, tive certeza de que ela partira. Deixou as chaves com o porteiro, mas não havia um bilhete de explicação. Erinoula saiu sem se despedir e, embora nossos caminhos tenham se cruzado algumas vezes na universidade, nunca nos falamos de novo, nem mesmo no dia de nossa formatura.

❖

Com Erinoula fora do caminho, tentei convencer o Ator a se mudar para minha casa, mas ele resistia a aceitar os confortos pagos por meu misterioso Bilionário. Mas o clima de Nova York triunfou onde eu falhei. No meio de dezembro, a tempestade de neve mais severa atingiu a cidade e o aquecimento pifou de novo no prédio do Ator. No mesmo dia, ele encontrou a viciada em heroína do andar de baixo enroscada e morta à soleira da porta. Ele a içou e levou seu corpo frágil e frio para a cama desfeita, e ligou para a polícia. Depois ligou para mim.

— É realidade demais para mim. Eu sou da Califórnia, pelo amor de Deus — disse ele, desfazendo a mala e pendurando as roupas em meu armário.

Finalmente ele estava pronto para experimentar a realidade alternativa do Upper East Side, onde tínhamos porteiro, empregadas na lavanderia, babás negras empurrando carrinhos com bebês brancos e flores exóticas entregues na hora. Todos no prédio sorriam ao me verem com um jovem tão legal e ninguém imaginava que, quando ele saía com seu teclado, ia para o metrô para pegar o ônibus na rua 96, onde podia ganhar cinqüenta dólares em um dia bom. Eu não me importei que ele não fosse rico. Meus estudos continuaram, junto com as transferências. Foram dias felizes, em que eu tinha dinheiro e acreditava em nosso amor.

❖

Eu me lembro das mãos do Ator em meu corpo toda manhã e toda noite. Lembro da poesia no café-da-manhã com panquecas e mel, o futebol americano no parque, de soltar uma pipa vermelha, achar um gatinho no Strawberry Fields, lavar nossos corpos com detergente e bolas de algodão quando o prédio dele ficava sem água. Lembro de fazer a ceia de Natal para nós dois, patinar no gelo à noite no Rockefeller Center e conhecer a mãe dele que chorava e eu ainda não sei por quê. Eu me lembro do modo como ele fechava os olhos quando atingia as notas agudas de uma música, e o teste a que fui com ele, onde todos os homens usavam roupas iguais e eram quase iguais. E eu me lembro do dia em que ele me deu uma flor na rua e disse "eu te amo", e eu não pude dizer o mesmo.

❖

Embora o Ator tivesse se mudado, eu supus que levaríamos nossa vida como antes. O primeiro ressentimento veio à tona quando voltei mais tarde do que o esperado de um jantar com Vincenzo.

Prometi que chegaria em casa mais cedo da próxima vez, mas logo desisti totalmente daqueles jantares porque aborreciam demais meu namorado. E nossos fins de semana não eram os mesmos se eu passasse qualquer tempo que fosse na ilha de edição com o Diretor, e aos poucos eu o via menos também. A vida era mais simples quando eu a dedicava ao Ator, então, quando o Intelectual Sr. X telefonou, uns dois anos depois de pegar meu número, eu rejeitei o convite ao balé. A inteligência e espirituosidade dele vazavam pelo telefone e Deus sabe que fiquei tentada, mas lembrei bem a tempo que eu tinha meu namoro garantido de segunda a sábado. Eu não ia enganar o Ator por causa de um homem charmoso que ligava a cada setecentos dias.

Embora eu apreciasse a disponibilidade do Ator, não demorou muito para que a familiaridade entre nós parecesse cansativa e a vida ficasse previsível. Numa tarde, sentado junto a seu teclado e olhando pela janela, perguntei ao Ator o que estava pensando e ele disse "nada".

— Quer dizer que não está pensando *em nada?* — Essa foi a maior surpresa que eu tive em dias.

— Não gosto de pensar muito — disse ele.

— E todos os seus livros de poesia?

— Gosto do som das palavras, dos ritmos — disse ele.

Fiquei preocupada pelo resto do dia que eu estivesse com um Adonis em quem tinha projetado uma carapaça de inteligência. Um dia eu me acalmei. Talvez não pensar fosse uma coisa californiana, ou uma arte que eu ainda tinha de dominar, e resolvi parar de pensar no fato de o Ator não pensar. Mas nossas inseguranças vieram à tona novamente no dia seguinte, de manhã cedo.

Estávamos na cama, divagando um pouco antes de levantar.

— Tive um sonho essa noite — disse ele — que eu nunca tive na vida.

Meu espírito se elevou. Certamente os sonhos são um sinal de um inconsciente reflexivo.

— Sonhou com o quê? — perguntei, aninhando-me em seu corpo nu e quente.

— Sonho? Foi mais um pesadelo. Um dos seguranças do Bilionário estava me seguindo e eu corri para meu apartamento para fugir, só que estava cheio de européias como você. Um homem com uma arma me disse que eu tinha entrado no palácio do Bilionário. A punição era a morte. Ele mirou em mim e estava prestes a me matar, quando eu acordei.

— Então você não morreu?

— Não. Mas teria morrido se não tivesse acordado. Sabe o que isso significa?

— Você acha que alguém vai aparecer aqui e matar você.

— É isso mesmo. Essa é uma coisa em que eu penso... e muito. Não ia significar nada para ele terminar com um ator desconhecido de Nova York.

Eu ri.

— O Bilionário não faz esse tipo de coisa.

Eu beijei o Ator para tranqüilizá-lo, mas ele se afastou.

— Você sonhou? — perguntou ele.

— Sonhei.

— E?

Respirei fundo.

— Estávamos na cama, você e eu. — Eu respirei fundo de novo, resistindo a revelar tudo. — Com o Bilionário...

— O que ele estava fazendo aqui?

— Acho que estava muito ocupado na noite passada. — Tentei deixar as coisas mais leves, mas o Ator estava sério.

— O que aconteceu?

— O Bilionário estava entre nós. E não havia espaço suficiente na cama...

— E?

— Ficamos meio espremidos, é o que estou tentando dizer, e um de nós tinha de sair.

— Não diga. — A cara do Ator caiu, sua ereção de início da manhã desabando com ela.

— Eu disse que o Bilionário tinha de ir — acrescentei apressada.

— Disse, é? E ele nos deixou sozinhos?

— Deixou.

— Ele deixou você ficar na cama comigo?

— Deixou — respondi, e fechei os olhos para esconder a mentira, porque no meu sonho eu tinha pedido ao Ator para sair e, quando ele se recusou, recorri à força e empurrei o lindo homem que me amava pela janela.

Embora eu quisesse muito, parte de mim não conseguia se acomodar ao Ator. Então, quando num dia monótono de março, o Intelectual Sr. X me ligou para me convidar a um casamento secreto nas montanhas do Colorado, não precisei de muita persuasão para ir com ele.

— Sei que mal nos conhecemos — disse ele —, mas preciso de uma amiga aqui, e não consigo pensar em ninguém mais perfeita que você. — Eu estava no avião na primeira hora do dia seguinte.

O Ator estava em Los Angeles num teste para uma novela, o que significava que eu podia entrar numa conversa com um homem inteligente e depois voltar antes que meu amante chegasse

— só que não funcionou assim. O Intelectual Sr. X também queria ser um amante, assim como um pensador. E um conversador. Gostei dos pensamentos e das conversas e perguntei se podíamos dar um tempo no amor. Enquanto isso, consumíamos champanhe e caviar em um casamento no alto da montanha onde a neve era a única coisa branca e todos estavam de preto.

Embora o estado de espírito do casamento fosse melancólico, como a moda, naquele fim de semana me senti mais viva do que há muito tempo. Nem me lembrei de sentir culpa. A única vez em que me peguei rezando foi na manhã de segunda-feira, parada na fila do aeroporto, esperando um táxi que me levasse até a cidade. Depois de escapulir em minha viagem secreta, a última coisa que eu precisava era esbarrar no meu namorado voltando de Los Angeles. Minhas preces eram para chegar ao apartamento antes dele, o que eu consegui — com meia hora de folga.

Quando o Ator entrou pela porta, parecia tão irresistível que eu me convenci que meu compromisso com ele estava intacto, então não consegui entender por que ele se afastou quando fui beijá-lo.

— Achei que isso interessaria a você — disse ele numa voz fria, abrindo o *New York Post* do dia. Ele abriu o jornal na página de fofocas. Eu pestanejei para a pequena foto em preto e branco de um casamento supostamente clandestino de um casal improvável cercado por um pequeno grupo vestido de preto. Só a cara sorridente do Intelectual Sr. X, inclinando-se para mim, destruía a impressão de que era um funeral.

— Como você conhece essas pessoas? E quem é esse cara?

— Um amigo.

— Ele parece muito feliz.

— Não aconteceu nada.

— Espera que eu acredite nisso?

— Por favor, acredite em mim. Juro que não aconteceu nada.

O Ator pegou a bolsa de viagem e foi para a porta.

— Por favor... — comecei.

— O quê? Você fez sua viagenzinha e agora sabe que me quer?

O Ator aguardou à porta, meio para dentro, meio para fora, esperando minha resposta. Eu o encarei, as palavras se formando na minha cabeça, sem sair um único som de minha boca.

❖

Passei algumas semanas sem saber do Ator e disse a mim mesma que era uma prova de que ele não servia para mim. Retomei minha rotina familiar de jantar com os vizinhos, as sessões de cinema com o Diretor e os domingos com Vincenzo. Até dediquei umas horas extras a meus estudos acadêmicos. E em meus devaneios, o Intelectual Sr. X fazia o personagem principal.

Não pude encarar as complicações de um adeus adequado com o Ator. Era mais fácil cortá-lo de minha vida. Meu compromisso era com o caminho de menor resistência, e nada podia mudar isso. Nem mesmo a carta do Ator, que chegou um mês depois de nos vermos pela última vez.

❖

Minha querida

Nas últimas semanas, andei tentando escrever uma carta que expressasse meu amor, minha amizade e admiração. Tenho as palavras que você escreveu no Dia dos Namorados e penso "eu devia fazer isso bem; devia fazer direito", porque eu nunca me abri tanto, nem tão fundo, com ninguém antes de você. Isso me assusta, mas não quero perdê-la.

Fui inseguro, e sei no fundo do coração que o jeito de passar por isso é com coragem, respeito e sinceridade, em vez de tentar restringi-la e limitar suas ambições. Não posso controlá-la e não quero fazer isso. Não quero que você afaste seus sonhos e idéias de mim para que eu não me aborreça. Os duplos padrões pelos quais tenho vivido me atordoam. Quero ser seu amante e amigo, e não ficar passional demais com seus relacionamentos. Por favor, seja paciente. Estou explorando um terreno que não conheço.

Sinto muito a sua falta. Quando não estou do seu lado, deito na cama e penso em você com seu pijama rosa, e me sinto perto de você. Quero sua boca, seu corpo, seus braços, suas mãos, suas pernas, seus pés, seus olhos. Quero seu coração, e nenhum outro.

❖

A carta do Ator foi um presente que eu não estava pronta para receber e, desamparada por minhas concepções idealizadas do Homem Perfeito, deixei passar o amor autêntico que ele estava me oferecendo. Na disposição de fazer a parte dele com as dificuldades de nosso relacionamento, o Ator tinha admitido suas imperfeições, que, eu disse a mim mesma, eram o motivo para eu não poder me comprometer com ele. Em toda a vida eu tive certeza que meu destino era ficar com um homem perfeito e, como a sorte me revelaria, eu finalmente o havia encontrado.

Desde o casamento no Colorado, o Intelectual Sr. X ficou na minha cabeça na maior parte do tempo, em particular porque ele não tinha entrado em contato comigo, o que não era nada coerente com seus avanços durante a viagem. Demonstrando comedimento, esperei pelo telefonema dele. Depois de seis semanas, não pude suportar mais. Liguei para ele numa noite de domingo — teria sido uma desgraça social ligar num sábado ou, pior ainda, numa sexta à noite. Disquei o número, o telefone tocou e eu estava prestes a desligar quando ele atendeu com um alô animado.

— Oi, sou eu — disse eu.

— Ah, sim, oi. Que engraçado. Eu estava pensando em você. Como está? — A voz se suavizou. Pensei que ele estava alegre em me ouvir.

— Muito bem...

— Olhe, estou no banho. Posso ligar quando sair?

Que banho! Ele não ligou nos seis dias seguintes, mas seu convite para uma festa elegante no centro quase compensou isso.

Nos meses seguintes, minha vida amorosa patinhou, sustentada por interlúdios ocasionais mas sempre apaixonados com o Intelectual Sr. X. Ele me convidava às festas mais pródigas e no final da noite voltávamos para o apartamento dele para transar ao lado de uma lareira de lenha falsa, mas chamas de verdade. Nos tapetes de pele, deitávamos lado a lado, as sombras e a luz do fogo brincando em nossa pele cremosa. Às vezes abríamos outra garrafa de vinho, às vezes conversávamos. Mas sexo era o que fazíamos melhor. Era de Verdade, tenho certeza. O centro de meu coração se abria para ele. Não era possível, eu raciocinava comigo mesma, que o corpo mentisse. Não era possível que eu tivesse esses sentimentos sozinha. Ele tinha de sentir o mesmo... mas, se sentia, o Intelectual Sr. X não demonstrava. Ainda tínhamos momentos extraordinários, ainda nos divertíamos e, como eu estava grata por sua atenção ocasional e seu tempo, me acomodei ao silêncio dele. Uma carta de minha irmã mudou tudo. O namorado dela tinha proposto casamento, ela aceitara e não há nada como o casamento de uma irmã para colocar em perspectiva suas idéias de irmã solteira.

Da noite para o dia, minha vida agitada na cidade tinha perdido o brilho. Era hora de eu observar as escolhas que tinham transformado a vida da minha irmã e, antes de pegar o avião para Los Angeles, comprei um caderno para registrar seus hábitos saudáveis. Eu estava otimista que, se pudesse adotar o jeito dela, também podia conseguir estabilidade.

Alguns dias antes do casamento, mudei-me para o quarto de hóspedes da casa em estilo colonial do empregador dela. Observei aturdida enquanto ela administrava a família ao mesmo tempo em que colocava no lugar os últimos planos para o casamento. "*Organização, disciplina, trabalho árduo*", escrevi em meu caderno.

O café-da-manhã ("*cozinha caseira saudável*") foi um dos momentos mais caóticos do dia, enquanto todos convergiam para a cozinha com suas exigências.

— Que suéter devo usar hoje? — perguntou o homem da casa, erguendo duas *cashmeres* para que minha irmã avaliasse. Minha irmã estava batendo ovos, ajudando o filho com o dever de casa e evitando que o filhote de cachorro mastigasse as sandálias Chanel mais recentes da esposa, mas ainda deu atenção a ele:

— Não tem como errar com o Ballyentine — disse ela ("*paciência, diplomacia*").

O homem desapareceu, entrando na cozinha momentos depois com a *cashmere* que minha irmã não tinha recomendado.

— Que carro acha que devo usar para ir ao dentista? — perguntou ele.

— O Rolls. Sabe que prefere esse.

Ele pegou um molho de chaves e saiu.

— Ele é uma graça — disse eu a minha irmã, mais tarde, enquanto dirigíamos pela Rodeo Drive no Rolls-Royce.

— Você acha?

— Acho. Alto, parece inteligente...

— Tão inteligente que não consegue se decidir. Sempre pede

conselhos, depois faz o contrário do que as pessoas dizem. Que tipo de inteligência é essa?

— O suéter que ele acabou vestindo...

— Era o que eu achava que ele devia usar. A mesma coisa com o carro. Se eu dissesse a ele para pegar o BMW, não teríamos o Rolls para nosso passeio, e isso é muito mais divertido para nós.

A lógica de minha irmã era inegavelmente eficaz. E o Rolls-Royce era elegante, com bancos vermelhos e de capota conversível, que minha irmã abriu com o botão para nos expor ao sol de primavera e ao olhar invejoso dos que passavam. Minha irmã tinha progredido muito.

— Não é arriscado contar com a contrariedade dele? — perguntei.

— Não, porque ele é sempre do contra. Eles têm tanto dinheiro e tanto tempo, que sem seus dramas diários passariam pela vida sem perceber. A tensão com coisa nenhuma, como a massagista se atrasando ou não ter o vinho certo no jantar, justifica a existência deles. Ficam tão traumatizados com os problemas da classe alta que tomam Prozac para atenuar as coisas, porque Deus os livre de realmente *sentir* alguma coisa. — O tom de voz da minha irmã ficou mais alto, como se as tensões da família tivessem invadido as cordas vocais dela.

— Como eles passam o dia?

— Nos assuntos cotidianos, eu decido. Para todo o resto, eles vão a um analista... três vezes por semana.

Minha irmã administrava a casa para aquelas pessoas perpetuamente indecisas como um barco, ordenando seus ocupantes como um capitão com sua tripulação. No entanto, o que mais me impressionava era que, embora ela ganhasse menos do que a conta mensal deles com a floricultura, em um ano ela havia economizado milhares de dólares. No mesmo período, eu tinha recebido muitos mais milhares de dólares e economizado precisamente nada.

Minha irmã se casou com seu homem da Califórnia em uma cerimônia simples a que compareceram alguns amigos, a família do marido, minha mãe e eu. Minha irmã estava serena, irradiando beleza, e o marido era inabalável. Enquanto andavam pela nave central, ele parou para beijá-la quando ela menos esperava. Minha mãe e eu ficamos de pé, lado a lado, as mãos dadas, apertando firme como se isso impedisse as lágrimas de rolar por nosso rosto.

No vôo de volta a Nova York, peguei meu caderno. Além dos traços de caráter que tinham me impressionado, acrescentei "*fé, confiança, amor, espontaneidade*". Depois escrevi "*Homem da Califórnia*" e me vi pensando (não pela primeira vez naquele fim de semana), em outro bom homem da Califórnia. Enquanto me ajeitava na esperança de dormir em meu lugar na classe econômica apertada, eu me perguntei se era tarde demais para fazer com que o Ator fosse meu.

❖

Assim que voltei para a cidade, liguei para o Ator. Uma mensagem na secretária eletrônica disse que ele estava em turnê com uma companhia de teatro e ficaria fora até o outono. De repente, todas as incertezas de minha vida ficaram esmagadoramente evidentes. Eu não era casada, não tinha um namorado adequado e não era atriz. Não tinha planos além da formatura — a menos de três meses a partir dali —, quando meu visto de estudante expiraria. Seis meses depois, eu seria uma estrangeira ilegal. O Diretor podia me salvar de me tornar uma pária social me escalando para um de seus filmes, mas isso parecia cada vez menos provável. Ele tinha feito três filmes desde que nos conhecemos e sugeriu que eu era perfeita para um papel, mas nunca me convidou para um teste.

Eu não podia continuar a esperar pela Grande Chance do Diretor e comecei a ensaiar para um teste a ser apresentado a agentes de atores. Estava disposta a ser apenas outra candidata a atriz andando pelas ruas de Nova York em busca de um trabalho no cinema.

Ao me preparar para o teste, treinei com outro candidato a ator, um nova-iorquino reacionário e campeão estadual de boxe peso-leve, que ainda usava as luvas de ouro em volta do pescoço como prova. Seu estilo de vestir era adequadamente brigão (Levis preta com a frente de couro, brinco de diamante, jóias de ouro pesadas) e ele parecia um Robert de Niro mais novo. Com inteligência e sensatez em igual medida, não havia nada que eu gostasse mais do que ouvi-lo falar. O treinamento físico tinha sido idéia dele depois de me ver improvisar uma cena, interrompida por nossa instrutora de interpretação me dizendo para tirar o vestido.

— Comece a cena do início e, desta vez, *seja mais vulnerável* — disse ela. De tênis brancos, fiquei de pé diante de meus colegas, um totem à vulnerabilidade.

— Da próxima vez em que ela disser para você tirar a roupa na frente de trinta pessoas, seu corpo vai explodir — disse Elvis a mim numa semana de nosso cronograma de treinamento. Nos encontrávamos todo dia para sessões que incluíam cobrir meu corpo de Vaselina e um saco de lixo antes de correr três vezes em volta da reserva.

Um mês depois, Elvis declarou que eu estava pronta para meu teste de foto. O trabalho árduo compensou quando o fotógrafo do

Diretor concordou em tirar minha foto. Na noite anterior, eu estava pronta para atordoar o mundo com meu corpo tonificado e rosado inglês, quando o fotógrafo ligou.

— Me pediram para não tirar sua foto — disse ele bruscamente.

— Quem pediu?

— A mulher do Diretor. Ela me pediu para não fazer isso como sinal de nossa amizade.

— Mas isso é loucura — argumentei, engolindo as lágrimas de raiva.

— Não quer dizer que eu não possa ver você. Eu podia lhe mostrar meu trabalho e lhe dar os telefones de outros fotógrafos.

O fotógrafo apareceu como combinado, com seu *book*, e ficou de pé junto à janela admirando a vista enquanto eu olhava as fotos dele, que incluíam atrizes famosas, muitas delas de topless.

— É esse tipo de foto que quer que eu tire de você? — perguntou ele, observando-me analisar os seios de uma das importantes damas americanas.

— Er, na verdade, não — murmurei, virando a página apressadamente e desalojando uma foto solta, que caiu no chão. Inclinando-me para pegá-la, eu me vi segurando o auto-retrato do fotógrafo. Estava de pé diante de uma cortina de renda, sem roupa nenhuma, um facho de luz batendo em seu pênis cavalar.

— Viu alguma coisa de que tenha gostado? — perguntou ele na cara-de-pau.

— Não. Mas obrigada por vir — respondi, mostrando-lhe a porta.

Se a mulher do Diretor não queria que o fotógrafo tirasse minha foto, era improvável que ela permitisse que o marido me colocasse no elenco. Mas eu não podia desistir de minhas grandes expectativas porque eu ainda fazia parte da comitiva do

Diretor. Encontrei outro fotógrafo, paguei algumas centenas de dólares por uma foto de meu rosto e pedi ao Diretor para me ajudar a escolher a melhor foto. Ensaiei cenas de peças que ele recomendou, continuei a acompanhar o trabalho dele, freqüentando as filmagens com Carla e Max, e sempre me juntava a eles para jantar depois.

Ser convidada para a primeira exibição privada do mais recente filme do Diretor sempre era um sinal de que a pessoa estava entre os poucos escolhidos. Mas, desta vez, assistindo com o público de elite, o ressentimento logo tomou o lugar de meu orgulho. Não só ele tinha escalado uma atriz inglesa, como a atriz estava dizendo minhas falas, cometendo meus erros e falando com seu professor de cinema do modo como eu falava com o Diretor. A única diferença da realidade foi quando a inglesa do filme dividiu um táxi com o professor de cinema e deu em cima dele.

— Devo dizer — comentei depois, tentando esconder minha indignação enquanto me sentava ao lado do Diretor no jantar — que a inglesa de seu filme tem uma vida muito parecida com a minha.

— Você acha?

— Acho. Especialmente quando o professor diz a ela para parar de perder tempo com crises de meia-idade e namorar um homem jovem.

— É uma história, só isso. Essa estudante de cinema representa a vida de muitas mulheres. — Imperturbável, o Diretor fatiou seu escalope de vitela e rejeitou o espinafre no vapor oferecido por um garçom que passava.

— A vida dela parecia tão familiar que chegava a ser sinistro.

— Cinema não é realidade — disse ele. — Até os documentários são necessariamente um tipo de ficção.

— E os documentos de ficção um tipo de verdade?

— É, mas a verdade de quem?

Ele era inescrutável. Não tinha sentido responder porque eu finalmente entendi que o Diretor era um mestre da dissimulação. Seu interesse em mim foi motivado por sua necessidade compulsiva de contar histórias e fazer filmes — e era assim que ele dava sentido a sua vida.

Talvez a natureza de nossa conversa tenha tirado a fome do Diretor, mas naquela noite ele estava pronto para ir para casa antes que Max e Carla terminassem o linguado.

— Vou pegar um táxi para a cidade, se alguém quiser uma carona — disse ele. Com a limusine e o motorista esperando do lado de fora, Max e Carla não estavam dispostos a dividir a conta do táxi com ele.

— Eu vou com você — disse eu. Todas as cabeças se viraram na nossa direção enquanto eu seguia o Diretor para fora do restaurante.

Sentamos no banco de trás de um táxi, preservando a cautelosa distância que sempre houve entre nós. Este era o momento de assumir o papel da atriz do filme dele, deslizar na direção do Diretor e dar aquele beijo nele. A idéia passou pela minha cabeça, mas não houve ação. A cena tinha sido interpretada no filme e não precisava acontecer agora, na realidade. Ficamos sentados, o Diretor e eu, castos até o fim, nossa conversa meio empolada sendo o único reflexo de nossa atração latente. Desci do táxi com um boa-noite educado e vi que nunca seria a mais nova atriz sensação do Diretor.

Assim que decidi enfrentar minha realidade, ela chegou toda de uma vez. A formatura aconteceria dali a algumas semanas, e nenhum dos agentes que receberam minhas fotos respondeu. Eu estava desanimada. Até o Intelectual Sr. X, uma presença na periferia de minha vida, não ligava há duas semanas. E então fiz o que jurei que nunca faria novamente. Entrei em contato com o Bilionário.

— Meus parabéns. Depois que se formar, poderá começar sua vida — disse ele, animado com as novidades.

— Só que serei uma estrangeira ilegal. Terei de sair dos Estados Unidos.

— Quer fazer um doutorado? Se quiser, podemos arranjar as coisas.

— E se eu não quiser?

— Vamos lhe mandar dinheiro para três meses e depois você vai ficar por sua conta, garota.

De repente, um doutorado parecia uma idéia soberba. Mas havia a perspectiva de mais três anos dependendo financeiramente do Bilionário.

— Obrigada — disse eu. — Você é sempre tão generoso, mas o que eu quero mais que qualquer coisa é ser atriz.

— Atuar é uma profissão muito concorrida. Você tem tanta chance de ser atriz como de voar pelo parapeito da janela — disse o Bilionário, levando nossa conversa a um final brutal.

Eu logo não poderia mais depender do Bilionário para as transferências mensais, nem para o aluguel. Minha formatura, a realização tão esperada de minha vida, marcou minha queda em desgraça. Vesti beca preta para receber o diploma, uma roupa sombria que prenunciou meu estado de espírito naquela tarde, quando me cadastrei numa agência de compartilhamento de apartamentos na Grand Central Station. Quando cheguei em casa, havia um recado esperando por mim, de uma senhoria em potencial. A voz dela era ferina e ela parecia exigente, mas eu fiquei grata.

Elizabeth Strickland trabalhava na casa de leilões Sotheby's e se interessou em dar uma olhada crítica no meu apartamento.

— Não vou poder aceitar móveis pesadões — disse ela, andando pela minha sala de estar com sua batata da perna musculosa. Elizabeth era alta e magra dos joelhos para cima. Era muito mais nova do que eu esperava. O par de brincos e as pérolas não combinavam com o cabelo louro desgrenhado e o "visual" era uma mistura de Sloane Ranger com Cabbage Patch Doll.

— Muito florzinha — disse ela, arrebitando o nariz para minha mesa de pinho. — Que pena que você não pode manter esta vista. De qualquer modo, adoro seu sotaque.

Deixei passar a probabilidade de neuroses de Elizabeth e assinei um acordo de seis meses para dividir seu minúsculo apartamento de dois quartos em cima de uma pet shop na Primeira Avenida com a rua 61. Meu quarto dava para a eternamente barulhenta Primeira Avenida e toda noite, enquanto tentava dormir, eu apreciava os muitos luxos que achei que eu desprezava em meus dias de porteiro. O silêncio na cidade era o primeiro, a segurança era o segundo. Revirando-me na cama de solteiro, eu tentava esquecer aqueles buracos de bala pontilhando a porta do prédio do outro lado da rua.

Ainda assim, minha vida não estava completamente condenada. Economizei o bastante do Bilionário para alguns meses de aluguel e tinha o encontro ocasional com o Intelectual Sr. X, e sobretudo tinha minhas aulas de interpretação e a amizade com Elvis. O jeito engraçado de Elvis levar a vida fazia dele o guia perfeito para minha nova Manhattan. Ele tinha percorrido a cidade nos últimos cinco anos, treinando boxeadores e estrelas de cinema e sabia tudo sobre como se virar para equilibrar as contas. Quando Elvis me disse para procurar um emprego, mantive os olhos abertos e, enquanto jantava com o Intelectual Sr. X em um restaurante francês, percebi um anúncio discreto: "Precisa-se de guarda-casacos." Estávamos em maio. Nova York estava esquentando. Os casacos eram raros, mas não me importei. Liguei para o restaurante na manhã seguinte e na hora do almoço estava parada num quiosque ao lado de uma placa que dizia: "US$1 por casaco". Evidentemente, nem todos os clientes conseguiam ler; depois que um grupo de quatro gastou quinhentos dólares no almoço e me deixou uma gorjeta de três dólares, eu juntei coragem para cobrar o dólar a mais.

— Desculpe, senhor, é um dólar por casaco.

— Eu lhe dei o suficiente pelo que você fez por mim — respondeu o homem do charuto.

Apenas alguns meses antes, eu tinha gasto numa roupa Ralph Lauren o que agora era equivalente a um ano de salário. Eu era a guarda-casacos mais bem-vestida de toda Manhattan, e muito provavelmente a mais pobre.

Minha renda semanal média era de cinqüenta dólares, enquanto os garçons ganhavam pelo menos 1.500 com as gorjetas. Eles ficavam cheios de dinheiro e exaustos, então um dia eu os convenci a me treinar para trabalhar no salão. Mas a gratidão deles por outro par de mãos não sobreviveu à partilha das gorjetas. Negociamos e eu concordei em receber só as gorjetas dadas diretamente a mim. Era um acordo perfeito e por um tempo o restaurante tornou-se o centro de minha vida. Eu me sentia parte de uma família comendo com o *chef* e os garçons a comida mais deliciosamente simples que qualquer outra servida aos clientes. Relaxávamos antes de cada turno, como uma trupe de artistas, enquanto o dono pegava as reservas na frente e verificava se cada mesa estava perfeitamente posta antes de botar o espetáculo na estrada.

O *chef* francês ficava nos bastidores produzindo pratos da *nouvelle cuisine* apresentados por garçons que impressionavam os elegantes nova-iorquinos com seu serviço eficiente. Fiz o máximo que pude para acompanhar o ritmo. Depois de um começo arrastado, tornei-me tão bem-sucedida sozinha que logo estava ganhando quinhentos dólares por semana. Os outros garçons começaram a competir comigo, chegando antes de mim nas mesas e levando coquetéis a clientes que tinham feito pedidos a mim. Não demorou muito para que a velocidade deles no restaurante me tirasse do trabalho no salão e eu fui despachada ao guarda-casacos e aos cinco dólares por dia.

O verão na cidade não era o mesmo sem o ar-condicionado e a vida com a Sloane Cabbage Patch Doll estava cada vez mais miserável. Numa noite, eu cheguei em casa e a encontrei usando minhas roupas, preparando-se para um encontro às cegas com um homem que ela pegou na seção de solteiros da *Harvard Review*. Acho que foi a única vez em que gritei com ela, mas ela ficou firme e saiu de qualquer jeito com a minha roupa. Meus dias eram passados no restaurante, a maioria das noites também, o que me permitia evitar minha colega de apartamento. Resistindo à idéia de me apaixonar pelo *chef*, concluí que era mais seguro sonhar com um namorado romântico que me levaria para o campo com seus rios e espaços. O Intelectual Sr. X continuava a ser meu encontro favorito depois do jantar, mas ele ficou ansioso demais com minha fortuna decadente até para falar sobre isso. Embora não houvesse dúvidas da atração entre nós, sua preferência por mulheres bem-sucedidas, estabelecidas e indisponíveis era um problema. Eu era uma candidata a atriz, uma garçonete fracassada e prestes a me tornar Estrangeira Ilegal. Bem que poderia estar escrito "disponível" na minha testa.

❖

Minha querida irmã

Parabéns por engravidar tão rápido. Sua vida está indo tão bem. Queria poder dizer o mesmo da minha.

Minha instrutora de interpretação me colocou em alguns testes com agentes que estão dispostos a trabalhar com "novos" talentos. Espero deslumbrar a todos eles com meu monólogo de A Educação de Rita. *Depois eu conto como foi.*

Desculpe pela demora em colocar esta carta no correio para você. Os testes não foram nenhuma surpresa. Ali estava eu, preparando o momento de clímax de Rita e a agente estava ao telefone discutindo onde ia jantar, e se ela devia comer Marinara ou Bolonhesa na massa. Quando ela desligou, olhou para mim e gritou: "Foi um longo dia, mas você está aqui agora, então comece quando estiver pronta."

Depois eu vi outra diva do West Side, uma lésbica gorducha que usava o telefone como um fone de ouvido e não saiu do computador nem parou de falar com um produtor de Los Angeles quando entrei. Só o que ela queria saber era se eu estava disposta a fazer cenas de nudez, e nem sorriu quando disse que ficar nua era imprescindível. Estou desesperada para atuar, mas não tão desesperada.

Na noite passada, fui à pré-estréia de um filme com um homem que trabalha para a maior agência do mundo. Eu o conheci no início da semana, e ele era cortês de um jeito cansado, e não falou de nudez, o que já era alguma coisa. Imagine que ele nem pediu para ver meu monólogo. Simplesmente disse que eu tinha "chegado lá" e que, se eu perdesse cinco quilos e aprendesse o sotaque americano, podia ser a próxima Geena Davis. Perguntei: "Por que eu ia querer ser a segunda Geena Davis quando posso ser a primeira eu?" Ele riu, mas eu falava a sério.

Só fui na pré-estréia porque nunca se sabe quem você vai conhecer nessas noites de gala. E é claro que, entre os vips *de*

Nova York, sentado num mar de louro e fumaça de cigarro, estava o Intelectual Sr. X. Eu não me aproximei o bastante para uma conversa. Graças a Deus. O agente tinha acabado de derrubar vinho tinto no meu vestido, depois nervosamente deixou escapar que era divorciado e estava pronto para um novo relacionamento — comigo!

Cheguei a Nova York com tantos sonhos, mas nada acontece para sustentá-los. Provavelmente esta é a melhor cidade do mundo (embora eu também adore Paris e Londres), e eu queria ser atriz aqui. Dilacera meu coração dizer isso, mas nada me prende em Nova York a não ser a esperança, e estou quase sem ela. Estou ficando drenada e tenho medo de admitir a derrota em breve.

Com amor.

Oito

Ele

Um mês depois de escrever para minha irmã, voltei a Londres, aluguei um quarto na Goldbourne Road e encontrei um emprego de garçonete. Trabalhei num restaurante minimalista em Notting Hill com um interior severo que refletia o meu próprio enquanto tentava me adaptar a uma cidade diferente. Entre os turnos de trabalho, saí em busca de um agente de atores e por fim aconteceu: uma agente assinou comigo.

Minha agente — eu ainda adoro essas palavras — era do tipo teatral antiquado e a primeira pergunta que fez não foi sobre minha disposição de fazer cenas de nudez. Ela me estimulou a ser séria ao interpretar, mas também era realista, e me mandou a testes para comerciais de ração para gatos e pasta de dentes.

— Nunca se sabe onde ou quando terá uma chance, então continue tentando — dizia ela sempre que nos falávamos.

Parecia um castigo viver num ritmo mais lento com meus próprios meios. Encarando a realidade, percebi por que eu a evitava. Eu estava de luto pela perda de grandes sonhos e grandes paixões e rezava para ter força para apresentar uma fachada otimista ao mundo.

— Sempre fica mais escuro antes do amanhecer — diria minha agente, o que me animava, porque certamente estes eram os dias mais escuros. Os papéis eram raros e, quando chegavam, eram para produções independentes de baixo orçamento que não pagavam o suficiente para cobrir meu aluguel. E depois, num capricho, um agente de elenco, um produtor, um diretor, um diretor de publicidade *e* um cliente, todos concordaram que eu devia receber oito mil libras para fazer um comercial de televisão de um café instantâneo. Eu podia parar de ser garçonete. Podia também fazer testes para peças tão à margem que nem chegavam a ter uma crítica no *Time Out*.

Minha concepção do dinheiro tinha sofrido uma mudança drástica desde minha saída do Upper East Side de Nova York. Agora eu me considerava rica se pudesse ganhar em três meses o que o Bilionário costumava me dar em um envelope branco. Mas, por algum motivo, o pouco dinheiro que ganhava estava durando mais.

Eu me esqueci das lojas da Madison Avenue. Descobri brechós onde comprei vestidos fantásticos por vinte libras e concluí que a alta costura que eu tanto adorava agora era arrogante demais para mim. Meu Valentino foi doado à caridade.

Foi um alívio não trabalhar mais de garçonete, mas, sem o restaurante, eu tinha uma vida sem gente. Eu não estava em Londres há tempo suficiente para ter amigos de verdade e os testes eram exercícios solitários.

Minha agente me convidou a um almoço de domingo para me apresentar a "um pessoal legal de Londres", onde eu conheci a sobrinha dela, Phoebe — a mulher casada que era extraordinária por muitos motivos, principalmente porque ajudava membros solteiros do sexo dela. Foi Phoebe que me convidou à festa na

Eaton Square onde conheci o Virgem. No final daquele caso, eu estava novamente solteira, mas também grávida de um homem irrecuperável.

Não duvidei nem por um segundo que eu teria o bebê. Não seria a primeira mãe solteira e, quanto à reprovação de minha mãe, eu sabia que poderia contar com ela depois que visse o neto.

Meu maior dilema era sobre o pai da criança. Eu não conseguia decidir se devia contar ao Virgem antes ou depois de dar à luz que o filho era dele. No fim, fiquei tão confusa sobre a coisa certa a fazer que não fiz nada. A única contribuição dele foi minha inseminação acidental e, como era eu que ia ficar com o bebê, me senti justificada em manter a criança em segredo.

Mas depois de dois meses a mentira se tornou aflitiva demais. Os genes não são distribuídos de acordo com o esforço dos pais e, comparado com a mãe, o papel de qualquer pai durante a gravidez é desprezível. Era irrelevante que o Virgem não contribuísse para o crescimento do feto dentro de mim — nenhum pai podia fazer isso. Eu tinha de aceitar que biologicamente a criança era dele e minhas emoções eram irrelevantes. Comecei a escrever uma carta a ele, mas o e-mail parecia mais adequado. Pelo menos ele estaria sentado quando lesse a novidade.

"Assunto: Parabéns."

Não era hora para ironias.

"Assunto: Você está prestes a ser pai..."

Também não era direito.

"Assunto: Grav..."

Esqueça isso.

"Assunto: Paternidade."

Errado de novo.

Reconhecer o papel dele era procurar encrenca. Eu me preocupava que ele tivesse o direito de exigir que criássemos o filho "dele" juntos. O melhor curso de ação era Nenhum Contato. Eu não podia encarar tomar uma xícara de chá com o Virgem, que dirá a responsabilidade por outro ser humano, e assim rezei para que, quando chegasse a hora, eu estivesse preparada para ser mãe solteira.

Eu não estava preparada era para o sangue e a dor quando, aos três meses de gravidez, eu me vi hiperventilando, tendo contrações e por fim abortando espontaneamente meu bebê. Recuperar-me do choque físico foi mais fácil do que me recuperar do vazio deixado por um feto que não era maior que uma tampa de caneta, que continha todos os elementos para a vida, exceto a própria vida. Por semanas depois disso, eu me senti exausta, roubada, um fracasso.

❖

Era Natal e época de ir para casa para a Missa do Galo, os corais e para minha mãe amorosa. Haveria também a televisão periódica, muita comida e Harold e Phyllis — os vizinhos geniosos com seus 80 anos que raptavam minha mãe para o Natal desde que minha irmã e eu saímos de casa.

Durante o dia, Harold ficava sentado na grande poltrona, lendo o jornal, rolando a dentadura entre as gengivas e bebendo gim caseiro direto da garrafa, devolvendo uma parte à garrafa para não ter de dividir. O velho era cruel, a esposa, cheia de ressentimento, e juntos eles devoravam o espírito generoso de minha mãe.

Em um dia de Natal ameno, tínhamos ligado a lareira a gás para Phyllis, que sentia frio e, num calor sufocante e tropical, comemos peru no almoço. Incapaz de enfrentar mais comida ou televisão, eu me retirei para o quarto e me sentei no escuro com a janela aberta, respirando o ar limpo, olhando para a nogueira desfolhada, quando o telefone tocou.

— Feliz Natal. Pensei que estivesse nos Estados Unidos. — Eu reconheci a voz imediatamente.

— Agora estou em Londres.

— Sinto falta...

Enquanto ele se interrompia, eu me vi esperando que dissesse "de você".

— Eu realmente sinto falta da comida da sua mãe — disse ele. Meu coração afundou.

— Onde você está?

— Perto, na casa dos meus pais. Estava pensando em você... em vocês todos... e em dar uma passada aí.

— Venha a hora que quiser — disse eu com um entusiasmo que me surpreendeu.

— Amanhã de manhã, então. — Ele foi o primeiro a desligar.

Voltei para o quarto, deitei na cama de solteiro no escuro e me lembrei da noite em que conheci meu ex-marido. Pela primeira vez considerei a humilhação que tinha lhe causado quando fugi da ilha, deixando-o para encarar os colegas e alunos. Quem sabe o tempo tinha curado o passado? Talvez, depois de todos esses anos, eu estivesse pronta para ser a esposa dele; o magnetismo de uma vida não vivida não era mais capaz de me distrair.

Mais tarde, naquela noite, enquanto minha mãe fazia mais tortas de carne, tentei parecer casual quando disse a ela que meu ex-marido vinha fazer uma visita. Mas o nome dele agarrou no fundo da minha garganta e minha mãe parou, a colher suspensa.

— Ele vem aqui?

— Vem, para me ver. Para nos ver.

— Ah, querida — disse ela, e me deu um abraço envolvente.

❖

Quando ele bateu à porta, atendi com a mesma expectativa que senti aos 17 anos de idade. E, como antes, ele deu um passo para trás, saindo do degrau para o caminho de cascalho, como que para me ver melhor. Por um segundo, tive saudade de tudo o que tinha sido constante em mim naquela época do passado. Senti falta de minha convicção juvenil. Depois, com o olhar adulto, analisei meu ex-marido. Ele não estava menos atraente, seu rosto ainda franco, o sorriso largo, mas de certa forma parecia simplesmente... menos.

Levei-o até a sala de estar, onde nos sentamos no sofá lado a lado. Harold e Phyllis viraram suas poltronas da televisão para nós, como se fôssemos uma diversão alternativa. Eu não liguei. Entre mim e meu ex-marido havia uma tranqüilidade e uma intimidade que vinha de termos nos amado. Ele ainda fazia parte de minha família e de minha vida. Em pouco tempo percebi que ele era meu melhor presente de Natal.

— Quando voltou para a Inglaterra? — perguntou ele enquanto eu apreciava a forma de sua boca como se fosse a primeira vez.

— Há quase dois anos.

— E conseguiu se formar?

— Certamente que sim. — Eu me senti orgulhosa. Seus colegas acadêmicos não podiam mais me intimidar.

— O que está fazendo em Londres?

— Ultimamente nada a não ser testes. Mas vou fazer uma peça.

— Onde, no West End?

— Claro que não. Um teatro no andar de cima de um pub em Islington.

— Atuar é um negócio instável. Esqueça isso. Comece uma família. Você daria uma ótima mãe. — Olhei para o chão.

Nem minha própria mãe sabia que eu tinha engravidado uns meses antes.

— Não posso me metamorfosear em uma família instantânea — disse eu, mordendo o lábio inferior. — É preciso um casal para ter bebês. Entenda, só porque fomos casados não... — eu parei. As palavras escaparam da minha boca antes que eu tivesse a oportunidade de pensar nelas.

— É por isso que eu estou aqui... — A idéia de que ele estava prestes a me propor casamento diante de Harold e Phyllis me fez endireitar a coluna e erguer o peito como se estivesse aceitando uma condecoração.

— Mais café? — perguntou minha mãe quando apareceu na sala de estar.

— Seria ótimo — disse meu ex-marido calorosamente e, olhando para ele naquele momento, eu estava pronta para dizer "aceito".

— Na verdade, eu queria que vocês soubessem — disse meu marido a minha mãe antes de ela desaparecer na cozinha. — Eu queria que vocês soubessem — disse ele novamente, virando-se para mim. Então era isso, pensei, minha cena de redenção. — Vou me casar.

Engasguei.

— Quando?

— Amanhã.

Enfiei os dentes no lábio inferior, tirando sangue.

— Que coisa maravilhosa — guinchei.

— Acho que será. Vai ser ótimo. Quer dizer, vamos ficar ótimos. Ela está grávida, entende, e só parecia a melhor coisa a fazer, sabe como é, casar.

Eu sorri, tentando esconder o efeito das novidades dele, e meu ex-marido foi educado o bastante para não perceber que eu estava chorando. Ele manteve o foco nas tortas de carne e depois de um prato inteiro disse que realmente tinha de voltar para a casa dos pais. Caminhamos até o carro dele. Estava chovendo e, de uma macieira, um melro cantou no monótono dia de inverno.

— Desculpe por meu choro ridículo — disse eu.

Meu ex-marido pôs os braços em volta de minha cintura e me abraçou forte, atraindo meu rosto para seu ombro, onde senti o cheiro do frescor de sua pele.

— Não espere — disse ele. — Escolha um cara decente e comece a sua vida.

Acenei um adeus para ele, parada na rua muito depois de ele ir embora, adiando meu retorno à cozinha. Minha mãe estava chorando e mexendo o molho — vegetais fervendo, o vapor subindo, o almoço quase pronto, ninguém com fome.

— Outra pessoa vai ter o seu bebê — disse ela, olhando com uma expressão vazia pela janela, anestesiada pelo dia.

❖

Fugir sempre esteve em primeiro lugar na minha mente, mas agora não havia lugar nenhum aonde correr. Eu tinha de parar. E depois que parei, chorei. Chorei pelo fim de meu casamento, por meu aborto, pelas decepções e sonhos não realizados. Depois que as lágrimas caíram, foram substituídas por uma barragem aberta de raiva e indignação. Eu não conseguia acreditar que meu marido tinha insistido para eu deixar de atuar, o único prazer de minha vida e minha maior paixão, e aceitar a proposta do primeiro homem "decente" que aparecesse, proclamando assim o começo de minha vida. Parecia o conselho dado por uma tia velha de um romance do século XVIII e me deixou com mais raiva ainda porque era um ideal romântico que eu acabara de superar. Posso ter freqüentado uma das universidades mais progressistas dos Estados Unidos, mas era preciso mais do que ciências humanas para me curar do romantismo piegas e me dar ideais mais substanciais. Agora eu entedia que a esperança de encontrar um homem inteligente, sensível, sensual, solvente e com senso de humor não era simplesmente condescendente, era fútil. Era mais provável conseguir a paz mundial.

Eu sabia que a resposta era viver comigo mesma e não me sentir um fracasso porque eu não tinha encontrado minha "alma gêmea". E assim me concentrei em um dia de cada vez, resistindo aos medos com relação ao futuro, rezando para agradecer por minha vida ser exatamente como era.

— Querida, meus parabéns. Você é o novo rosto da Baby Bots — disse minha agente com sua voz de cinqüenta-por-dia.

— Isso é bom?

— Absolutamente ótimo. Você está quase famosa.

— Para lenços umedecidos para bebês. É um bom começo de carreira?

— Querida, que carreira?

Depois de três anos de testes, eu tinha de aceitar que nunca sairia da margem.

— Eles querem uma resposta hoje. Sugiro que concordemos.

— Tudo bem...

— Isso é um sim?

— É.

— Querida, vou conseguir o melhor acordo que já fiz. Você vai ficar rica.

Minha agente era boa com as palavras. O comercial para fraldas estava prestes a me fazer ganhar mais dinheiro do que eu já ganhara. Só o que eu tinha de fazer era sorrir para a câmera, segurar um bebê em uma das mãos, um lenço na outra e dizer: "Nós dois temos as bochechas mais macias do mundo." Corte para o bumbum do bebê acariciado com um lenço umedecido, depois um *close* no meu rosto com um lenço umedecido, enquanto eu recito "Olhe como somos macios". Nesse Eliseu, tudo era completamente branco e meu cabelo brilhante voava na brisa de uma janela aberta. Todo mundo via que era um anúncio para mães solteiras, mas a Baby Bots ficou tão impressionada que tornou a campanha global. Fotos em que eu segurava um bebê perfeito apareceram em ônibus e cartazes em todo o mundo.

Assinei um contrato de três anos com a Baby Bots e me mudei da Goldbourne Road para meu próprio apartamento no Stanley Crescent, dando para a praça. Comecei no teatro marginal, aceitando que eu ficaria ali para sempre, e passei a ensinar teatro no Presídio Holloway. Até escrevi uma peça de um ato. Quase imperceptivelmente, minhas preocupações passaram de procurar um vida social para criar uma vida interior. Eu não percebia mais quanto tempo passava sozinha. Então, numa noite de sexta-feira, indo para casa depois de um serviço religioso em minha igreja, percebi que essa era a minha idéia de sair à noite.

Eu tinha dominado a arte da solidão e minha vida estava sob controle, e no entanto havia momentos em que eu quase invejava minhas prisioneiras alunas de teatro trancadas juntas, com uma companhia garantida. Meu maior teste parecia ser manter a paz que encontrei sozinha enquanto ao mesmo tempo me relacionava com os outros — em particular com um outro homem significativo. Às vezes eu me sentia preparada para tentar novamente.

Mas mesmo com a melhor das intenções, eu não podia ter

certeza de que não cometeria os mesmos erros. Meu afrodisíaco tinha sido a indisponibilidade de um homem e, na rara ocasião em que esse padrão mudava com o homem preparado para avançar, eu reagira como se fosse eu o homem indisponível. Decidindo que eu ainda não confiava em meu julgamento para me apaixonar por um tipo de homem diferente, ou para me comportar de outra forma, optei pela reclusão. Dediquei-me a rezar para limpar minha alma e a uma terapeuta psicanalítica sensata para organizar minha cabeça. Um dia, ninguém podia me dizer quando, eu queria romper o ciclo que tinha prevalecido em meus relacionamentos com os homens.

❖

Minha querida irmã

Amanhã vou fazer compras para as meninas e vou acrescentar estas cartas no pacote de aniversário delas.

É estranho voltar a Londres depois de quase um mês. Se eu não tivesse de trabalhar amanhã, teria ficado mais tempo em Marrakesh e no Alto Atlas. Tenho sorte de poder chegar e sair sempre que quiser. No outro dia, eu me perguntei se toda a minha vida foi baseada numa necessidade inconsciente de preservar minha liberdade. Isso não parecia tão ruim até que eu ouvi que "a liberdade é só outra palavra para não ter nada a perder".

Estou cansada da busca interior. Quem disse que a vida não examinada não vale a pena ser vivida? Bom, examinei toda a minha vida. Toda a busca e determinação a ser consciente é trabalho pesado e a vida não ficou menos misteriosa.

Concordo com você que o aperfeiçoamento pessoal pode se tornar narcisista. É hora de eu ajudar os outros — outros fariam isso. Vou trabalhar no presídio novamente na semana que vem, o que será recompensador, mas mal pode satisfazer minha necessidade de relacionamentos. Estou pronta para alguma coisa um pouco mais íntima do que um grupo de vinte prisioneiras.

Ainda não estou preparada para uma vida de isolamento. É preciso tanto esforço para me sentir completa sozinha — minha agente diz que é porque só os cães velhos podem ficar sós, mas andando no parque ontem, me parecia que até os cães velhos preferem ter companhia.

Vou reservar minha passagem para a Califórnia em breve. Mal posso esperar para ver você novamente.

Com amor.

❖

Escondi de minha irmã um segredo triste que vinha à superfície brevemente na mesma época todo ano. A diferença de idade entre minhas sobrinhas era de três anos e uma semana, e era um de meus prazeres visitar a loja de brinquedos do bairro e mandar um gordo pacote de aniversário para os Estados Unidos. Toda vez que eu escolhia os presentes, eu me arrependia de não ter um filho meu para comemorar. Nesse ano, a sensação me atingiu quando eu estava curvada para uma prateleira baixa para pegar uma caixa de pintura decorada com golfinhos saltando de um mar de cristal. Um aperto na garganta anunciou sua chegada quase previsível, e ali eu ansiei pela sinceridade de uma voz infantil e uma mão confiante na minha.

Eu sabia que a caixa de pintura agradaria à minha primeira sobrinha. A gaveta secreta na base da caixa me fascinou e, procurando para ver se tinha alguma coisa dentro, esbarrei de costas num carrossel de brochuras que vacilaram instáveis enquanto os livros voavam no chão.

— Pai, cuidado! — gritou um menino magro, saltando para o lado. O pai do menino não foi tão rápido. Ainda estava de joelhos e de costas para a estante que caía quando foi atingido na cabeça.

— Que porra foi essa? — gritou ele, enquanto se levantava, e não parava nunca de se levantar. Era incrivelmente alto.

— Me desculpe. Nem acredito que fui tão desajeitada. — Eu corei.

— Estamos bem, não é, pai? — disse o menino. O garoto tinha olhos azuis-claros e a pele clara. Olhava intensamente para o pai para ver se não estava machucado.

— Claro. Estou bem — disse o pai. Ele pareceu tonto e aninhou a cabeça com as duas mãos entrelaçadas atrás do pescoço enquanto torcia o nariz. Olhamos os livros espalhados no chão. Eu me ajoelhei para juntá-los e o menino estava do meu lado empurrando-os numa pilha.

— Desculpe — sussurrei eu.

— Pare de pedir desculpas. Meu pai é forte, ele pode agüentar. Eu li esses livros na escola. Este é uma porcaria — disse ele, erguendo uma coletânea de poemas sobre sapos. Ele pegou outro livro. — Mas você devia ler este aqui. É cruel.

O pai assomou diante de nós, esfregando a nuca, mais de confusão com a cena do que de dor. Era alto demais e estava longe demais para se ajoelhar para ajudar.

— Mas que pancada. — A mulher que gerencia a loja correu para nós. — Seu filho está bem? Ele não se machucou? — perguntou ela a mim.

— Foi comigo. Ele está bem. — O pai do menino sorriu e fiquei grata por ele não sentir a necessidade de corrigi-la. — Nada como uma pancada na cabeça de manhã para saber que estou vivo.

Mas você devia grudar essa coisa no chão antes que mate alguém. — Ele ergueu a estante com uma das mãos.

— Vou procurar martelo e prego agora mesmo — disse a gerente.

— Espere um pouco. Estamos procurando o último Playstation.

— Ali — apontou ela.

— Bem debaixo do meu nariz — o pai riu, foi mais um muxoxo, e pegou o *game* da prateleira.

— Pai, não esqueça que você disse que vai me dar um War Hammer — disse o menino, a caminho da caixa registradora.

— Agora não, Frank. Vou lhe dar o War Hammer na semana que vem.

— Eu posso comprar. Tenho dinheiro. Quanto eu tenho? Ou você gastou?

— Ei. — Chamei o pai e o filho, mas eles estavam presos numa discussão sobre finanças. Hesitei, depois gritei: — Ei, Frank. — O menino se virou, a sobrancelha franzida enquanto tentava entender como eu sabia o nome dele. — Esqueceu isto aqui. — Eu ergui a bolsa esportiva dele.

O pai de Frank pôs o dinheiro no balcão, deixando o filho para pagar, e veio na minha direção.

— Obrigado — disse ele.

Nós nos olhamos. Era um homem de tamanha estatura que eu me esqueci que estava segurando a bolsa de Frank. Ele olhou para mim e naquele segundo senti a possibilidade de algo mais do que um adeus. Ele esperou, depois tomou posse da bolsa verde-escura.

— Espero que eu não...

— Pai! Estou com fome — gritou Frank e eu larguei a bolsa. Não há nada entre nós agora. Só formalidades.

— Ainda não tomamos o café-da-manhã — o pai de Frank me explicou.

— Fico feliz em não ter machucado você.

— Não machucou, não mesmo. — O rosto dele se enrugou numa espécie de sorriso e acho que ele piscou para mim. Depois ele seguiu o filho, saindo da loja.

❖

Depois que escolhi para minha sobrinha mais nova uma tiara de diamante, postei o pacote. Ainda havia tempo para tomar meu café-da-manhã preferido. O Tom's estava cheio, como sempre está num sábado, e fiquei de pé na fila esperando uma mesa.

— O cardápio do café-da-manhã termina em dez minutos. Últimos pedidos para o café-da-manhã. Alguém está sozinho? — perguntou Lindsay, a chefe das garçonetes, andando pela fila.

— Eu. — Às vezes há vantagem em ser simples.

— Não se importa de dividir uma mesa?

— Não — menti, porque em geral adoro o luxo de uma mesa sossegada só minha numa cafeteria ocupada. Mas meu impulso por um *latte* e um *muffin* superou minhas preferências.

— Pode se sentar com a gente — interrompeu uma voz baixa.

— Tudo bem para você? — perguntou Lindsay. Eu olhei a mesa, e lá estava Frank olhando para mim com os olhos azuis e sérios.

— Oi, Frank. Tem certeza que não se importa? — perguntei, olhando para o pai dele.

— A gente não se importa, de jeito nenhum, não é, pai?

O pai do menino estava ao telefone, mas sorriu e assentiu na direção da cadeira vazia. Foi como se eu tivesse sido ordenada a sentar, e foi o que eu fiz.

— Rouba montinho? — propôs Frank. Um baralho estava espalhado pelo lado dele da mesa, disposto num jogo que ele mesmo inventou. — Não é muito divertido jogar cartas sozinho — disse ele.

Na metade de nosso primeiro jogo, que ele venceu, Frank disse:

— Você é a mamãe da Baby Bots, né? Eu vi você na TV nos comerciais daqueles lenços umedecidos.

— Sou eu. Mas o bebê não é meu — disse eu.

— Então você não é casada nem é mãe, nem nada?

— Não. É tudo faz-de-conta.

Jogamos outra partida de rouba montinho. Eu perdi novamente e pedi um *latte* e um *muffin* de blueberry e chocolate branco. Então o pai de Frank saiu do telefone.

— Você está nos seguindo. Que prazer — disse ele, e desta vez ele realmente sorriu.

Era um homem que não se importava com olás e seus olhos brilharam — particularmente quando a comida chegou. Frank tomou um milkshake de marshmallow e waffles com mel, e o pai comeu um prato de tudo frito e um café pequeno.

— A dieta começa amanhã — suspirou o pai, empanturrando-se. Ele estava prestes a fazer uma pergunta, ou assim parecia, quando o telefone dele tocou. Falou enquanto comia.

Frank ergueu as sobrancelhas e olhou para mim.

— Na maioria dos dias depois da escola a gente vem aqui para um lanche porque fica bem do lado do nosso ponto de ônibus. — Ele fez uns gorgolejos altos pelo canudinho enquanto sugava o resto do milkshake. — Você pode tomar chá com a gente, se quiser — disse Frank, que era um nome adequado para um tagarela.

— Quer outro milkshake? — ofereci.

— Tá — grunhiu ele. — Vale uma refeição sozinho, vale mesmo. Nosso ônibus é o número 52 — disse ele, me dando a informação como se quisesse que eu esbarrasse com eles novamente. E eu não teria me importado com isso. Gostei do jeito do pai de Frank e quase pedi outro *muffin* para ter motivo para ficar até que ele largou o celular. Eu me detive bem a tempo. Se o homem não estava interessado o suficiente para largar o celular enquanto eu estava ali, eu não queria me envolver.

— A gente se vê — disse eu a Frank, levantando-me e olhando para o pai dele.

— Espero ver você de novo — disse Frank. A expressão dele era tão cativante que eu me sentei novamente, perguntando-me em que fase o entusiasmo infantil é substituído pela indiferença.

— Quantos anos você tem? — perguntei.

— Onze... daqui a três meses — disse Frank.

— Gosta da escola?

— Na maior parte do tempo. Gosto mais de esportes. Ontem meu professor disse que eu era atlético.

— Isso é ótimo.

— Eu sempre quis ser atlético. Meu pai precisa ficar atlético. Ele está meio gordo. Não acha que ele está meio gordo?

O pai de Frank pegou meu olhar por cima de sua conversa e sorriu com a minha situação difícil. Todos podíamos ver que ele precisava perder uns quilos. A questão era se eu seria sincera ou diplomática.

— Acho que seu pai está fofo.

O pai piscou para mim e Frank riu.

— Ele é fofo quando abraça e é bom no críquete. Gosta de críquete?

— Nunca joguei.

— Pai! Ela nunca jogou críquete. Pai, ouviu isso? Vamos para o parque.

O rosto do menino explodiu de empolgação. Ele estava cansado de ficar sentado numa cafeteria. Queria sair para o dia luminoso.

— Frank, eu adoraria ir para o parque, mas tenho de trabalhar hoje à tarde — disse eu, olhando o relógio.

O pai de Frank fechou o celular e suspirou.

— Deixe o parque pra lá, filho. — Frank ficou sem expressão, como se tivesse sido atingido por notícias horríveis.

Meu instinto foi me intrometer, fazer alguma coisa para aliviar a decepção dele, embora esse não fosse o meu papel.

— Posso encontrar você no parque mais tarde... — comecei a dizer, mas parei. O celular do pai de Frank estava tocando novamente. Ele pestanejou, murmurou "desculpe", e atendeu ao telefone. Era hora de ir embora.

— Olhe, Frank, espero ver você novamente. — Afaguei o cabelo louro e espigado dele. Os lábios de Frank se apertaram, e ele virou os cantos da boca. Seus olhos ficaram redondos e sombrios. — Vamos jogar críquete um dia, eu prometo. — Frank não respondeu como eu esperava. Talvez ele tenha ouvido tantas promessas que elas não significavam mais nada. — Vou procurar você — disse eu incisivamente enquanto saía da mesa.

Na porta da cafeteria, não consegui resistir a me virar. O pai de Frank tinha desligado o celular e recebia um chute bem dado nas canelas.

— Pai... você nem se despediu — repreendeu o menino.

Meu encontro no café-da-manhã tinha me atrasado para meu compromisso no norte de Londres e eu corri para o ponto de ônibus. Sentada no andar superior do ônibus, pensei em como tinha gostado de Frank. Depois pensei no pai dele e me perguntei o quanto gostava dele. Ele certamente me atraiu na loja de brinquedos, mas o telefone era um problema. E toda aquela comida? Havia uma pilha alta no prato do café-da-manhã dele. Eu não sabia que as pessoas ainda comiam morcela. Todo aquele sangue seco e gordura de porco. Mas nada que um pouco de exercício e uma dieta saudável não consertasse. Minha mente zumbia, até que me peguei tramando para mudar um homem que eu nem conhecia. Parei, respirei fundo e me concentrei em aceitar as coisas como são.

O ônibus parou para deixar um pessoal da cidade que ia passear a cavalo no Hyde Park. Na distância, o trânsito da Park Lane ainda estava parado. Contanto que não estivesse parado na Edgware Road, eu não ia me atrasar tanto para minha "reunião" com o fotógrafo para um comercial de celular — o que me levou de volta ao pai de Frank. Quando ele estava ao telefone, percebi o formato perfeito de seus antebraços e o modo como os pêlos de seu pulso margeavam a mão. Eu me perguntei se o pai de Frank era casado, solteiro ou se tinha uma mulher ao fundo. Nada destrói mais um novo relacionamento do que os assuntos inacabados com o anterior. O pai de Frank não parecia estar interessado em mim no café-da-manhã. Talvez ele tivesse uma mulher em mente. Parecia excêntrico o bastante para nutrir várias fantasias femininas, e no entanto havia alguma coisa muito franca nele. Provavelmente era um pai solteiro com uma namorada firme que via duas vezes por semana.

O pai de Frank ficou na minha cabeça por cinco paradas antes que eu começasse a pensar novamente em Frank. Eu me perguntei onde estava a mãe dele. Alguma coisa no menino dava a impressão de que ela não estava por perto. Senti que havia vaga para uma mulher na vida dele, e foi por isso que ele gostou de mim, porque pensou que eu era a mãe do Baby Bots. Meus pensamentos obsessivos foram interrompidos pelo toque do telefone. Sem identificação de chamada.

— Alô — disse eu.

— Sou eu — disse ele. O som de sua voz enviou um jato de sangue a minha cabeça e a meu coração.

— Oi — disse eu, atordoada com o poder que eu ainda outorgava ao Bilionário.

— Estou em Londres esta noite e estava pensando se você gostaria de jantar.

A resposta era não, eu sabia disso, mas não saiu com tanta facilidade. Eu hesitei, parte de mim disposta a ser atraída para o mundo do Bilionário para mais uma noite de glamour. Parte de mim sonhava que podia durar mais desta vez, porque eu tinha mudado. Eu queria que ele visse a mudança em mim.

— Então, onde eu posso pegar você?

Eu imaginei como seria vê-lo, como se pela primeira vez. Perguntei-me onde nos beijaríamos, ou se íamos nos beijar. Depois me ouvi dizendo:

— Desculpe, estou ocupada. Não posso ver você hoje à noite.

— Que pena. Talvez em outra ocasião — e com a mesma simplicidade, depois de um adeus educado, o Bilionário se foi.

Por um segundo, o desejo de fugir de minha realidade veio com a força de sempre. Mas eu resisti. Ainda estava no ônibus. Ainda estava na minha vida.

Quando cheguei a meu destino, estava quase quinze minutos atrasada. Em pânico, toquei a campainha. Uma pintura em grafite vermelho circulava a porta de metal e estava rabiscado "Muito trabalho e nenhum prazer deixa uma pessoa embotada" em um painel de madeira acima dela. Toquei a campainha de novo. A porta se abriu.

— Então você realmente está me seguindo — disse o pai de Frank, semicerrando os olhos para mim.

— Como é possível... — eu parecia na defensiva e fiquei feliz em ser interrompida.

— É claro. Como poderia? Estou brincando.

— Estou aqui para falar com o Gavin — disse eu, tentando suavizar minha voz, mas sem conseguir deixar de guinchar. — Você não é o Gavin, é? Seria realmente demais.

— O Gav teve de sair para resolver umas coisas. Ele me pediu para tirar a foto, se estiver tudo bem para você. É só um teste.

— Claro. Tanto faz. — Eu estava envergonhada demais para encará-lo.

— Tanto faz? O que isso significa? — disse ele, todo rude de repente.

Larguei minha bolsa no chão. Eu tinha de olhá-lo nos olhos.

— É meio estranho encontrar você novamente, é isso. Mas fico feliz que seja você... desde que realmente seja fotógrafo.

Foi uma tentativa ridícula de paquerar, mas ele sorriu. E depois eu vi que não estava em um estúdio normal. Eu estava parada numa cozinha que tinha sido construída com pedras, concreto e coisas da rua e numa prateleira havia uma foto de Frank.

— Você mora aqui?

— Moramos. Todos nós moramos aqui.

— Com o Gavin?

— Não, com meus filhos.

Respirei fundo, o tipo de respiração que acontece quando o corpo sabe que é seguro relaxar antes que a mente tenha ciência disso.

— Adorei conhecer Frank — disse eu, sentindo-me um pouco mais feliz enquanto entrava no estúdio.

— É, ele é ótimo. Você tem filhos?

— Não. Moro sozinha.

— Em perfeita solidão?

— Nem sempre — respondi.

— Quanto mais cedo, melhor. Melhor ainda mais tarde. O agora é ótimo. É nisso que eu acredito — disse ele.

Uma filosofia tão construtiva me impressionou, e eu me animei com o pai de Frank enquanto ele se preparava para fotografar, ajustando a luz, ajoelhando-se para olhar pelas lentes. Por fim, ele se virou para mim.

— Tudo bem. Estou pronto. Você está?

— O que você acha? — perguntei, andando para o cenário.

— Para mim, você parece pronta.

Ele me enquadrou e pressionou o disparador, acionando o propulsor e aquele som sensual. Ele carregou mais filme. Isso ia demorar um tempo.

— Deve ser melhor morar com pessoas que você ama... — eu parei. Ele estava ajeitando a gola da minha blusa e o toque dele na minha nuca fez meus dedos dos pés formigarem.

— Amor. É a religião do século XXI. Quem não acredita nele? — perguntou ele, agora ajustando o refletor, virando-se para ver onde a luz caía.

— É incrível que a gente não perca a fé quando acha que os relacionamentos podem ser decepcionantes — disse eu.

— O amor é tudo o que resta. Mas não espere que seja perfeito, porque nada é — disse ele, enquanto um jovem particularmente perfeito vestindo apenas uma cueca samba-canção apareceu por trás de uma cortina no fundo do estúdio.

— Bom-dia — disse ele, a mão afastando o sono dos cabelos escuros. Estava andando pelo estúdio às duas da tarde usando pouco mais do que um corpo sonolento e não estava nem remotamente sem-graça.

— Quem é? — sussurrei ao pai de Frank.

— O irmão de Frank. Bom, meio-irmão.

— Então você tem dois filhos?

— Dois filhos distantes uma vida inteira, mas tem dado certo.

O jovem era magro, com uma barriga quase côncava e ombros largos. Ficou parado na porta do estúdio observando, sem saber que Frank estava se esgueirando por trás dele para pegá-lo pela cintura. Eu sorri.

— Esta ótimo. Fique assim — disse o pai de Frank, chegando mais perto, o propulsor zumbindo pela última vez.

Frank desistiu de tentar derrubar o irmão de um metro e noventa e entrou no estúdio.

— Oi, pai... — Depois ele me viu e congelou. — Vocês dois já se conheciam?

— Não — o pai dele e eu dissemos juntos.

O rosto de Frank se retorceu numa surpresa violenta. Depois ele riu.

— Que coisa esquisita.

— Estou com fome. Vamos tomar o café-da-manhã quando você terminar com as fotos — disse o filho mais velho, piscando para mim antes de desaparecer para tomar um banho.

— Já tomamos café — disse Frank. — Vamos jogar críquete. — Frank girou para me olhar. — Por que você não vem?

— É uma ótima idéia. Podemos formar um time — disse o pai de Frank.

Andando com o pai de Frank e os filhos dele para o parque, nenhum deles acreditava que eu estava prestes a jogar minha primeira partida de críquete. Eles fizeram o máximo para me tranqüilizar. Frank pegou a minha mão.

— Tem sorte em ficar no time do meu pai, porque ele é o melhor e você provavelmente vai precisar de ajuda.

— Tem razão — disse eu, ainda brilhando por dentro por ele ter colocado a mão na minha.

— Às vezes as coisas simplesmente dão certo, não é? — disse Frank, olhando direto para a frente, sem precisar de resposta. O dia dele não podia ter sido nada melhor.

O meu também foi ótimo. Depois do críquete (ganhamos deles por seis a zero) e de um longo almoço, peguei o ônibus para casa. Tinha sido um dia de uma sincronia tão doce que eu decidi mandar ao pai de Frank uma mensagem de texto. "Santo Deus", era só o que eu precisava dizer. Eu sabia que ele ia entender.

Um segundo depois chegou a resposta dele. "Santo Deus. Café Toms, segunda às 17?"

E eu estaria lá porque ele tinha razão. O agora é melhor.

Agradecimentos

Gostaria de agradecer a Toby Mundy por me provocar a escrever este livro. Sua fé estimulou a minha. Também a Louisa e Karen do escritório de Londres, e Elizabeth e Judy de Nova York, obrigada. Charles, Tai, Viv, Richard, Lucy, Nicole, T.S., Dijon, Nick, Jean, Loulou, 309, Alexandra, Arabella, Dorothy, Mark, Frank, Cyrano e minha família — vocês não sabem a diferença que fizeram. Obrigada a você, Precious, por acreditar, e a Terry por se oferecer para quebrar minha perna para me manter no lugar por tempo suficiente para escrever — felizmente você não precisou fazer isso. E por fim, gostaria de agradecer a Morgan por ser um amigo de verdade e tornar isso possível.

Este livro foi composto na tipologia Bodoni Bk BT,
em corpo 11,5/15,5, e impresso em papel
off-white 80g/m², no Sistema Cameron da Divisão
Gráfica da Distribuidora Record.